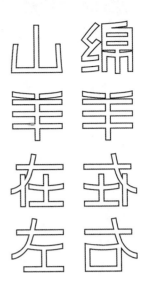

绵羊在左
山羊在右

〔英〕乔安娜·坎农 著

刘勇军 译

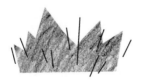

The Trouble
with
Goats and Sheep

北京联合出版公司
Beijing United Publishing Co.,Ltd.

—

谨以此书献给

亚瑟

和

贾尼斯

—

各界好评

一个古怪又动人的故事，从开头到结尾都让人喜欢。

——《火车上的女孩》作者　宝拉·霍金斯

既是悬疑小说又是成长小说，每一扇门后隐藏的秘密都充满吸引力！

——《一个人的朝圣》作者　蕾秋·乔伊斯

一本让我们重新思考自身与他人的关系的小说，引人入胜！

——作家　纳森·费勒

细腻、优美、深沉、勇敢。乔安娜·坎农不愧为英国文坛迷人的新锐小说家！这本书也是当之无愧的年度小说！

——作家　汉娜·贝克曼

这是一部杰作，整本书有趣、黑暗、动人，作者的文笔优美、细致、控制力极强，把平淡琐碎的日常生活写得如此悬念迭起，实在是功力不凡。我很佩服！

——作家　莎拉·维曼

乔安娜·坎农对伪善和偏见的审视极富洞察力和同情心。在她笔下，占据舆论高地的"正常人"常常自私而胆怯，遭受群体驱逐的"怪胎"却是孤独而勇敢。他们在一起碰撞，生出真真假假的故事，跌宕起伏，让人舍不得读完这本书。

——作家　科瑞·布雷

情节设置十分精巧，谈论忠诚、友谊、家庭和人性，温暖而深沉。

——《科克斯书评》

大师般精巧的结构，极具吸引力的题材，故事令人激动，无疑是文学小说中的上乘之作。

——《曼哈顿书评》

透过作者的文字，处处可见栩栩如生的对话场景，我们借此穿越到那个四十年前的社区，深入了解那些善良又自私、勇敢又保守的居民……作者把悬念藏在不起眼儿的日常里，你一不小心就会遗漏关键的线索，必须聚精会神地阅读，不断猜测直到结尾，才能享受最大程度的刺激！

—— Goodreads 读者

主角不禁让人联想到斯考特·芬奇（《梅冈城故事》主角）与芙拉维亚（《馅饼的秘密》主角）。十岁的格蕾丝和蒂丽，在闷热的一九七六年夏天展开调查。古怪的人物、俏皮的语言、幽默的情节抵消了探案的紧张。小小侦探陷入从未料想过的情境，但她们的冒险也使得社区从分散走向团结。

——美国亚马逊读者

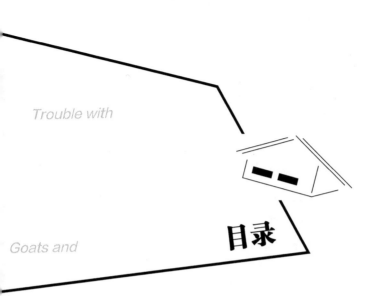

The

Trouble with

Goats and

目录

eep

第一章
克里希太太失踪了

社区小路四号

1976年6月21日

———

周一，克里希太太失踪了。

我之所以知道那天是周一，是因为收垃圾的人来了，社区小路上充斥着腐烂食物的臭气。

"他在干什么？"父亲冲着厨房窗户的窗帘点了一下头。克里希先生穿着衬衫，正在人行道上溜达。每过几分钟，他就停下，一动不动地站着，往他那辆希尔曼猎人汽车四周看，还探着身，像是在竖耳聆听。

"他妻子不见了。"大家都有点心不在焉，我又拿起一片烤面包，"不过呢，她八成是终于忍不住离家出走了。"

"格蕾丝·伊丽莎白！"我母亲从火炉边转过头来，她的动作太快了，一些粥被她带了起来，洒落在地板上。

"福布斯先生就是这么说的嘛。"我道，"玛格丽特·克里希昨晚一直没回家。她八成是终于忍不住出走了。"

我们都瞧着克里希先生。他时不时盯着别人家的花园，活像克里希太太会在那些绿草带上露营。

我父亲这会儿没兴趣了，一边看报纸一边说："你偷听邻居们说话啦？"

"那会儿福布斯先生在他家的花园里和他太太说话，我的窗户又正好开着。我是无意间听到的，这没什么不可以吧？"这话我是对父亲说的，但面对的则是哈罗德·威尔逊，他此时正抽着烟斗，在报纸头版上方盯着我。

"他在社区小路上转悠，是找不到任何女人的。"我父亲说，"但要是到十二号转转，兴许能交到好运。"

我看到母亲强忍笑意。他们以为我听不懂这话是什么意思，我也就由着他们，毕竟这样他们就不会想太多。母亲说我正处在一个尴尬的年纪，只是我自己倒没觉得特别尴尬，所以，依我看，她的意思是尴尬的是他们。

"她可能被绑架了。"我说，"这样的话，我今天还是不要上学为好，太危险了。"

"你安全得很。"母亲说，"你不会碰到危险的。我绝不允许这种事情发生。"

"一个人怎么会平白无故失踪呢？"我看着克里希先生。这会儿，他正垂头盯着脚面在人行道上来回走，肩头像是压着千斤重担。

"有时候人们需要一点自己的空间。"母亲面对火炉说道，"人是会彷徨的。"

"的确，玛格丽特·克里希是很彷徨。"父亲哗哗地把报纸抚平，开始看体育版，"她总是问这问那，喋喋不休起来，让人想躲都躲不开。"

"她就是对人感兴趣，德里克。就算是结了婚，也会觉得孤单。再说他们又没孩子。"

母亲看着我，仿佛在琢磨她说的最后一句话是否能带来什么不同，跟着，她把粥舀进一个边缘有紫色心形图案的大碗中。

"你说到克里希太太时，为什么要用过去时？"我说，"她死了吗？"

"没有，当然没有。"母亲把碗放到地板上，"雷明顿，"她喊道，"妈妈给你做好早餐了。"

雷明顿走进厨房。这家伙是只拉布拉多犬，只是现在太胖了，根本看不出原本的样子。

"她一定会出现的。"父亲道。

隔壁家的猫咪失踪的时候，他也说过同样的话，只是一晃好几年过去了，也没有人再见过那只猫。

蒂丽在前门等我，她穿着一件针织衫，只是手洗的次数太多，衣服都拉长到膝盖处了。她早就把圆形头绳从头发上弄了下来，但头发上还留有痕迹，仿佛仍扎着头绳。

"八号的那个女人被人杀了。"我说。

我们一声不吭地沿社区小路走到大路上。我们并排而行，不过蒂丽要加快脚步，才能跟上我。

"八号住的是什么人？"等着过马路时蒂丽问道。

"克里希太太。"

我压低声音，以免克里希先生到这里来找的时候听到我的话。

"我挺喜欢克里希太太的，我正跟她学编织呢。我们挺喜欢她的，对吧，格蕾丝？"

"是呀，她是个讨人喜欢的人。"我说。

我们穿过马路，路对面是一条小巷，巷子边是伍尔沃斯商店。这会儿还不到九点，人行道上却尘土飞扬。天气很热，我的后背都是汗，衣服沾在了身上。道路上车来车往，人们热得把车窗摇下来，音乐声自车内断断续续地飘到街上。蒂丽停下来，把书包换到另一边肩膀上，我则盯着伍尔沃斯商店摆满不锈钢锅的橱窗。

"是谁杀了她？"不锈钢锅映照出的无数蒂丽问道。

"没人知道。"

"怎么不见警察来？"

我看着平底锅上的蒂丽在说话。

"估摸他们等下就会来吧，"我说，"八成是太忙了。"

我们穿着凉鞋走过鹅卵石路面，鞋子踩在石头上的声音听起来像在行军。冬日结冰的季节，我们会一只手紧抓扶手，另一只手则相互拽着。但现在，小路在我们面前延伸，放眼望去，河床上满是薯片包装盒和干枯的野草，粉状的泥土把我们的脚指头都弄脏了。

"你为什么穿针织衫呀？"我问。

蒂丽总是穿着一件针织衫。即便是在酷暑之日，她也会将衣袖拉下来遮住拳头，当成手套。她的脸呈浅紫色，就跟我们家客厅墙壁的颜色一样，汗水令她那顺滑的棕色卷发贴在脑门上。

"我妈妈说我可不能有什么头疼脑热的。"

"她什么时候才能不担心你呢？"说起这个我就起了一股无名火，越想越生气，凉鞋在地上踩得吧嗒作响。

"我估计她永远都不会放宽心吧，"蒂丽说，"我想应该是因为我们家就她一个大人，要操两份心才能跟人家一样吧。"

"你不会再感冒了。"我停下脚步，将背包从她肩膀上拿下来，"你可以把针织衫脱下来，这样的天气不会生病的。"

蒂丽望着我。要想揣摩她的心思还真难。她的眼睛藏在厚厚的黑框眼镜后面，身上其他部位也没有透出她的半点心思。

"好吧。"她说着取下眼镜，将针织衫从头上脱了下来。当她的头从衣服里面的那层羊毛里露出来时，红红的脸变成了一个大花猫。她把针织衫递给我，我立即像我妈那样把衣服翻过来，折好放在臂弯上。

"瞧见了吧，"我说，"绝不会着凉的。你不会有什么事的，我也不会允许你出岔子。"

针织衫散发着一股止咳糖浆和我不熟悉的肥皂味。我拿了一路，到了学校后，我们便跟着其他学生一起，融入了人流中。

算起来，我认识蒂丽·阿尔伯特的时间得有我生命的五分之一那么长了。

她是两年前的暑假到这儿的，当时她坐在一辆很大的白色厢式车后面，他们将她连同一个餐具柜、三把安乐椅一起卸了下来。我是从莫顿太太的厨房看到这一幕的，当时我正在吃奶酪小酥饼，听诺福克湖区的天气预报。我们可没住在诺福克湖区，但莫顿太太在那儿度过假，她喜欢跟那边扯上关系。

莫顿太太就坐在我旁边。

"我去小睡一会儿，你能照顾一下格蕾丝吗？"妈妈是这样说的，不过莫顿太太也没照顾我多久，她不是除尘就是在烘焙，要么就是往窗外看。1974 年，母亲把大部分时间都花在小睡一会儿上，所以我经常跟莫顿太太待在一起。

我望着白色的厢式车出神。"那是谁呀？"我满嘴塞着小酥饼问道。

莫顿太太按住被一根线挂在窗户一半位置的挑花窗帘，因为经常被按压，窗帘的中间垂头丧气地凹陷了进去。

"是新来的。"她说。

"新来的谁啊？"

"我不晓得。"她又将挑花窗帘压下来一点，"可我没瞧见男人哪，你瞧见了吗？"

我透过窗帘的花边往外看。那头一共有两个男的，但他们都穿着工装裤，在那儿忙活。从厢式车后面出来的女孩则一直站在人行道上。她个子不高，圆滚滚的，面色煞白，活像一颗白色的大鹅卵石。她穿着一件雨衣，纽扣一直扣到脖子，只是我们这里已经三个礼拜没下过雨了。她拉长着脸，像是要哭出来一样，跟着，她的身子往前一倾，"哗啦"一下子把胃里的东西全吐到了鞋子上。

"恶心。"我说着拿起另一块小酥饼。

到了四点钟，她已经挨着我坐在餐桌旁边。

是我把她接过来的，因为她一直坐在她家房子外面的墙上，像是被人遗忘在了那里。莫顿太太拿出蒲公英和牛蒡汽水，还有一包新的企鹅牌巧克力。那时候我还不知道蒂丽不喜欢当着别人的面吃东西，她手里拿着巧克力棒，最后，化了的巧克力都从手指上流下来了。

莫顿太太在一块纸巾上吐了吐口水，帮蒂丽擦手，其实水龙头也就隔着三英尺远。蒂丽咬着嘴唇，望向窗外。

"你在找谁呢？"我问。

"我妈妈。"蒂丽转过头来，盯着继续吐口水的莫顿太太，"我只想确认她没有在盯着我。"

"你不是在找你爸爸吗？"莫顿太太问道，她可真会把握机会。

"我不知道去哪儿找。"蒂丽小心翼翼地将手在裙子上擦了擦，"我想他住在布里斯托尔吧。"

"布里斯托尔？"莫顿太太将纸巾塞回她那件开衫的衣袖里，"我有个表亲住在那里。"

"其实，我觉得还有可能是在伯恩茅斯。"蒂丽说。

"噢。"莫顿太太蹙起眉头，"那里我谁也不认识。"

"是的，"蒂丽说，"我也不认识。"

我们的暑假是在莫顿太太的餐桌上度过的。过了一会儿，蒂丽终于安心地跟我们一块儿吃起了东西。她慢条斯理地用勺子将土豆泥送进嘴里，我们坐在客厅地毯上铺着的报纸上剥豌豆，她还会偷吃豆子。

"你是想吃企鹅牌的还是俱乐部牌的？"莫顿太太总是想逼我们吃巧克力。她的食品柜装着一罐子这玩意儿，但她自己没有孩子。她家的食品柜很大，满满当当地堆着卡仕达酱双层饼干和巧克力棒，我常常异想天开，想到自己被整夜困在里面，被迫吃快乐天使牌奶昔撑到死。

"不用了，谢谢！"蒂丽说话时嘴张得特别小，像是担心莫顿太太会趁人不注意偷偷塞点东西进去，"我妈说我不能吃巧克力。"

"她一定是个贪吃的小家伙。"后来我们看着蒂丽从前门出去后，莫顿太太说，"她看上去活像个小桶。"

到了周二，克里希太太依然没出现；周三也是如此，而她本该在这天为英国退伍军人协会卖彩券的。一转眼到了周四，不管是站在花园栅栏边的，还是在商店柜台前排队的人都在议论这件事。

"玛格丽特·克里希到底怎么了？"只要有人提起这句话，就像是扣动了发射枪，引得人们骚动不已。

父亲在小镇另一头的一间办公室里打发时间，每次回家我们都得将当天发生的事情解释给他听。但每天晚上，母亲仍要问他有没有听说过克里希太太的消息，于是，父亲每天晚上都会长吁短叹，摇摇头，然后拿上一瓶麦酒去看肯内特·肯德尔播新闻。

周六的早上，我和蒂丽坐在我家房子外面的墙上，像摆钟一样晃荡着双腿敲击墙上的砖头。我们望着克里希家的房子，前门半掩，所有的窗户都是打开的，像是为了方便克里希太太找到路回到屋子里。克里希先生正在车库里将盒子从堆积如山的纸板箱里拉出来，一个个地查看里面的东西。

"你觉得是他杀了她吗？"蒂丽问。

"我倒希望。"我说。

我顿了顿，跟着便把最新的消息说了出来："她失踪的时候连鞋子都没穿。"

蒂丽的眼睛像黑线鳕一样鼓了出来，"你怎么知道？"

"邮局的那个女人告诉我妈的。"

"可你妈向来不待见邮局的那个女人。"

"现在待见了。"我说。

克里希先生又拿出一个盒子。每拿出一个，他就变得越发狂躁，把盒子里的东西散乱地扔在脚边，嘴里含糊不清地嘀咕着什么。

"他看起来不像杀人犯。"蒂丽说。

"那杀人犯得长什么样啊？"

"一般得有胡子，"她说，"而且比他可胖多了。"

滚烫的柏油路散发的气味刺激着我的鼻孔，我在热烘烘的砖墙上摆动双腿。谁也逃脱不了酷热。每天我们醒来的时候，热浪绝不会爽约，总会如期而至，就像没完没了的争吵一样，在空气中挥之不去。酷热，无孔不入地侵入人们的生活，人们不再待在砖头和水泥砌成的屋子里，而是跑到了人行道和露台上。我们都来到户外，连同我们的生活也都在户外完成。只有在户外才能吃得下饭，才能家长里短地聊天。就连林荫大道也变了样。泛黄的草坪上开着一道道大裂缝，小路感觉软软的，崎岖不平。本来坚如磐石的东西都变得软绵绵的，本来可靠的东西也靠不住了，没有什么是稳稳当当的。"事物之间的联系都被高温融化了"，这话是父亲说的，但感觉现实情况比这还要糟糕。就像整条社区的小路都在躁动、延伸，想要逃之夭夭。

一只肥硕的苍蝇在蒂丽的脸旁边绕着八字。"我妈说克里希太太是因为酷热的天气才失踪的。"她用手背赶跑了苍蝇,"我妈说在这么热的天气下,人们难免会做出奇怪的举动。"

我看着克里希先生。他把盒子都检查完了,一动不动地蹲在车库的地板上,不发一言,周围全是充满过往回忆的碎片。

"八成就是这热天气给闹的。"我说。

"我妈妈说得下场雨才行。"

"她这话倒说得对。"

我看着像大海一样笼罩在我们头顶的天空。兴许在接下来的五十六天,也不会下雨。

2
chapter

第二章
上帝会把失踪的人带回家

圣·安东尼教堂

1976 年 6 月 27 日

———

　　周六，我们去了教堂，祈求上帝帮我们找到克里希太太。我的父母没去，因为他们在睡懒觉，但我和莫顿太太坐在前排，这样上帝就能听得更清楚了。

　　"你觉得会管用吗？"跪在滑溜溜的垫子上时我对莫顿太太耳语道。

　　"呃，反正又没什么坏处。"她说。

　　我基本上没听明白牧师在说什么，但他不时地冲我微笑，我尽量装出一副无辜的样子，竭力表现得对他的布道感兴趣。教堂散发着一股蜡烛和旧纸的味道，我们正好可以在里面躲避毒辣的太阳。房顶的木梁拱悬于教徒的头顶，令炎热和汗水慢慢渗入冰冷、干燥的石头上。我穿着棉布裙，不停哆嗦。我们分散着坐在长凳上，好让教堂看起来坐得满满当当，但期间我悄悄来到莫顿太太旁边，挨着她那热乎乎的开衫。她伸出手，我顺势拉住，尽管我这年纪已不适合这样做。

牧师的话像远处的响雷重重地落在石头上。

"我必被你们寻见，"耶和华说，"我也必使你们被掳的人归回。"

我看着一串汗珠顺着莫顿太太的太阳穴流下来。如果你找个舒服点的位置，在教堂里是很容易睡过去的。

"我必用刀剑、饥荒、瘟疫追赶他们，因为他们不听我的言语。"

这话引起了我的注意。

"用心爱我的人，我必会搭救他；知道我名的人，我必会保护他。若他们呼唤我，我必会应允他们。"

我盯着圣坛上厚重的金十字架，反射光照在我们每个人身上：无论是虔诚者，还是罪恶者；无论是投机者，还是忠诚者。来教堂的每个人都有理由，有人安静，有人期许，有人将理由藏匿在《赞美诗集》的篇章中。上帝如何能应允我们所有人呢？

"除免世罪的天主羔羊，求你垂怜我们。"牧师继续道。

我想我们究竟是要上帝找到克里希太太，还是索性叫他原谅她失踪的事。

我们走到黄澄澄的阳光下，太阳光洒在坟墓上，炙烤着墓碑，直射在亡者的名字上。我看着阳光爬到教堂的墙上，最后落在彩绘玻璃上，折射出猩红色和紫色的碎光，洒向万里无云的天空。莫顿太太和她的手淹没在一群戴着帽子的忙碌的教堂姐妹中，于是，我小心翼翼地横过教堂墓地的水平线，以防一不留意踩到某位亡灵。

我喜欢鞋底踩着地面的感觉，让人安心、踏实，像是埋在地下的骸骨把智慧灌输进了泥土里。我经过欧内斯特、莫德和梅布尔的墓地，现在唯有长在他们名字旁边的蒲公英才会珍惜和缅怀他们，最后，我沿着一条整洁的碎石小道来到圣坛那儿。那些坟墓十分古旧，上面长满了苔藓，早已看不清原来的样子，一排排久被遗忘的亡人从墓碑上盯着我，东倒西歪的石碑像是在地底下喝醉了酒。

我坐在刚刚修剪过的草坪上，身后是一块绿色和白色相间的雕刻着旋涡状花纹的墓穴。我知道那群戴帽子的女人一时半会儿不会完事，便用雏菊编起了花环。编到第五朵时，圣坛的门开了，牧师出现了。风儿拂过他白色的法衣，衣服像晾在洗衣绳上的床单一样鼓着。我看着他大步走过墓地，拾起一个空薯条盒，然后回到门口时，他把鞋子脱下来，在教堂门上敲了敲，抖掉碎草。

我没想过这样的行为会被允许。

"为什么人会失踪呢？"我从墓碑后面问他。他并没有停止敲打，动作却慢了下来，别过头往这边望过来。

我这才发现他并没有瞧见我，便站了起来。

"为什么人会失踪呢？"我再次问道。

牧师穿上鞋，走到我身边。他比在教堂里看起来还要高，一副热心肠的样子。

皱纹在他脑门上蚀刻得很深，像是他的脸从未停歇过切切实实地解决某个大问题。他没有看我，而是望着墓碑。

"很多理由。"良久，他开口道。

这个回答可真够逊的。我自己也能发现这样的答案，用不着求告上帝。

"比方说呢？"

"比如他们走在路上，却偏离了方向。"

他看着我，我抬头望着他，刺眼的阳光使我不得不眯缝着眼睛。

"迷路了。"

我想起了欧内斯特、莫德和梅布尔。"兴许死了。"我道。

他蹙起眉头，重复了一遍我说的话。"兴许死了。"他说。

牧师身上的气味跟教堂一样。信仰塞在他衣服的褶皱里，我的肺里充斥着织锦和蜡烛的气味。

"那得怎样防止人们失踪呢？"我问。

"你得帮他们找到上帝。"他挪了挪身子，碎石在他鞋底下嘎吱作响，"要是上帝在社区里，就不会有人失踪了。"

我想起了我们的社区。没洗澡的孩子从屋子里蜂拥而出，醉醺醺的争吵声震得窗户直摇晃。我根本不敢想象上帝会在那样的地方逗留多久。

"可是要怎样才能找到上帝呢？"我问，"他在哪儿？"

"他无处不在。无处不在哩。"他的手在我面前挥了一圈，要指给我看，"你只管去找。"

"如果我找到上帝，所有人就都安全了吗？"我说。

"当然。"

"包括克里希太太吗？"

"那是自然。"

一只乌鸦在教堂的屋顶展开了翅膀，杀气腾腾的尖叫声刺破沉寂。

"我不知道上帝是怎样做到的，"我说，"他是怎样防止人们失踪的呢？"

"你知道上帝是我们的牧羊人，格蕾丝。我们只是绵羊。只是绵羊而已。如果我们走失了，就需要上帝把我们找到，然后领回家。"

我一边思考这个问题，一边低头看我的脚。青草没入了袜子的织线里，在我的皮肤上勒出深深的红印。

"人为什么非得死呢？"我说，但我抬头看的时候，牧师已经回到了圣坛门边。

"你要来副堂吃茶点吗？"他冲我喊道。

其实我并不想去，宁愿回去找蒂丽。蒂丽的妈妈说不要相信有组织的宗教，她担心我们都被牧师洗脑。但我还是答应了牧师，要不我总觉得像是在拒绝耶稣。

"好啊！"我一边说着一边将膝头的草叶摘了下来。

我跟在莫顿太太身后，沿着教堂和门厅的巷子走。巷子边缘长着茂盛的繁缕花和金凤花之类的夏日植物。高耸的毛地黄那钟形的紫花飘散着花粉。风儿渐小，热浪如同刀锋一样掠过我胳膊的上沿，就连说话都变得吃力。我们一前一后，步履沉重，像沉默的朝圣者一样往放着茶和消化饼干的圣坛走去。我们都穿着礼拜服，走得大汗淋漓。

我们来到停车场，看见蒂丽坐在墙上。她涂着防晒霜，戴着防雨帽。

"我只找到了这顶帽子。"她说。

"我以为你妈妈不希望你跟宗教扯上关系呢。"我伸出手。

"她去合作社堆货架去了。"蒂丽说着从砖墙上跳了下来。

教堂的副堂是一座低矮的白色建筑，位于巷子的尽头，像是在人们还没拿定主意用来干什么的时候建造的。在副堂里面，茶杯发出乒哩乓啷的声音，侍奉茶点的人往来如织。高跟鞋在镶花地板上踩得啪嗒作响，角落里的不锈钢水壶朝我们吐着嘶嘶的声响。

"我要喝保卫尔牛肉汁。"蒂丽说。

我打量着莫顿太太，这会儿她正在房间的另一头帮我们点饮料。年纪轻轻便孀居一人，让她不得不早早地捡别人的残羹剩饭来编织自己的生活，她得自己烤面包，照料家庭，做针线活，最终将自己磨砺成了女强人。我想要是莫顿太太还有丈夫，不知道她现在会成为什么样子——莫顿先生当初为了在车内搁脚的地方找《新探索者》专辑，一头撞在了M4高速路的中央分隔带上。听说，当时车里还有位女性乘客，事故后她穿着长及脚踝的黑裙，涂着深红色的口红出现在葬礼上，哭得死去活来，只得由一名忧心忡忡的司事护送着离开了教堂。这些事情我一概不记得了。我只知道莫顿太太现在的样子：一身粗呢衣服，成天洗洗涮涮，在生活中雷厉风行地分饰两角。

"保卫尔牛肉汁。"说着莫顿太太将杯子递给蒂丽。我们都知道她不会喝，但人总喜欢装模作样，蒂丽也不例外。她将杯子端到眼前，眼镜片上立刻满是蒸汽。

"你相信上帝吗，莫顿太太？"我抬头望着她。

我和蒂丽都在等答案。

她没有立即回答，但她的眼睛在天花板的横梁上搜寻答案。"我只知道周日早晨不要问这种愚蠢的问题。"她终于开口道，说完便去找卫生间了。

大堂里人头攒动，比教堂拥挤得多，穿牛仔裤和礼拜服的人比比皆是，像是只要耶稣带来果酱饼干就能网罗一大帮子人似的。我们那个街区也有人在这儿：福布斯夫妇，还有一个总是在修剪草坪的男子，以及那个房子位于拐角处的女人。那个女人的身边围着一群乱哄哄的孩子，他们不是紧贴着她的屁股，就是抱着她的腿，我看见她将饼干塞进自己的口袋里。所有人都站在拐角处，腋窝下夹着报纸，脑门上架着太阳镜，不知谁家的波美拉尼亚小狗跟一只博德牧羊犬杠上了。人们谈论的话题无非是缺水问题、詹姆斯·卡拉汉，还有就是克里希太太到底有没有出现。她到现在还没回来。

无人提及耶稣。

事实上，我估摸人们都不会注意到耶稣有没有进入房间，除非他碰巧是跟北极雪卷一块儿出现的。

"你相信上帝吗？"我问蒂丽。

我们坐在大堂角落里的一把蓝色塑料椅上，身上的汗都粘在了上面。蒂丽嗅了嗅牛肉汁，我则将双膝抵在胸前，当成盾牌。我能看到远处的莫顿太太，她正被一个隔板桌和两个系着印花围裙的大个子女人围在当中。

"应该信吧。"她说,"我觉得上帝在医院里救了我。"

"你怎么知道?"

"我妈妈每天都在向他祷告。"她皱着眉头看着杯子,"我好些后,她对上帝就没什么兴趣了。"

"你从来没跟我说过这个事,你老说什么你太小,什么都不记得了。"

"这个我记得,"她说,"我记得正好是圣诞节,护士的头发上系着金银丝。别的我什么都不记得了。"

她的确不记得了。我问过无数次。"孩子不了解所有的真相其实是好事",这话是她说的,说这话的时候她的嘴巴总是歪向一边。

她第一次告诉我的时候,我们正在说一些毫不相干的话,而她说这话时就像是将一张纸牌漫不经心地扔进牌堆里。我以前从没见过谁九死一生,起初,提起这个话题完全是出于好奇,后来便着了迷。我需要了解死亡的方方面面,如此才能将细节拼凑在一起,这样在面对死亡时我才能做好保护措施,就像听到死亡的真相能免于一劫一样。如果我即将死去,我一定会在接收到死亡通知的那一刻发表长篇大论,但蒂丽只记得金银丝,记得她的血液出了问题。即便我像一名祷告者一样把所有的话都拼凑在了一起,这些信息还是不够。

听过蒂丽的话之后,我跟她妈妈站在了统一战线上,成天不发一言地守着她。我们在八月一望无际的天空下奔跑时,我全程都紧盯着蒂丽。当时,我回头上气不接下气地等着她撵上我。她打着我爸的高尔夫伞,以免被夏日的太阳烤焦。而且,她每次都会远远地离开路缘和人行道上的裂缝,薄雾和淫雨霏霏的九月到来时,她基本上都会贴着煤气取暖炉,双腿都被烤红了。

我无时无刻不盯着她,哪怕她的生活只发生了最微小的变化我也会注意到,不过她对这一切却一无所知。我不露声色地担忧她。虽然没有说出来,但我很是担心只要我稍不留意,我唯一的朋友就会被夺走。

大堂里的声音逐渐变得模糊。那些声音像是一架机器在热浪中空转，人们说的流言蜚语好似为机器添加的燃料，而他们那热得通红的皮肤和双脚则如同引擎。福布斯先生站在我们前面，挥舞着一块樱桃蛋挞，高谈阔论，他的衬衫已经湿透。"他周一早上醒来后，就发现她消失不见了。"

"令人费解。"艾瑞克·兰姆说，他裤子下面仍然有碎草。

"要我说，人就得活在当下。"福布斯先生又挥舞着一块樱桃蛋挞，像是要证明自己的观点。

福布斯太太没有说话，只是一边在人字拼花地板上磨蹭着拖鞋，一边转动着茶托上的茶碗，脸因为担心而皱成一团。

福布斯先生把樱桃蛋挞吞落下肚，端详着她，"别自寻烦恼了，多萝西。这事跟那件事无关。"

"关系大着呢，"她说，"我知道。"

福布斯先生摇摇头。"你告诉她，艾瑞克，"他说，"她不会听我的。"

"那件事早就过去了，只可能是别的原因。她没准是跟人发生了口角。"艾瑞克·兰姆说。我感觉到他的声音比福布斯先生缓和，声音中满带安慰，但福布斯太太的鞋子继续在地板上摩擦着，一副心事重重的样子。

"或许跟酷热有关。"福布斯先生说着拍了拍肚皮，确保樱桃蛋挞平安到达了他的胃里。

"在这种鬼天气下容易做出奇怪的举动。"

"没错，"艾瑞克·兰姆说，"就是炎热的天气闹的。"

福布斯太太不再盯着旋转的茶碗，而是抬起头来，脸上露出浅浅的笑。"要不是因为炎热的天气，我们就麻烦了，对吗？"她说。

三人一声不吭地站在那里。我看见福布斯太太的目光在他们身上逡巡。福布斯先生用手背揩掉嘴角的蛋挞碎屑。艾瑞克·兰姆没有说话。福布斯太太的目光落在他的眼睛上，他望着地板，避免目光接触。

过了一会儿，福布斯太太说："茶里还得加点牛奶。"说完她就消失在了一群晒得黝黑的人中。

我拍了拍蒂丽的胳膊，一点牛肉汁洒在了蓝色的塑料椅上。

"你刚才听见了吗？"我说，"福布斯太太说他们都有麻烦了呢。"

"在副堂里不应该说这话，对吗？"蒂丽说，她仍然穿着雨衣。跟着，她用针织衫的边缘擦拭着牛肉汁。"福布斯太太最近有点不正常呢。"

这话没错。就在一天前，我还见过她穿着睡衣在屋前的花园里走来走去，跟花圃说了好长时间的话。

福布斯先生拿着一杯茶、一份《广播时报》把她带回了屋里，说她也是被这炎热的天气折腾的。

"为什么人们会把所有的事情都怪罪于这炎热的天气呢？"蒂丽说。

"因为来得简单呀。"我说。

"比什么来得简单？"

"比真正的理由来得简单。"

这时，牧师出现了。

我们还没见到牧师的时候就知道他来了，因为房间里所有的人都变得支支吾吾，开始咳嗽起来。牧师穿过人群，他身后分散的人群则如同红海海面一样重新汇集在一起。他穿着法衣，悄然走来，静谧的气息萦绕在他周围，他所到之处，所有人似乎都兴奋不已，有点歇斯底里。他们跟他握手时，腰杆也都挺直了些，我看到福布斯太太还轻轻地行了个屈膝礼。

"他之前在教堂里怎么说的来着？"看着他缓缓走过房间，蒂丽问道。

"他说要是人们不好好听上帝的话，上帝就会拿着刀去追赶。"

蒂丽再次嗅了嗅牛肉汁。"我一直不知道上帝干过这事。"良久她终于开口道。

有时我会努力将目光从她身上移开。她几乎是透明的，如同玻璃一样脆弱。"他说只要我们找到上帝，他就会保我们所有人平安。"

蒂丽抬头望去，她的鼻尖上有一道防晒霜印记，"你觉得还会有其他人失踪吗，格蕾西？"

我想起了墓碑和克里希太太，还有到处都是裂缝的枯黄草坪。

"我们需要上帝保平安吗？现在就不平安吗？"她说。

"我也不怎么晓得。"

我看着她，担忧像珠子一样穿成了一串。

牧师在房间里走了一遭后就消失了，如同魔术师的助手消失在台子旁边的幕帘后面一样。"引擎声"再次嗡嗡地响起，起初声音很小，模糊不清，然后声音渐大，动静变得跟先前一样。空气中充满嘈杂的声音，人们谈论着软管禁令和消失的邻居。

要不是克里希先生急匆匆地进入双扇门，信步走过大堂，从惊魂未定的人群中穿过，人们可能仍会跟原来一样，继续叽叽喳喳地说个不停，直到最后各自回家，而肚子里塞满了球芽甘蓝。他所到之处一片沉寂，只有杯子碰撞茶托发出的丁零当啷声，以及人们胳膊肘互相碰撞的声响。

最后，他在福布斯夫妇和艾瑞克·兰姆面前站定，生气地绷着脸。蒂丽后来说她以为他要打人，但在我看来他好像是吓傻了，顾不上抡起拳头。从他的眼神来看，他应该是有话要说，沉默顷刻后，他说道："你把那事告诉她了，是不是？"

他说这话的时候虽是在耳语，却像恨不得大声吼出来。于是，这话从他嘴里说出来的时候带着愤懑和怨气。

福布斯先生从人群中转过身来，叫克里希先生面墙而立。我听他说了"天哪，冷静点，看在上帝的分上"这样的话，然后又听他说："我们什么也没告诉她。"

"那她为什么要离家出走？"我听到克里希先生说。愤怒似乎让他无法动弹，他犹如一尊怒不可遏的雕像，一动不动地矗立在那儿，不过那通红的肤色很快从他的衬衣底下蔓延到了脖子。

"这我哪知道,"福布斯先生说,"但如果是她发现的呢? 不是我们告的密。"

"我们才不会那么傻呢。"艾瑞克·兰姆说。他回头望着大堂里的茶杯和好奇的人们,"我先带你出去,咱们去喝一杯。"

"我他妈的什么都不想喝。"克里希先生像蛇一样朝他们嘶叫,"我希望我的妻子回来。"

但这事由不得他。他们像押犯人一样陪着他出了副堂。

我望着福布斯太太。

她望着他们身后早就关闭的门。

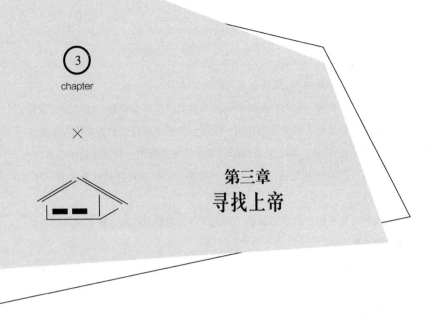

第三章
寻找上帝

社区小路四号

1976 年 6 月 27 日

———

　　我们社区的路都是以树命名的，我和蒂丽沿着将梧桐路和雪松路分开的巷子从副堂往家走去，巷子两边晾洗的衣物如同花园里挂着的破败彩旗，等着微风与之私语。我们走过时，水滴落在混凝土小径上，奏出一个个音符。

　　谁也不会想到，若干年后，人们仍会提起这个夏天。每次都会拿别的热浪与之比较，倘若有人抱怨气温，那些熬过这个夏天的人都会直摇头，然后呵呵一笑。这是一个获得救赎的夏天，这个夏天流行玩弹跳球，流行舞蹈皇后，这年，桃莉·巴顿乞求茱莲妮不要抢走她的男人。我们全都盯着火星的表面，感觉自己是那样渺小。浴缸里的水得几个人用，水壶也只能装一半。只有在莫顿太太所说的特殊场合我们才被允许冲马桶。唯一的问题是，若你遇上"特殊场合",那就会众人皆知,这事还有点尴尬。莫顿太太说要是我们不省着点用,到时候桶里的和储水管里的水都会用光。她是治安委员会的成员,要是有人偷偷地浇花园,她准会告状(她自己只会用洗衣服的水浇花,这是允许的)。她说只有团结一致才能共渡难关。我知道这不是真的,因为别人家的草坪都是枯黄的,唯独福布斯夫妇家的草坪是绿油油的一片,好生奇怪。

我能听见蒂丽在我身后说话。她的声音冲击着栅栏两边被热浪烤得焦干苍白的木板。

"你怎么看?"她问。

自从离开松树新月街后,她一直在琢磨克里希先生的话,想对这件事情发表自己的看法。

"我觉得福布斯先生和福布斯太太知道内情。"我冲她大声说。

蒂丽奋力追上我,思忖着我这句话。

"你觉得是他们把她杀了吗?"

"我觉得是他们合谋干的。"

"我怎么觉得他们不像这样的人,"她说,"我妈觉得福布斯夫妇是老古董。"

"不,他们时髦得很。"我找到一根棍子,沿着栅栏划过去,"他们家还有苏打水机呢。"

蒂丽的妈妈觉得所有人都是老古董。她妈妈戴一副长长的耳环,喝堪培利开胃酒,永远只穿粗棉布衣服。在寒冷的冬天,她也只会多穿几件粗棉布衣服,像裹寿衣一样一层层地包着自己。

"我妈说福布斯先生和福布斯太太喜欢八卦。"

"呵呵,到时候她就知道了。"我说。

由于天气炎热,巷子两旁房屋的后门都是敞开的,空气中飘来面糊和烤盘的气味。

即使是在 90 度的高温下，炉子上仍然会煨着球芽甘蓝，肉汁也还是会从厚重的大盘子里溢出来。

"我讨厌周日。"我说。

"为什么？"蒂丽也找到一根棍子，挨着我的那根在栅栏上拖动。

蒂丽没有讨厌的事情。

"因为是周一的前一天，总感觉空落落的。"我说。

"我们马上就要放假了，到时候六个礼拜全是休息日。"

"我知道。"我把玩着棍子，想要把无聊的情绪戳进木头里。

"我们放假要做什么？"

我们来到栅栏的尽头，巷子里一片沉寂。

"我还没决定。"我说，任凭棍子从我的手里掉落。

我们走在去往青柠新月的路上，一路甩着脚，想把拖鞋里的碎石抖落。我抬头望去，车和窗户反射的阳光刺痛了我的眼睛。我眯缝起眼睛又抬头望去。

蒂丽没有留意，但我旋即看到了她们。那是一群女孩，留着奎特罗一样的发型，不停地甩动头发。她们涂着润唇膏，手插在牛仔裤口袋里，弯曲的手肘形成翅膀一样的形状。她们年纪比我大，无所事事地站在对面的拐角处。她们一边嚼着口香糖，一边用磨损的靴子丈量着人行道的同时，还不忘打量我们。她们好比一本书中夹着书签的那一页，我尚未读过，自然很想融入她们的圈子。

这些女孩我全都认识。长久以来，我都在一旁观察着她们的一举一动，熟悉她们的脸就跟熟悉我自己的脸一样。我朝她们望过去，希望有人认得我，可惜一个也没有。即便我故意挤了挤眼，即便我放慢脚步，也无济于事。蒂丽走在前头，我们的距离越拉越远，她满脸疑虑地回头望我。我一时不知道把手放在哪里，索性叉在腰间，试图把拖鞋踩得啪嗒作响。

蒂丽在拐角等我。

"我们现在怎么办？"她问。

"不晓得。"

"我们要去你家吗？"

"行吧。"

"你为什么这么说话呀？"

我摊开双手道："不知道。"

她笑了，我也冲她笑了笑，尽管笑中夹杂着担忧。

"给我吧。"我说着摘下她的防雨帽，戴在了自己头上。

她扑哧一笑，伸手把帽子夺了回去。

"有些人没办法戴帽子，格蕾西，"她说，"就该物归原主。"

我挽着她的胳膊，往家里走去。我们经过一片片相似的草坪，看到一排排连起来的房屋，屋子里的人因为机缘巧合组成了一个个家庭，过着千篇一律的生活。

我试着过不同的生活。

到家后，母亲正一边削土豆，一边跟吉米·杨说话。吉米·杨坐在母亲头顶的架子上，母亲一边微笑着朝他点头，一边把泥扔到水槽里。

"你去的时间够长的了。"

我不知道她是在跟我说话还是在跟吉米说话。

"我们去教堂了。"我说。

"你喜欢那里吗？"

"不喜欢。"

"敢情好。"她说着，又从泥里掏出一个土豆。

蒂丽用针织套衫捂着脸笑了起来。

"爸去哪儿了？"我从冰箱里拿出两个三角奶酪，然后将一包奶酪味薯片倒在一个盘子里。

"他去买报纸了。"母亲给土豆泡上水，更加笃定地说，"马上就会回来。"

"酒吧。"我冲蒂丽做着口型。

我拆开奶酪包装纸的同时，蒂丽摘掉了她的帽子。我们听着兄弟会乐队的歌，看母亲削好的土豆。

"把你的吻都给我"，收音机里唱到这句的时候，我和蒂丽甩开胳膊跳起舞来。

"你相信上帝吗？"一曲终了我问母亲。

"我相信上帝吗？"她望向天花板，剥土豆的速度慢了下来。

我不知道为什么我问问题的时候，所有人都会抬头望天，像是他们期待上帝能从云端出现，直接给他们答案似的。若果真如此，那上帝恐怕要令母亲失望了。直到父亲从后门进来，我们都仍在等待着母亲的回答。父亲手里没有报纸，眼里却带着醉意，显然在退伍军人协会喝酒了。

他像床单一样裹着母亲。"我的美娇妻还好吗？"他说。

"现在我可没时间跟你瞎胡闹，德里克。"说着她又将一个土豆扔进水里。

"还有我两个可爱的女孩。"他揉着我和蒂丽的头发说。不过，这事还真有点多余，我和蒂丽的头发都没办法揉起来。我那金黄色的头发太硬了，而蒂丽的头发上扎着圆形头绳。

"你要留下来吃午饭吗，蒂丽？"父亲问，他倾身过去，再次揉了揉她的头发。

每次只要蒂丽在我们家，父亲都会表现得像卡通片里的角色一样，摇身一变成为蒂丽的父亲，想要填补蒂丽生命中的空缺。而蒂丽压根儿就没有父爱这个概念，只有父亲表现得特别明显时，她才会意识到。

她刚要回答，父亲却把头探进了冰箱。

"我今天在退伍军人协会看见了瘦子布莱恩。"他对母亲说，"猜猜他是怎么跟我说的。"

母亲没有吭声。

"他提到了住在桑树街街尾的那个老女人，你认识她吗？"

母亲对着土豆皮点点头。

"他们上周一发现她死了。"

"她已经很老了，德里克。"

"问题是……"说话间他将自己那份三角奶酪的包装纸撕下来，"他们认为她已经死了一个礼拜，可是谁都没有发现。"

母亲朝父亲望去，我和蒂丽则盯着那盘土豆片，尽量装隐身人。

"要不是因为闻到臭味，现在都不会被发现……"父亲说。

"两位姑娘，你们可以到外面去吗？"母亲发话道，"等晚餐准备好了，我会叫你们的。"

我们坐在露台上，背紧贴着阴凉处的砖头。

"想想看，死了都没人想你，"蒂丽说，"这可不是上帝的做法，对吧？"

"牧师说上帝无处不在。"我说。

蒂丽蹙起眉头看着我。

"无处不在。"我比画着胳膊告诉她。

"那他为什么不出现在桑树街呢？"

我望着花园远端的一排向日葵。那是母亲去年春天种的，现在，向日葵已高过墙顶，像间谍一样监视着福布斯家的花园。

"我也不大确定，"我说，"兴许他在别的地方呢。"

"要是我死了，我希望能有人想我。"她说。

"你不会死的，咱俩都不会死。除非我们老了，除非有人巴不得我们死掉。在此之前上帝会一直保护我们的。"

"可他就没有保护克里希太太，不是吗？"

我看到一群大黄蜂在向日葵丛中飞来飞去，它们在花儿中探究了一会儿，然后钻入花盘中间，不停地搜索、巡视，最后又飞到了日光中。它们身上沾满了黄色的花粉，战绩辉煌。

"有了。我知道暑假该干什么了。"我说着站了起来。

蒂丽抬头望了望，然后手搭凉棚，眯缝着眼睛看着我，"干什么？"

"我们得确保所有人的安全，把克里希太太带回家。"

"可是要怎么做呀？"

"去找上帝。"我说。

"我们吗？"

"是的，"我说，"就我们。就在咱们街区，不找到上帝绝不善罢甘休。"

我伸出手，蒂丽也把手伸了出来，我把她拉起来。

"行，格蕾西。"她说。

她重新戴上防雨帽，冲我笑了笑。

4

chapter

×

第四章
九年前的大火

社区小路六号

1976年6月27日

———

　　周一的节目是《有人招待您吗？》，周二的节目是《美好生活》，周六放的则是《世代游戏》。虽然从小到大一直在看，可多萝西就是看不出布鲁斯·福赛斯有哪里搞笑。

　　她一边刷碗，一边回忆那些电视节目，像在考试一般。这样一来，她就不会老想着在教堂副堂发生的事了，也用不着回忆约翰·克里希脸上的表情，更不用理会她心里那种蜘蛛爬似的感觉。

　　在周一、周二、周六时，她一般很喜欢刷碗。她喜欢看着花园放空思绪，可今天太闷热了，热浪从窗外扑来，让她感觉自己是在一个巨大的烤炉里向外看。

周一，周二，周六。

她依旧记得，不过没有心存侥幸。她在《广播时代》上把这些节目都圈出来了。

只要她就一件事问哈罗德超过一次，他便大发雷霆。

"多萝西，你得往脑子里记呀！"他这么告诉她。

哈罗德一生气，整栋房子里都会充斥着他的怒气。他的怒火会在他们的卧室和医生诊疗室里蔓延，甚至整个超市都会受到波及。

她很努力地去记住。

然而，有时候，有些字还是会从她的脑海里逃脱。它们掩藏在其他字后面，或是只露一点点头，然后，趁她尚未找到机会抓住它们，便消失不见了。

"我找不到我的……"她总是这么说。

哈罗德就会说出一个个选择，像是在发射子弹："钥匙？手套？钱包？眼镜？"而这只会叫她想不起来的那个词消失得更彻底而已。

"毛绒玩具。"有一天她这么说，盼着能逗他笑。

但哈罗德没有笑。他盯着她，仿佛她是个不速之客，无意中打扰了别人的对话，跟着，他悄悄地关上后门，开始修剪草坪。不知怎的，房间里的安静比哈罗德的怒火更加可怕。

她把茶巾叠好，放在滴水板边上。

自打他们从教堂回来，哈罗德就一直不说话。"他和艾瑞克把约翰·克里希安置在了某个地方，上帝肯定知道那是哪里。"她这么想到，却连问都不敢问。哈罗德一直坐在那儿默默地看报纸，吃饭时不说话，把肉汁滴到了衬衫前襟上，他也不说话，她问他饭后要不要来点爱迪尔牌牛奶泡柑橘，他也只是点点头。

她把柑橘泡奶放到他面前时，他说出了一整个下午以来所说的唯一一句话："这是桃，多萝西。"

这种病一再出现。她在一本书里看到过，这是家族遗传。她母亲最后也是如此，人们总是发现她清晨六点在街上游荡，把所有东西都放错了地方。"像是一盒子青蛙一样疯狂"，哈罗德曾经这么说她母亲。母亲就是在多萝西的这个年纪开始迷失心智的，不过多萝西始终觉得"迷失心智"是个奇怪的词。仿佛心智就像一串房门钥匙，或是一条杰克罗素梗犬，会被放错位置，而这么不小心很可能全是你自己的错。

没出几个礼拜，他们就把她母亲送进了疯人院。动作太快了。

"这是最好的安排。"哈罗德如是说。

每次他们去看望她母亲，他都要说这句话。

哈罗德吃掉了桃子，便窝在长沙发上睡着了，只是这么热的天，她不明白怎么会有人竟然睡得着。他就躺在那儿，随着梦境的深入，腹部一起一伏，鼾声与厨房里时钟的嘀嗒声保持相同的节奏，昭示着下午时光的流逝。

多萝西将他们这顿沉默的饭所剩下的食物端起来，倒进脚踏启盖式垃圾桶里。迷失心智唯一的问题就是永远都不会丢失你想要忘记的回忆——那些你真正想要忘却的记忆。她的脚仍然踩在脚踏板上，望着垃圾。不论写多少份清单，不管在《广播时代》上画多少个圈，不管把那些词念上多少遍，不管如何去愚弄别人，没有消失的永远都是那些你当初压根儿都不愿意经历的事的记忆。

她把手伸进垃圾里，从土豆皮里拿出一个马口铁罐，盯着看了起来。

"多萝西，这是桃子。"她在空荡荡的厨房里说，"桃子。"

泪水就这样滑落下来，她甚至都没意识到自己哭了。

"多萝西，问题在于你想得太多了。"哈罗德的目光一直落在电视屏幕上，"那样对身体没好处。"

天快黑了，阳光不再耀眼，一束金色的光芒照射进客厅，给餐具柜蒙上了一层鲜艳的深白兰地色，阳光照在窗帘的皱褶里，便消失不见了。

多萝西假装从开衫的袖子上摘掉绒毛。"眼下这么个情况，很难不去想，哈罗德。"

"这根本是两回事。她是个成年人了。她和约翰兴许只是吵了几句，就出去待几天，好给他点颜色看看。"

她瞧着她丈夫。自窗户照进来的阳光给他的脸添了几许红润，跟杏仁糖一个颜色。"但愿你说得对。"她道。

"我说的当然是对的。"他的目光依然紧紧定格在电视屏幕上，她看到他的眼睛随着电视画面的变动而闪动着光芒。

他看的是《世纪大拍卖》。她本该知道，要是哈罗德沉迷于尼古拉斯·帕森斯的节目，最好还是不要同他讲话，等到广告时间再说才是明智的选择。只是要说的话太多了，她控制不住它们，只好任由它们从嘴里钻出来。

"但我见过她，那是她失踪的几天前。"多萝西清清喉咙，虽然她的喉咙里并没有卡着什么东西，"她当时正要去十一号。"

哈罗德这会儿终于看着她了，"你以前可没和我说过这事。"

"你也没问呀。"她说。

"她去那里做什么？"他扭头看着她，他的眼镜从椅子扶手上掉了下来，"他们说了什么？"

"不知道，但这不可能是巧合，你说呢？她和他说过话，过了几天，她就人间蒸发了。他肯定说了什么。"

哈罗德盯着地板，她等着他变得和她一样害怕。角落里的电视机将陌生人的笑声送进他们的客厅。

"有件事我不明白，"他说，"发生了这么多事，他怎么还能住在这条路上。他早就该搬走了。"

"哈罗德，人们住在哪里是他们的自由，你可管不着。"

"他不属于这里。"

"他自打出生就住在十一号呢。"

"但是，他干出了那样的事，还要继续住在这里吗？"

"他什么都没做。"多萝西不敢看哈罗德的眼睛，只好盯着屏幕，"人们都是这么说的。"

"我清楚他们都说过什么。"

她能听到他的呼吸声，有暖暖的气息自疲惫的肺里发出来，她等待着。但他扭过头，继续看电视，还挺直了脊背。

"你是疯了，多萝西。这件事都过去了，都过去十年了。"

"事实上是九年。"她说。

"九年，十年，那又怎么样呢？反正都是以前的事了，只是每次你提到这事，它就不再是过去的事，而是又出现在当下。"

她把裙子折叠在一起，又松开，任由布料滑下去。

"你说你这个女人，别再烦躁不安了，好不好？"

"我控制不了我自己。"她说。

"快去干点有益的事情吧。去洗个澡。"

"我今天早晨洗过了。"

"那就再洗一遍。"他说，"你弄得我都没听到电视里问的问题。"

"不节水了吗，哈罗德？"

但哈罗德没有回答，只是剔起了牙。多萝西能听到他剔牙的声音。那声音透过电视里尼古拉斯·帕森斯的滔滔不绝，依旧清晰可闻。

她抚平头发和裙子，深吸一口气，强咽下要说的话，跟着站起来，走出了房间。在关门之前，她回头看了一眼。

他不再看电视，而是望着窗外——他的视线越过网眼窗帘、花园和人行道，落在了十一号的前门上。

他的眼镜依然落在他的脚边。

多萝西很清楚她把那个马口铁罐藏在哪里了。

哈罗德从来都不去后面的卧室，如此一来，它就变成了绝佳的储藏室。那里就像一个休息室，存放她不再需要却又不舍得扔的东西。他说过，一想到那里，他就头疼。日复一日，那里的东西越堆越多。现在，过去的痕迹伸展到了角落，延伸到了天花板，遍布窗台，触碰到了壁脚板，让多萝西还可以将承载过去的物件捧在手里。有些时候，光是记得并不足够。有时候，她需要把过去带在身上，确保她成为过去的一部分。

这个房间将夏季困在了它的四壁之中。多萝西仿佛置身于一个不透气的博物馆，四周尽是灰尘和纸的气味，她感觉汗水流到了发际线。电视的声音穿过地板，她能想象到哈罗德就在她的脚下，一边剔牙，一边回答问题。

那个马口铁罐就在一堆她母亲用钩针编织的毯子和商队遗留下的陶器之间。她刚走到门口就看到它了，如同它一直在等她。她跪在地毯上，将它拽了出来。罐子边缘有饼干的图片，像粉红色的薄脆饼、圆环饼干，还有杰米·道奇牌饼干，吸引着你去看罐子里面。图片中的这些饼干都有卡通式的手和腿，它们手拉着手，在一起跳舞。她把罐子抱在怀里，掀开了盖子。

首先映入眼帘的是1967年的彩券和一把安全别针。有哈罗德的袖扣，都生锈了，还有一些掉落的扣子，以及一份当地报纸的剪报，是她母亲去世时刊登的讣告。

"愿她安详地离世！"讣告这样写。

可惜天不遂人愿。

多萝西来这里找的东西在针、夹具和扣子的下面。那是一些柯达信封，已经因时间太久而膨胀了。哈罗德从不相信照片。"幼稚可笑"，这就是他对照片的评价。多萝西从没听过别人用这个词来形容照片。哈罗德的照片少之又少。偶尔会拍到他放在餐桌上的手肘，或是踏在草坪上的脚，若是有人想拍他的脸，他就会露出诡计受害者才有的表情。

她在一包包信封里翻找着。大多数照片都是从她母亲家拿来的。照片的边缘是白色锯齿状的，照片里的人她并不认识，那些人坐在她不认得的花园里，或是她从未到过的房间中。那些人中有好几个叫乔治和弗洛丽，还有很多个比尔。他们都把名字写在了信封背面，这么做或许是希望当别人知道了他们是谁时，能更清楚地记住他们。

她自己的照片也很少，有张拍摄于一次罕见的圣诞聚会，还有张她在妇女联盟吃饭时的照片。一张威士吉的照片掉落在地板上，她感觉喉咙一紧。它始终都没有回来。"再买只猫吧！"哈罗德这么说过。只有那一次，她想要发脾气。

她要找的那张照片在最底下，沉重的回忆压在它的上面。但她一定要看。她必须确认。或许多年以来，往事已然被歪曲了。或许时间已经将触手伸到了过去之中，放大了她的良心。或许，如果她可以再看到那些脸，她就能承认他们是无害的。

他们坐在英国退伍军人协会的一张桌边，抬头看着她。那时候所有的一切都尚未发生，但她肯定就是那张桌子，那个决定就是在那张桌边敲定的。哈罗德坐在她身边，他们都盯着镜头，眼睛里充满了忧虑。拍照的人是突然跳出来给他们拍了这张照片的，她还记得这一点，那时正好镇里的报社要为一篇充满地方特色的文章拍摄一些照片。当然了，他们并没有用这张照片。约翰·克里希站在他们后面，留着披头士风格的刘海，两只手插在衣兜里，坐在他前面的是跟小丑一样的傻瓜——瘦子布莱恩，他一只手里拿着啤酒杯，艾瑞克·兰姆坐在哈罗德对面。谢拉·戴金坐在桌子的一端，她的睫毛很长，面前摆着一杯杯香牌甜味梨子汽酒。

多萝西看着他们的脸，希望能找出其他一些蛛丝马迹。

什么都没有。他们和她印象中的一模一样。

那是 1967 年。那一年，约翰逊又将数千人派到越南送死；那一年，中国制造了氢弹，以色列发动了第三次中东战争；那一年，人们为了信仰，上街游行，大声疾呼，挥舞着旗帜。

很多选择都是在那一年做出的。

她真希望当时她能知道有朝一日她会回过头来审视自己，希望他们当时能做出不一样的选择。她把这张照片翻转过来，上面没有名字。发生了那么多事，她很肯定没有人会在乎别人会不会记住自己。

"你在做什么？"

哈罗德的脚步声通常都不那么小心谨慎。她赶紧别过身，将照片塞进腰带里。

"我在找东西。"

他靠在门框上。多萝西不知道他什么时候在那儿的，但哈罗德已经老了。他脸上的皮肤变薄了，十分光滑，他还弯腰驼背，仿佛正慢慢地要退回子宫里。

"你窝在那里做什么，多萝西？"

她直视他的眼睛，知道他被她搞糊涂了。

"我是在……"她说，"我是在……"

"你取得了进展？"哈罗德直往屋里看，"是搞得一团乱，还是让你自己招人讨厌？"

"一个选择，"多萝西抬头对他笑笑，"我在做选择。"

她看到他用衬衫袖子抹掉了太阳穴上的汗珠。

哈罗德下楼去了，多萝西走到楼梯平台上，又看着那张照片。她首先回忆起的是那股气味，那股味道在事后一直在社区小路上飘了好几个礼拜，在十二月的严寒天气中显得格外刺鼻。有时候，她觉得现在依然能闻到那股气味，即使过去那么久了。她在人行道上闲逛，沉浸在自己的思绪中，那股味道就会再次扑鼻而来。好像它从未真正消失，好像它是被故意留在那里，好时时提醒他们。那天晚上，她就站在此时站的地方，看着一切发生。她无数次想起当时的场景，或许是盼着能出现变化，盼着自己能忘记，可那个晚上已经深深镌刻在了她的记忆中。即便是当时，即便是她眼睁睁看着这一切的时候，她就知道已经没有转圜余地了。

1967 年 12 月 21 日

忽然间，警铃大作，将住在这条路上的人家从沉睡中吵醒。灯纷纷亮了起来，人们从鱼缸一样的窗户看向外面的黑夜。多萝西站在楼梯平台上看着。她向前探身，楼梯扶栏勒得她的骨头都疼，但从这扇窗户向外看得最清楚，她又往前探了探身。这时候，警笛声停了，消防车上的人都到了街上。她竖起耳朵听，但玻璃隔绝了声响，她唯一能听到的就是自己的喘息声，还有咚咚的心跳声。

窗户的四角结了冰，像是爬满了蕨类植物，她必须从没结冰的地方才能看到外面。人行道上有卷曲的水龙带，灯光宛若河水，延伸进黑暗之中。这一幕感觉那么不真实，极富戏剧性，仿佛人们正在社区小路中央上演戏剧。在路对面，艾瑞克·兰姆打开前门，穿上一件短外套，回头喊着什么，便向街上跑去，她周围的窗户都被推开，人们的哈气传到了黑暗中。

她喊了一声哈罗德。她得叫好几次才行，因为他睡觉睡得特别死，梦境像是水泥筑成的。他终于走过来，依然一副受惊的样子，被惊醒之人都是如此。他想知道发生了什么事，大叫着问了她好几个问题，虽然他就站在三英尺之外。她能看到他还睡眼蒙眬，脖子上还留有枕头的压痕。

她回过身，又看向窗外。又有几户人家的门开了，更多人涌到了街上。在这所房子的气味之外，在抛光的窗台和水槽里小仙女牌洗碗液的气味之外，她想象着她能感觉到烟穿过缝隙和碎片，穿过砖瓦，钻了进来。

她回头看着哈罗德。

"我想是出事了。"她说。

人们来到花园。约翰·克里希在路对面大喊大叫，只是他的声音被发动机的轰鸣声和靴子踏在水泥地面上的咚咚声淹没了。多萝西在黑暗中望向路尽头。谢拉·戴金站在草坪上，用手捂着脸，风阵阵吹着，她的睡裙都贴在了腿上，像是一面旗帜。哈罗德让多萝西待在原地，但大火好像具有磁场，每个人都受到了吸引，人们走过小径和人行道，被越拉越近。只有一个人一动不动，那就是梅·罗珀。她站在她家门口，被灯光、嘈杂的声音和气味震撼得无法动弹。布莱恩从她身边跑过，可她好像都没注意到。

消防队员如同机器一样忙碌着，他们排成一排，将水从地下抽出来。周遭的声音嘈杂不已，如同声音发生了爆炸。哈罗德冲多萝西大喊，让她回屋去，她却又向前走了几步。她看着哈罗德。他的全部注意力都在发生的事情上，所以没留意到她，她沿着墙边一点点往前走。她只需要看上一会儿就行。那样就能知道那件事是不是真的发生了。

她走到花园的最远端，这时候消防员挥动手臂，要人们往后退，好像他们都是木偶，他们聚集在社区小路中央，站在一起抵御寒冷。

那个消防员大叫着问道："房子里住了几个人？"

人们一块儿回答，声音被风一吹，听来有些模糊。

那个消防员扫过人们的脸，最后一指德里克，"多少个？"跟着一字一顿地又说了一遍。

"一个。"德里克喊道，"只有一个人。"德里克回头看着他自己家，多萝西顺着他的目光看了过去。西尔维娅站在窗边，怀里抱着格蕾丝。西尔维娅看着他们，然后别转身，将孩子的脑袋贴在自己身上，"他母亲住在养老院，但这会儿被他带出门去过圣诞了。"德里克说道，"现在房子里没人。"那个消防员这会儿已经跑回去了，所以德里克的话飘散在了黑暗中。

烟雾升入天空，迷失在黑暗中，在星光的照耀下，烟雾的边缘清晰可见，跟着，烟雾便消散了。哈罗德和艾瑞克对视一眼，艾瑞克摇摇头，这只是一瞬间的事，几乎就跟没发生过一样。多萝西看到了，但她别开脸，回到了各种声音和烟雾之中。

没有人注意到他，至少一开始是这样。他们只顾着看大火，橙红色的火焰蹿得老高，窗户里火光冲天。最先看到他的是多萝西。她大吃一惊，却发不出声音，呆立在原地，但过了一会儿，所有人都惊诧起来。震惊的情绪在人群中蔓延，到最后，他们都不再看十一号，而是转过身，盯着那个人。

沃尔特·毕晓普。

大风灌进他的外套，吹动他的衣领，刮得他的头发乱七八糟，似乎想要遮住他的眼睛。他的嘴唇翕动，但一个音节也发不出来。他原本拿着一个购物袋，只是袋子从他的手中掉落了下来，一个罐头从里面滚出来，沿着人行道滚进了排水沟。多萝西把罐头捡回来，想还给他。

"大家都以为你和你母亲出门了。"她说，沃尔特却没听到。

他家那边传来叫喊声，一个消防员的声音听得最清楚。

"里面有人，"消防员喊道，"房子里有人。"

他们不再看大火，而是望着沃尔特。

"谁在里面？"所有人的眼里都写着这个问题，但哈罗德将它说了出来。

一开始，多萝西还以为沃尔特没听到这个问题。他的目光牢牢锁定在开始从他家窗户冒出的黑色烟雾上。当他终于给出回答的时候，他的声音是那么轻，如同在窃窃私语，他们都要靠过来，才听得清楚。

"鸡汤。"他说。

哈罗德蹙起眉头。多萝西能看到未来会长出的所有皱纹此时都出现在了他的额头上。

"鸡汤？"皱纹变得更深了。

"是呀。"沃尔特依然望着十一号，"得了流感，喝鸡汤效果很好。流感，真的很可怕，是吧？"

人们都点点头，活像是黑暗中一群幽灵般的牵线木偶。

"我们到酒店时她却病了。我对她说，'妈妈，你身体不舒服，最需要的就是你自己的床。'所以我们就掉头回家来了。"

所有木偶的眼睛都盯着沃尔特家的二楼窗户。

"她现在在上面吗？"哈罗德说，"你母亲在上面吗？"

沃尔特点点头，"我不能把她送回养老院，是不是？毕竟是这么个情况。我让她躺在床上，然后去给医生打了个电话。"他看着多萝西交还给他的罐头，"告诉他，我会按照他的建议，给母亲熬鸡汤。现在这些东西里的添加剂太多了。再怎么小心也不为过，是不是？"

"是的。"多萝西说，"再怎么小心也不为过。"

烟雾飘到了社区小路上。多萝西的嘴里都是烟味。烟雾和恐惧、寒冷混合在一起，她把开衫裹得更紧了一些。

哈罗德从后门走进厨房。

多萝西知道哈罗德有话对她说，因为他只在两种情况下才走后门，一种是出了急事，另一种是他穿着惠灵顿长雨靴。

她放下填字游戏，抬起头来，等待着。

哈罗德绕过料理台，随手拿起几样东西，又打开橱柜门，看看餐用器皿，过了一会儿，他终于再也忍不住了。

"那里太可怕了。"他说着把一个马克杯放回杯架上，"太恐怖了。"

"你进去了？"多萝西放下笔，"允许进去吗？"

"警察和消防员都好几天没来过了。况且也没人说过不能进去。"

"里面安不安全？"

"我们没上楼。"他找到一包布尔本牌饼干，她之前把它们藏在了自发面粉后面，"艾瑞克觉得这么做有些不敬，你知道的，毕竟是这么个情况。"

多萝西觉得去楼下也很不敬，但她知道还是保持沉默为好。要是你对哈罗德提出质疑，他会一连好几天说个不停，证明他是对的，活像是打开了水龙头。她本来也想过要去看看的。她甚至都走到了后门，却还是改变了主意。现在这种情况，那么做很不明智。然而，哈罗德就跟个三岁孩子一样，一点也管不住自己。

"楼下怎么样？"她说。

"告诉你一件怪事吧。"他拿掉一盒奶油乳酪味的布尔本饼干的盖子，吃了起来，"起居室和玄关被烧得一塌糊涂，算是全完了。但厨房几乎完好无损，只有墙壁上有几处烟熏的痕迹。"

"没烧毁吗？"

"一件东西都没毁。"他说，"钟表还走，茶巾叠着放在滴水板上。真是个奇迹呀！"

"他母亲就没遇到这种奇迹，上帝保佑她安息。"多萝西伸手去拿袖子里的纸巾，但想想还是作罢，"他们提早回来了，太不幸了。"

"不。"哈罗德看着下一块饼干，却在拿出来后又把它放回了饼干袋里，"她什么都不知道。她得了流感，显然都昏迷了，甚至都下不了床。所以他才会去打电话叫医生。"

"我就是搞不懂他为什么不送她回养老院。"

"什么？三更半夜回养老院？"

"那样的话，她就不会死了。"

多萝西的视线越过哈罗德和窗帘，落在社区小路上。自从那场大火之后，这条路就变得很安静，成了战舰灰色。即便是圣诞节装饰也没能让气氛变得欢快起来。它们看来很狡猾，仿佛拼了命要让所有人都高兴起来，要让他们的眼睛离开化为焦土的十一号。

"别再分析来分析去了。你知道的，你就是想太多了，才会糊里糊涂的。"哈罗德看着她说，"兴许是一根乱丢的烟头，或许是火里蹿出了火星。他们都是这么认为的。"

"可我们说了那些话，做了那样的决定，还是如此吗？"

"乱丢的烟头。"他重新拿起那块饼干，掰成两半，"火里蹿出了火星。"

"你真相信这样的说法？"

"嘴巴不牢，连大船都会沉掉。"

"老天，我们又不是在打仗，哈罗德。"

他转过身，望向窗外。"不是吗？"他说。

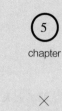

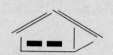

第五章
卧底女童军

山梨树园路三号

1976 年 6 月 28 日

———

"两个小女孩敲开他们的门，还问上帝在不在家，你不觉得人们会起疑吗？"莫顿太太将一碗快乐天使牌速溶奶昔放在桌上。

"我们要去做卧底。"我用勺子边缘在奶昔上写了我的名字。

"是吗？"蒂丽说，"真是太刺激了。"

"你们想怎么干？"莫顿太太俯下身，将奶昔碗向蒂丽那边推了一点点。

"我们就说要赢得女童军的徽章。"我说。

蒂丽抬起头，眉头皱了起来。"我们没参加女童军，格蕾丝。你说过女童军不是我们那杯茶。"

"我们可以当临时女童军。"我道，"这样的女童军更随意。"

蒂丽笑了，在奶昔碗的边缘写下非常小的"蒂丽"两个字。

"我会假装没听到你们说的话。"莫顿太太在围裙上蹭蹭手，"你们怎么突然对上帝这么感兴趣了？"

"我们都是绵羊。"我说，"羊需要牧人来保护它们的安全。牧师就是这么说的。"

"是吗？"莫顿太太双臂抱怀。

"所以我们要确定有牧人来保护我们。"

"明白了。"她向后靠在滴水板上，"你们该知道这是牧师的想法。有些人没有牧人，也能过得很好。"

"但聆听上帝的教诲是很重要的。"我把勺子放进碗里，"如果你注意不到上帝，他就会来追你。"

"还带着刀。"蒂丽说。

莫顿太太的眉头皱成了一个疙瘩，"但愿这也是牧师告诉你们的。"

"确实如此。"我说。

我们沉默下来，墙上的钟嘀嘀嗒嗒地走着，我猜莫顿太太正在搜肠刮肚地选择合适的话。

"我只是不愿意看到你们失望。"她终于说道，"要看到上帝，可不总是很容易的事。"

"我们会找到他的，等我们找到了，所有人就都安全了，克里希太太也会回家来。"我把一勺快乐天使牌速溶奶昔送进嘴里。

"到时候，我们就是这里的大英雄啦。"蒂丽说着笑了，还舔了舔勺尖。

"依我看，克里希太太能不能回来，恐怕不是上帝能做主的。"莫顿太太探身又打开一扇窗户。我听见雪糕车从社区里穿过，像魔法师一样吸引了各家的孩子从花园里跑出来。

"我们都觉得她并没有死。"我说。

"哦，这还算幸运。"

"那现在我们需要上帝找到她。你一定要记住,上帝是无处不在的,莫顿太太。"我挥挥手臂,"所以,要他找个人,将人们从困境中带回来,还不是轻而易举嘛。"

"这话是谁说的?"莫顿太太摘掉眼镜,捏了捏鼻子上眼镜留下的压痕。

"上帝。"我大声答道,还尽可能睁大了眼睛。

莫顿太太本想说什么,却只是叹口气,摇了摇头,决定还是去把碗碟擦干净。

"还是不要抱太大希望了。"她说。

"就要播《蓝彼得》了。"蒂丽滑下椅子,"我先去把电视打开,提前准备好。"

她跑进前厅,我从椅子上站起来,端着碗走到水槽边。

"你打算从什么地方开始?"莫顿太太说。

"我们打算一家一家地去,直到他出现为止。"我把碗交给她。

"知道了。"

我都快走到走廊尽头了,她喊了我一声。

"格蕾丝。"

我站在门口。雪糕车走远了,有断断续续的声音飘进房间。

"你们挨家转的时候,"她说,"千万不要去十一号。"

我蹙起眉问:"必须得这样做?"

"必须这么做。"她说。

我本想争辩几句,可看她的脸色,就知道她不想多说。

"好吧!"

回答之前,我的心跳发出了咚的一声。不过我觉得莫顿太太并没有听到。

6
chapter

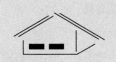

第六章
克里希太太成了走失人口

社区小路四号

1976年6月29日

———

那个警察很高，即便摘掉了帽子，也是如此。

这可是我头一次这么近距离接触警察。他穿着很厚的制服，浑身散发出一股布料味，而且，他的扣子很闪，在他说话的时候，我能看到我们的整个厨房都倒映在扣子上。

"例行询问。"他说。

我觉得这种工作真不赖，能把打听人家的私事当成例行公事。

我看到炊具在他的胸口上跳舞。

《十字路口》正演到一半的时候有人敲门。我母亲压根儿就没听到，后来还是我父亲向窗外看，才发现一辆警车停在我家墙壁的另一边。他说了句

"见鬼",我听了抱着垫子哈哈笑了起来,母亲斥责了父亲两句,跟着,父亲向玄关走去,差点被雷明顿绊倒。

这会儿,那个警察站在我家厨房,我们则站在边上瞧着他。一看到他,我就想起了牧师。他们都有本事叫别人显得渺小又自觉愧疚。

"那好吧,我来想想。"父亲说。他用一条茶巾擦掉嘴唇上的汗珠,看了看母亲,问道:"你还记得我们最后一次见她是什么时候吗,西尔维娅?"

母亲把餐桌上的餐具垫子收起来。"记不清楚了。"她说着又把它们都放了回去。

"大概是周四吧。"父亲说。

"也可能是周五。"母亲说。

父亲斜睨了母亲一眼。"也可能是周五。"他看着茶巾说。

如果我是这个闪闪亮的警察,早就会留意到他们两个古怪的行为,当场逮捕他们。

"事实上是周六早晨。"

三双眼睛和一块茶巾都转向我。

"是吗?"那个警察蹲下来,我听到他膝盖周围的布料发出了吱吱声。

这下他就比我矮了,我不愿意让他感到尴尬,于是,我坐了下来。

"是的。"我说。

他的眼睛和他的制服一样都是深色的,我盯着他的眼睛看了很久,不过他连眼睛都没眨过。

"你怎么知道的?"他说。

"因为当时在演《今天是周六,边看边笑吧》。"

"我的孩子们喜欢这个电视剧。"

"我很讨厌。"

父亲咳嗽起来。

"格蕾丝,你看到她的时候,她有没有说什么?"警察的衣服又嘎吱响了一声，他变换了一下重心。

"她来敲我家的门，是为了要借电话。"

"他们家没电话。"母亲说，人们拥有别人没有的东西时就会用这种语气说话。

"她打电话做什么？"

"她说她要叫一辆出租车，不过我没让她进来，因为我母亲正在睡觉呢。"

我们都看向我母亲，她却瞧着餐具垫子。

"大人总说不能让陌生人到家里来。"我说。

"不过克里希太太不是陌生人，对吗？"警察终于眨眼了。

"她的确不是陌生人，只是看起来怪怪的。"

"怎么怪了？"

我向后靠在椅子上，想了想。

"你知道人们牙疼得厉害的时候是什么样子吧？"

"是的。"

"她的样子比那还要糟糕。"

警察站起来，戴上帽子。他像是占满了整个房间。

"你能找到她吗？"我说。

警察没回答。他和我父亲走到玄关处，他们的说话声很轻，我连一个字都听不到。我屏住呼吸，趴在餐桌上，也还是听不到。

"我看他们没这个能耐。"我说。

母亲将茶壶里的水倒掉。"是的，"她说，"我也这么觉得。"

然后，她动作粗暴地给水壶装满水。她会这样，依我看，是因为她本不想把这话说出来。

我不知道人们问了我多少次，随便吧，这也不打紧。

后来克里希先生冲进我家客厅，站在我母亲和希尔达·奥格登之间，我还是不知道自己听了多少次这个问题。他的脸离我很近，呼出来的气扑到我的脸上。

"她没告诉我她要去什么地方，只是问问能不能借电话。"我说。

"她肯定对你说了什么吧？"克里希先生说，他的气息拂过我的皮肤，钻进我的鼻孔。

"她什么都没说，只是要打电话叫出租车。"

他的衣领边缘都磨损了，衬衫前襟上有块污渍，形状像个鸡蛋。

"格蕾丝，好好想想。求你好好想想吧。"他说。他的脸这会儿靠得更近了，以便我一说话，他就能听到。

"好啦，老兄。"父亲要走到我们中间来，"她把知道的都告诉你了。"

"我就是想要她回家来，德里克。你明白的，是吧？"

我看到母亲慢慢地站起来，跟着，她扶住了椅子扶手，好稳住自己。

"或许她只是想回以前住的地方看看。"我父亲把一只手放到克里希先生的肩膀上，"是沃尔萨尔，还是萨顿科尔菲尔德？"

"是塔姆沃思。"克里希先生说，"她六年没回去过了，自打我们结婚以来，她就没回去。现在，她在那里没有认识的人了。"

他的呼吸依旧向我的脸上扑来，感觉很不舒服。

"塔姆沃思在哪儿？"蒂丽把书包放在人行道上拖着走。

今天是这个学期的最后一天了。

"很远，在苏格兰呢。"我说。

"真不敢相信你和一个真正的警察说话了，换我还不得吓坏了。像不像《除暴安良》里的剧情？"

蒂丽的母亲最近迷上了看电视。

我回想着那个闪亮亮的警察的制服的味道，还有他用那支铅笔，一边舔着嘴唇，一边慢慢地在他那个黑色小本子上记下我说的话。

"就跟《除暴安良》一模一样。"我说。

我们在社区里走。天气潮湿闷热。送到台阶上的牛奶被快速拿走，所有的车门大开，人们拉着狗在人行道上快步而行，好赶在天变得太热之前回到家。

"那个警察要去找她吗？"蒂丽的书包摩擦着水泥地面，扬起了一团团白色灰尘。"他是怎么说的？"

"他说，克里希太太现在正式成为走失人口了。"

"从哪里走失的呢？"

我思考着她的问题，脚步都慢了下来。"我想应该是从她的生活中走失了吧。"

"人怎么能从他们自己的生活中走失呢？"

我的脚步又慢了一点。"那就是从他们占一席之地的他人生活中走失了。"

蒂丽停下来提袜子，低着头说："我想知道你怎么知道是哪一种。"

我停下脚步，皱着眉转身避开蒂丽。

"等你长大以后就会明白了。"我说。

蒂丽不再提袜子，抬起头来，"你只比我大一个月而已。"

"反正上帝知道你属于哪里。"我加快脚步，免得她继续问东问西，"所以别的人怎么想，其实一点也不重要。"

"我们要从哪里开始找上帝？"蒂丽仍然去拉扯她的袜子，要把它们弄得处在同一高度。

"福布斯夫妇家。"我一边走一边摸着树篱，"我们唱《赞美诗》的时候，他们从来都不用看词。"

"可要是克里希太太去了塔姆沃思，就算是有上帝帮忙，我们也找不到她呀。"蒂丽喊道。

一只猫跟在我们后面。它小心翼翼地迈着步子,在栅栏顶上走着。我看着它走到下一个木桩上,有那么一刻,我们对视了。跟着,猫咪跳到人行道上,钻进树篱里,消失不见了。

"那是隔壁家的猫吗?"

但蒂丽没有回答,她落在后面太远了。我转过身,等她追上来。

"她没去塔姆沃思。"我说,"她一直都在这里。"

chapter

第七章
福布斯太太撒谎了

社区小路六号

1976 年 7 月 3 日

———

"快点呀！"蒂丽用针织衫边缘推了我一下。

我盯着门铃。"我就要按了。"我说。

福布斯夫妇家就是那种看来永远都没人在家的房子。而社区小路上的其他房子都好像被热浪包围了，人们也被搞得手足无措。那些人家的花园小径上长着野草，如同手指一样竖在那里，窗户上蒙着薄薄一层灰尘，漫长的夜晚给草坪添了几分荒芜之感，仿佛所有的一切都忘记了它们本来的用处。然而，福布斯家的房子矗立在那里，整洁，颇有气势，仿佛是在给其他不修边幅的房子树立一个榜样。

"兴许里面没人呢。"我说，"我们还是明天再来得好。"

我用凉鞋的鞋尖蹭着门阶边缘，那里很滑溜。

"他们肯定在家。"蒂丽把脸贴在门上的一块染色玻璃上，"我听到电视机的声音了。"

我也把脸贴过去。"他们大概是在看电影。"我说，"我们还是等会儿再来吧。"

"你不觉得为了克里希太太，我们应该赶快按门铃吗？"蒂丽扭过头，拿出了最严肃的面孔，"为了上帝，我们应该这么做。"

福布斯太太用来自科斯特伍德的亮白色碎石铺成的小路，阳光照在上面十分耀眼，我只好眯起眼。

"作为童子军六人小队的队长，我决定让你来按门铃，我来想要说什么话。"

戴着防雨帽的蒂丽抬起头来，"格蕾丝，我们其实不是女童军呀。"

我轻轻叹了一口气。"我们得进入角色，这很重要。"我说。

蒂丽蹙起眉头，盯着前门看，"也许你说得对，可能家里真没人。"

"肯定有人在家。"

这时候，福布斯太太出现在了房子边的小路上。她穿着我母亲只在去看医生的时候才穿的那种衣服，胳膊下面夹着一大卷垃圾袋。她啪的一声抽出一个袋子，几只鸽子受了惊，仓皇地从房顶上飞走了。

她问我们有什么事。蒂丽瞧着小路不抬头，我则单腿站立，双臂抱怀，尽量只在门阶上占一点点空间。

"我们是女童军。"一想起来，我赶忙说道。

"我们是女童军，来这里是为了帮把手。"蒂丽说，不过她尽力不让自己唱起来。

"你们看起来一点也不像女童军。"福布斯太太眯起眼睛。

"我们是临时的。"我也眯起了眼。

我说我们需要邻居的协助，福布斯太太承认她确实是我们的邻居，并提议到屋里去，毕竟外面太热了。在穿着开衫的福布斯太太后面，蒂丽兴奋得直挥手臂，我也挥了挥手臂，希望她能冷静下来。

我们沿着房子侧面走去，福布斯太太的高跟鞋踏在混凝土路上发出整齐的咔嗒咔嗒声，我们快步跟上她，凉鞋发出噼里啪啦的声音，乱成一团。过了一会儿，她转过身来，我和蒂丽还在乱摆手臂，差点撞在她身上。

"格蕾丝，你母亲知道你到这里来了吗？"她说。她举起两只手，像是在指挥交通。

"我们告诉她了，福布斯太太。"我说。

她放下手，高跟鞋的咔嗒声再次响起。

我很想知道，福布斯太太是否意识到，告诉我母亲一件事，与我母亲知道这件事，通常是两码子事，还有，就算把某件事告诉了我母亲，她还是会常常用手摸着喉咙，强烈否认你告诉过她——即便我父亲带了证人（也就是我）到她面前，原原本本地重复全部对话。

"她都不问我妈妈知不知道。"蒂丽小声说。

人们都觉得蒂丽的母亲太过善变，问了也是白搭。

我把她的针织衫后襟弄正。"没关系。问我妈妈就包括我们两个人了。随时欢迎你把她借走。"

蒂丽笑了，勾住我的手臂。

我有时候很想知道，有没有什么时候是她没有和我形影不离的。

福布斯太太家的地毯跟止咳糖浆是同一个颜色，从玄关一直铺到客厅，我回头一看，只见连楼梯上都铺了地毯。房子里到处都留有真空吸尘器的痕迹，等到我们走进客厅，又看到了一块糖浆色的地毯，像是整栋房子都被地毯淹没了。

福布斯太太问我们想不想喝甜果汁饮料，我说好呀，还说要是能来点卡仕达酱双层饼干就更好了。她吃了一惊，便去准备吃的，让我们坐在一张深粉色沙发上。那沙发扶手弯弯曲曲的，都凹陷了。我决定只坐沙发边缘。蒂丽先坐下。沙发陷得太深，她的腿触不到地面，垂在身前，让她看上去活像个洋娃娃。

蒂丽翻了个身，朝沙发和墙壁之间的缝隙看了过去。

"你看到他了吗？"她在地毯边上说。

"谁？"

她回身坐好，这一通忙活，她的脸都涨红了。"上帝。"她说。

"要我说，蒂丽，他是不会从餐具柜里冒出来的。"

我们直往餐具柜那边看，以防他真的从那里冒出来。

"可我们不是该开始了吗？"她说，"克里希太太没准遇到危险了。"

我看着这个房间，它就像是被人用冰激凌勺子安插进这栋房子的。就算有些东西不是粉红色的，也是类似的色调，仿佛若是不答应这样，就不允许它们进门。捆绑窗帘的是粉橙色的绳子，每个垫子上都有紫红色的流苏，壁炉架边摆着两个狗狗形状的盆栽，狗狗的脖子上套着玫瑰花苞花环。狗狗盆栽之间摆着一排照片，有福布斯夫妇坐在沙滩帆布躺椅上的，有福布斯先生站在一辆车边的，还有福布斯夫妇和一群人一起野餐的。正中间的一张相片里是一个女孩子，留着波浪卷发，别着发夹。其他照片里的人全都没看镜头，而且神色严肃，只有这个女孩子笑着直视镜头，她笑得那么坦率，那么不设防，我真想也对她笑笑。

"她是谁？"我说。

可蒂丽正在检查长沙发后面的空间。"你觉得他会不会在这里的某个地方？"她拿起一个靠垫，看看垫子的背面。

我抬头看到灯具垂下的香槟色泪滴状装饰物。"我看，就算是对上帝而言，这里的粉红色也太多了。"我说。

福布斯太太回来了，她端来了一个托盘，上面摆着各式各样的饼干。

"恐怕我家没有卡仕达酱双层饼干。"她说。

我拿了三块无花果酱夹心卷和一块葡萄干饼干。"不要紧，福布斯太太。我将就着吃吧。"

我能听到从隔壁房间传来的电视的声音，福布斯先生正大声嚷嚷地指挥着什么的声音，听来像是在看足球比赛。虽然声音就是从隔壁传来的，却显得十分遥远，其余的世界在这个与世隔绝的粉色小空间外兀自运转着，任由我们被特拉纶家具的被覆材料和靠垫包围着，由陶瓷狗保护着，由乳白色的沉寂笼罩着。

"你的房子很漂亮，福布斯太太。"蒂丽说。

"谢谢，亲爱的。"

我咬了一口葡萄干饼干，她立马将一张餐巾铺到我的膝盖上。

"要保持房屋干净整洁，关键在于先期采取行动。还有清单，很多很多清单。"

"清单？"我说。

"噢，是的，清单。这样一来，就不会忘记任何事了。"

她从开衫的衣兜里拿出一张纸。

"这是今天的清单。"她说，"我正在整理垃圾箱。"

那份清单很长。蓝色墨水的笔迹写满了两张纸，在停笔思考的地方，字迹都模糊了。除了用真空吸尘器清扫玄关和把垃圾桶放到外面，上面的条目都是诸如刷牙和吃早餐之类的。

"福布斯太太，你把所有要干的事情都写在清单上了？"我开始吃无花果酱夹心卷。

"是的，最好不要有遗漏，那样就有可能忘掉。是哈罗德出的主意。他说这样能让我不犯马虎。"

"不写下来的话，你就记不住吗？"蒂丽说。

"老天，我记不住。"福布斯太太窝在椅子上，融入粉红色的背景中，"不然的话，我什么都做不了。哈罗德说我会把事情搞得一团乱。"

她把那张纸工工整整地对折起来，放回衣兜里。

"你们两个参加女童军多久了？"

"很久很久了。"我说，"照片里的那个女孩子是谁？"

她皱着眉头看看我，然后看了看壁炉，又皱了皱眉头。"那是我。"她说，口气很惊讶，仿佛她之前把自己忘了。

我端详着福布斯太太和照片里的那个女孩，想要找出二者的相同点。只可惜她们没有一点相似之处。

"不要一副大惊小怪的样子呀。"她说，"你知道的，我又不是生下来就这么老。"

这话也是我母亲的口头禅。根据经验，我知道此时最好什么都不要说，于是我喝了口果汁，省去了发表任何意见。

她向壁炉架走去。我一直都以为福布斯太太是个严肃认真的人，总是气势汹汹的，但从近处看，她柔弱了很多，脊背已经开始佝偻，衣服皱巴巴的，仿佛表示一个故事已经发展到结局。就连她的手看来都是小小的，指关节粗大，肤色在岁月的洗礼下变成了深栗色。

她用一根手指抚摸着相框，说："那时候我还不认识哈罗德。"

"你看起来很快乐。"我又拿起一块无花果酱夹心卷，"我很想知道你当时在想什么。"

"我吗？"福布斯太太从腰带里拿出一块布，擦拭着她自己照片上的灰尘，"但愿我还记得。"

在墙壁的另一边，足球比赛突然停止了。跟着传来了嘎吱声和隆隆声，以及开门的声音，然后，有脚步声走过糖浆色的地毯。我转过身，就见福布斯先生站在门口看着我们。他穿了一条短裤，双腿很白，没有汗毛，看来像是找别人借来的两条腿。

"你们在干什么？"他说。

福布斯太太将她自己的照片放回壁炉架上，转过身。

"格蕾丝和蒂丽是女童军。"她的眼睛亮晶晶的，就跟上了釉一样，"她们来这里是为了借……"她支吾起来。

福布斯先生的眉头皱成了一个疙瘩，他双手叉腰，"借书？借钱？借一杯糖？"

福布斯太太进入了恍惚的状态，她把抹布绞在手指上，弄得手指都发白了。

"为了借……"福布斯太太重复着刚才的话。

福布斯先生依旧在盯着我们看。我能听到他的假牙咔嗒咔嗒地撞击着他的上牙膛。

"为了帮把手。"蒂丽说。

"对啊，帮把手。她们来这里是为了帮把手。"

她松开抹布的同时，我听到她轻轻地松了一口气。

福布斯先生咕哝了一声。

他说那就这样吧，还问西尔维娅知不知道她女儿来这里，福布斯太太大力地点点头，弄得她脖子上的十字架在她的锁骨上轻轻一颤。

"我去把信寄了。"福布斯先生说，"等你去的话，第二次揽信时间都要错过了。现在只要找出你把我的鞋子藏在哪里了。"

福布斯太太又点点头，十字架随着她颤动起来，不过福布斯先生早就不在门口了。

"一直以来我的老师也是这么对我的。"蒂丽说。

"怎么对你,亲爱的?"

"对我说个不停,到最后把我搞得稀里糊涂。"蒂丽从地毯上捡起葡萄干饼干渣,放到盘子里,"搞得我总以为自己是个傻瓜。"

"是吗?"福布斯太太问。

"不过我才不是傻瓜。"蒂丽笑着说。

福布斯太太也笑了。"你喜欢学校吗,蒂丽?"她说。

"不太喜欢,很多女生都不怎么喜欢我们。有时候我们还会受欺负。"

"她们打你们啦?"福布斯太太用手捂住嘴。

"噢,没有,她们没打我们,福布斯太太。"

"要想欺负人,"我说,"并不是只有打人这一个办法。"

福布斯太太走到最近的一把椅子边坐下,说:"我想你说得对。"

我正要说话,偏巧这时候福布斯先生回来了。他还穿着短裤,戴了一顶平顶帽和一副太阳镜,还拿着一封信。一看到他,我就想到了自己的父亲。天一热,我的父亲就会脱掉长裤,换上短裤,其他的衣物则不变。

福布斯先生把信放在餐具柜上,跟着大力坐到沙发上,险些将蒂丽震起来。他用力把鞋带拉到手指上方绑好。我站起来,好空出更多地方给他放腿。

"你把寄信这一条从清单上画掉吧,多萝西。"他说,"不过其他要做的事情还有很多。"

他瞧了瞧我,说:"你们要待很久吗?"

"噢,不,福布斯先生。我们不会待很久。只要我们能帮把手,我们就会走的。"

他看了看他的脚,咕哝了一声。我不肯定他这是赞同我的话,还是觉得鞋带绑得太紧了。

"她动不动就会脑袋一团乱,你们也看到了。"他用帽檐朝着福布斯太太点了点头,"她年纪大了。是吧,多萝西?"他揉了揉太阳穴。

福布斯太太笑了，只是笑得有些牵强，如同降了半旗。

"甭管什么事，超过五分钟，她就会忘得一干二净。"他将手背挡在脸前说，活像是在窃窃私语，只是音量还是和刚才一样，"恐怕她是发疯了。"

他站起来，跟着夸张地猫下腰，调整了一下袜子。蒂丽走到长沙发远端，那里比较安全。

"我去信箱那里。"他大步向玄关走去，"半小时就回来。在我离开的这会儿工夫，你尽量不要惹麻烦。"

他都出了大门了，我才意识到他已经出去了。

"福布斯先生。"我只好大喊，好叫他听到。

他走了回来。他看起来不是那种习惯别人对他大喊大叫的人。

我把信交给他，说道："你忘记拿信了。"

福布斯太太等到前门砰一声关上，才哈哈大笑起来。见她一笑，我和蒂丽也跟着哈哈大笑起来。其余的世界似乎再次与这个房间联系在了一起，仿佛距离不如我以为的那么远。

在哈哈笑的时候，我看看福布斯太太，又看看壁炉架上照片里那个透过时光隧道冲我们微笑的女孩子，然后意识到，她们绝对是同一个人。

"真没想到我们还得干家务活。"蒂丽说。

福布斯太太让我们把围裙系在腋窝下面。蒂丽站在房间的远端，用巴素擦铜水擦拭一只睡着的西部高地白梗犬。

"我们不能引人怀疑，这很关键。"我说完，拿着最后一块葡萄干饼干回到长沙发上。

"你觉得上帝在不在这里？"蒂丽一边凝视着那条狗，一边用抹布给它擦耳朵，"如果上帝能叫所有人都平平安安，那你觉得他也能让福布斯太太平安吗？"

我想到了福布斯太太戴在脖子上的十字架。"但愿如此。"我说。

福布斯太太又拿着一盒葡萄干饼干回到屋里。"但愿什么，亲爱的？"

我看着她把饼干倒在盘子里，说："你相信上帝吗，福布斯太太？"

"当然。"

她一点犹豫也没有。她没有仰望天空，没有看我，也没有重复这个问题，只是动手把饼干码放好。

"你怎么能如此肯定呢？"蒂丽说。

"因为必须相信上帝。是上帝把人们凝聚在一起，创造出了万事万物。"

"坏事也是上帝创造的？"我问。

"当然。"她看了我一会儿，跟着把注意力又放回到盘子上。

我能看到福布斯太太身后的蒂丽。她的清洁工作干得慢慢腾腾，小心谨慎，这会儿正对我使眼色，让我继续问下去。

"比如说吧，"我道，"上帝怎么会让克里希太太失踪呢？"

福布斯太太吓了一跳，还把饼干渣撒到了地毯上。

"我不知道。"她折叠起空包装盒，只是那个盒子拒绝合作，"我同那个女人从没说过话。"

"你没见过她吗？"我说。

"没有。"福布斯太太将包装盒缠在她的无名指上，"他们是在约翰的母亲死后搬来的，时间并不长。我没那个机会。"

"我只是很好奇她为什么会失踪？"我缓缓地向她问出这个问题，像是在发起挑战。

"这件事和我无关，我不会发表任何评论。"她的声音变得很尖，语气很焦躁，这句话像是为了逃命，匆匆从她嘴里蹦了出来。

"你这是什么意思，福布斯太太？"我看着蒂丽，蒂丽也看着我，我们都皱起眉头。

福布斯太太跌坐在长沙发上。

"别管我了,我的脑筋不大清楚。"她拍拍后脖颈,仿佛是为了检查一下她的脑袋是不是还好好地连在上面,"我岁数大了。"

"我们就是不明白她到什么地方去了。"我说。

福布斯太太把一个靠垫上的流苏抚平。"我肯定,到了适当的时候,她就会回家来的。"她说,"人们一向如此。"

"但愿她也是这样。"蒂丽从手臂下面解开围裙,"我很喜欢克里希太太,她是个好人。"

"我肯定她是个好人。"福布斯太太摆弄着靠垫,"只是我从没和那个女人相处过,所以不好说什么。"

我把盘子里的葡萄干饼干挪了挪,"或许住在这条路上的其他人知道她的下落。"

福布斯太太站起来。"我看不一定。"她说,"玛格丽特·克里希的失踪与我们任何人都没有关系。上帝行事非常神秘,哈罗德说得对。凡事皆事出有因。"

我正想问问福布斯太太那个原因是什么,以及为什么上帝要如此神秘时,她从衣兜里拿出了清单。

"哈罗德快回来了,我最好开始干下面的事情。"她说着开始用手指沿着蓝色墨水字迹向下捋。

我们沿着社区小路往回走。我们迈着腿,穿行于酷热中,天空似是向我们压下来。我凝视着俯瞰城镇的群山,却不知道它们从何处开始,而天空的尽头又在哪里。一到夏天,它们就融合在了一起,地平线闪着光,叫人看不清。

在某个花园后面的房子里,传出了温布尔顿网球赛解说的声音。

"领先,博格。"伴随解说员声音的还有隐隐的掌声。

路上很冷清。下午阳光炙热，人们被赶进了室内，用报纸扇着凉，还往前臂上涂抹苏尔坦牌防晒霜。只有谢拉·戴金还留在外面，她面向太阳，坐在十二号前花园草坪上的一把帆布躺椅上，手臂和腿向外伸展。仿佛她是个巨大的红木祭品，被人用木钉钉在了这里。

"你好，戴金太太。"我在路这边冲她喊道。

谢拉·戴金抬起头来，我看到她的嘴边有亮晶晶的唾液痕迹。

她挥挥手，"你们好，姑娘们。"

她一向都管我们叫姑娘们，蒂丽听了有些脸红，我们都笑了起来。

"这么说上帝在福布斯太太家了。"等我们不再笑了，蒂丽说道。

"我相信是这样。"我把蒂丽的防雨帽向下拉到遮住她的脖子，"所以我们可以很肯定地说，福布斯太太是安全的，不过她丈夫安不安全，我就不知道了。"

"她从没见过克里希太太，真是太遗憾了，不然的话，她就能提供一些线索了。"蒂丽把一块松散的碎石踢进树篱中。

我猛地收住脚，凉鞋随之带起人行路上的一片尘土。

蒂丽回头看着我，"怎么了，格蕾西？"

"野餐。"我说。

"什么野餐？"

"壁炉架上那张野餐的照片。"

蒂丽皱起眉头，"什么意思？"

我盯着人行道，努力回想着。"那个女人。"我说，"那个女人。"

"什么女人？"

"野餐时坐在福布斯太太身边的那个女人。"

"那个女人怎么了？"蒂丽说。

我抬起头，看着蒂丽的眼睛，"她就是玛格丽特·克里希。"

8
chapter

×

第八章
布莱恩和梅·罗珀

社区小路二号

1976 年 7 月 4 日

———

"好吧，我是那种永远不会在漂亮女孩面前安顿下来的男人，你知道我就在你身边。"

布莱恩对着穿衣镜给头发分印，嘴里还唱个不停。要想做到这个可需要一点技巧，因为他母亲非要买星爆镜，可他若是能微微弯曲膝盖，向右偏一下脑袋，就能在镜子里照到整张脸。

他的头发是他身上长得最好看的地方，他母亲总是这么说。现今女孩子都喜欢男人的头发稍长一些，不过他也不太肯定。他的头发只长到下巴处，便没兴趣继续长了。

"布莱恩！"

或许他该把头发别在耳朵后面。

"布莱恩！"

母亲的喊声像一块铅似的拉扯着他。他把脑袋探出客厅的门。

"什么事，妈妈？"

"把那盒奶盘牌巧克力递给我们，好吗？我的老毛病又犯了。"

他母亲躺在许多钩针编织品之中，两条腿搭在长沙发上，隔着紧身连袜裤揉搓着肿胀的脚趾。他能听到静电的声音。

"热死了。"她把脸皱成一团，满脸认真的表情。

"这里！这里！"她不再揉脚，而是指指脚凳，她不拿脚凳来放脚，反而放着《电视时代》和他的拖鞋，以及一袋打开的莫瑞薄荷糖。她从他手里接过奶盘牌巧克力，盯着盒子，那种专注的样子，就好像一个人在回答一道特别难的考试题。

她把一块香橙奶油味的巧克力塞进嘴里，看到他穿的那件皮夹克，便皱起了眉头，"你要出去吗？"

"妈妈，我要和几个伙计一起去喝啤酒。"

"伙计？"她拿起一块土耳其软糖。

"是的，妈妈。"

"布莱恩，你都四十三岁了。"

他继续用手指捋头发，可想到才抹了百利牌发乳，便停了手。

"用不用我告诉瓦尔，等下次来的时候给你剪个发？"

"不用了，我要把头发留长。女孩子喜欢长头发的男士。"

"女孩子？"她哈哈笑了，土耳其软糖的碎片挂在她的牙齿上，"你都四十三岁了，布莱恩。"

他站在原地动了动，肩膀处的皮夹克随之嘎吱嘎吱直响。他是从市场买来的这件衣服。八成不是真皮的，可能是塑料做的，假装皮革，唯一受愚弄的就是穿这件衣服的傻瓜。他拉拉领子，衣料在他的手指间吱嘎响。

他母亲把土耳其软糖咽下去，喉咙一动一动的，他看着她用舌头去舔后槽牙，确保她的钱花得值。

"出门前把烟灰缸倒了。这才是好孩子。"

他拿起烟灰缸，举得老远，好像它是个不稳定的雕塑，是香烟的墓地，而日期则是用不同颜色的唇膏标出来的。他看到烟灰缸边缘有一个烟头随着他走路而左摇右晃。

"别倒在壁炉里！倒在外面的垃圾箱里去。"她一边吃酸橙木桶巧克力，一边指挥着，"要是丢在那儿，会弄得满屋子都是烟味的。"

一缕烟雾从小山高的烟蒂深处冒出来。一开始，他以为这只是他的想象，跟着一股烟味直冲他的鼻孔。

"你得小心点才行。"他冲着烟灰缸一点头，"这样很容易引起火灾的。"

她看看他，又看看奶盘牌巧克力盒。

他们两个都没说话。

他把烟头拨到一边，看到灰烬中有个烟头还冒着火光。他捏住那个烟蒂，它火光闪烁，烟雾也断断续续，最后终于熄灭了。"现在灭了。"他说。

可他母亲沉浸在巧克力之中，只顾着揉搓肿胀的脚趾，吃香橙奶油味的巧克力，看英国广播公司第二台正在播放的电影。他知道，等他从皇家英国退伍军人协会回来，她一准儿还是这副样子。他知道，她会拿过一条毯子盖在腿上，奶盘牌巧克力盒子里的糖果被吃光，盒子丢在地毯上，电视在角落里兀自播放着，无人观看。他知道，她不会冒险走出那堆钩针编织物。她住在自己小小的世界里，这生活是她在过去数年来为自己编织出来的，而每过去一个月，这个世界就收缩一点。

　　社区小路上静悄悄的。他拉开垃圾桶的盖子，将烟蒂倒了进去，一阵灰尘扑到他的脸上，他猛地咳嗽起来，用手在面前猛扇。过了一会儿，他总算是喘匀了气，抬起头，就见西尔维娅站在四号的花园里。只有她一个人，德里克不在，格蕾丝也不在。他很少见她一个人，便壮起胆子看了她一会儿。她正在拔野草，没抬头。她把拔下来的草丢进桶里，再把手上的土拂掉。她时不时挺起背，喘口气，用手背揩一下额头上的汗。她一点都没变。他很想把这话告诉她，可他知道这只会造成更多麻烦。

　　他感觉汗水流进了他的衣领里。他不知道自己看了多久，然后她抬起了头，看到了他。她抬起手来，像要冲他挥手，他连忙转过身走回了屋里。

　　他把烟灰缸放到脚凳上。

　　"十点前回家。"他母亲说，"到时候我要搽药膏。"

第九章
军人协会的密谋

皇家英国退伍军人协会

1976 年 7 月 4 日

———

皇家英国退伍军人协会里空空荡荡的，只有两个老人坐在角落里。每次布莱恩看到他们，他们都坐在相同的位置上，穿着相同的衣服，说着相同的话。他们说话时看着对方，只是各说各的，各自沉浸在自己的话中。布莱恩走进去，让自己的眼睛适应了一下。这里比较凉快，光线也比较暗。夏天被填塞墙壁和抛光的木家具挡在了外面，暑气被台球桌案的清凉石板吸收，坠入地毯的丝线中，被热烈的谈话消磨殆尽。协会里没有四季之分。如果不是汗水浸透了衬衫边缘，令布莱恩走起路来感觉步伐沉重，他会以为现在是寒冬腊月。克莱夫坐在酒吧尽头的一张凳子上，正用薯片喂一只黑毛梗犬。狗狗用力跺着爪子，要是觉得好半天克莱夫不给它丢薯片，就会自喉咙深处发出呜呜声。

"一杯啤酒，嗯？"他说，布莱恩点点头。

克莱夫从凳子上下来。"还要温的？"他说，布莱恩又点点头。

布莱恩把酒钱递了过去，里面有很多硬币。他举起酒杯时，啤酒从杯子边缘溅到了柜台上。

"还在找工作？"克莱夫拿起一块抹布，把木柜台擦干净。

布莱恩一边喝一边说了什么，跟着别转头。

"给我讲讲吧，亲爱的。如果他们再叫我加班，我就只能去卖淫了。"他把手翻过来，检查起指甲。

布莱恩的视线越过玻璃杯，盯着他。

"这个笑话可不怎么样。"克莱夫说着哈哈笑了起来，布莱恩也想和他一起笑，却笑不出来。

布莱恩喝到第二杯的时候，有人来了。哈罗德先走进来，他穿着短裤，大声嚷嚷着："晚上好，晚上好！"虽然酒吧里空荡荡的，没有什么人。坐在角落的两个男人点了点头，便别开了脸。

"克莱夫！"哈罗德叫得仿佛克莱夫是他在这世上最不愿意见到的人。他们握了握手，把空闲的手放在握住的手上，最后四只手握在一起，摇晃了起来。

布莱恩看着他们。

"来杯双钻啤酒？"哈罗德冲着布莱恩的杯子一点头。

布莱恩拒绝了，说自己付钱买，哈罗德说了声请便，便回头对着克莱夫笑了笑，好像他们之间一直在进行着一场布莱恩听不到的对话。在这场听不到的对话进行的中途，艾瑞克·兰姆和谢拉·戴金来了，克莱夫只得到后面找樱桃来搭配谢拉点的杯杯香牌甜味梨子汽酒。

等到布莱恩随着他们转移到桌上的时候，只有夹在香烟售卖机和谢拉·戴金那神秘的乳房之间靠墙的地方还有一个位置，他只好坐了。

谢拉·戴金皱着鼻子，在他身上闻了闻，"你又开始抽烟了，布莱恩？你闻起来就像个旧烟灰缸。"

"是我妈抽的。"他说。

"或许你该考虑去剪一下头发。"她说着把樱桃泡进汽酒里，"看起来跟个鸟窝似的。"

不知哪里在播放着收音机，布莱恩隐隐约约能听到音乐声，却听不清是什么。可能是流浪者合唱团的歌，也可能是五黑宝合唱团的。他很想让克莱夫把声音调大点，不过在过去的五分钟里，克莱夫一直站在吧台一端，用一块茶巾擦着同一个杯子，侧耳听着他们的对话。要他调大音量，他肯定不愿意。

"安静，安静。"哈罗德说，还用啤酒杯垫的边缘轻轻敲了敲桌子，虽然其他人没一个说话的，"我召集大家来，是因为最近发生的事情。"

布莱恩意识到他的啤酒只剩下一个底了。他使劲晃荡酒杯，要把挂在酒杯边上的泡沫也喝掉。

"最近发生的事情？"谢拉摆弄着她的耳环。那耳环是用铜做的，显得沉甸甸的，布莱恩觉得只有图腾柱上才会有这种东西。耳环太重了，拉着耳垂向下坠，耳洞都被拉扯成了一条锯齿状的缝。

"关于玛格丽特·克里希那件事。"哈罗德还拿着啤酒杯垫，"约翰老觉得这事和十一号有关。上周末去完教堂之后，他一直神神道道的。"

"是吗？"谢拉道，"我当时不在场。"

哈罗德看着她。"不。"他说，"我也不希望你当时在场。"

"冒失的家伙。"她又开始摆弄另一只耳环。她的笑容感染了整张桌子的人。

哈罗德微微向前探了探身，不过也没有空间让他更向前了。

"对于发生的事情，"他说，"我们一定要搞清楚。"

这时候音乐戛然而止。布莱恩能听到克莱夫在摩擦玻璃时发出的吱吱声，还有那两个老人慢慢悠悠说话的声音。

"克莱夫，你别站着了，也坐下吧。"艾瑞克·兰姆用他的杯子一指那个空凳子，"这事你也有份。"

克莱夫后退一步，把茶巾塞进胸前口袋，说他并不认为自己该坐那个位置。可布莱恩看到在哈罗德向他递了个眼神后，他就屈服了，沿着油毡拖过来一把凳子，坐在了哈罗德和谢拉之间。

"我今晚故意没叫约翰来。"哈罗德双臂抱怀，向后一靠，"我们可不愿意再当众吵架了。"

"他怎么会认为这件事和十一号有关？"谢拉喝完了汽酒，便手指捏着高脚杯的杯脚旋转。杯子就这样一点点地移到了桌子边缘。

"约翰这个人你们都知道，他一向都是杞人忧天。"哈罗德说，"他还是不太正常。"

布莱恩对此表示同意，不过他从未亲口说出这句话。在他们小的时候，约翰常常数巴士。他觉得巴士代表幸运。

"我们看到越多巴士越好，"他说，"这样就不会有坏事发生了。"为了尽可能多地看到巴士，他们总是步行绕远路去上学，这使得他们常常迟到。每到此时，布莱恩就会说"我们都迟到了，这算哪门子幸运"，说完就哈哈大笑，可约翰只是咬着手指边缘的死皮说这是因为他们看到的巴士不够多。

"约翰该不会觉得是那个变态把她绑架了吧？"谢拉说。她的酒杯眼看着要翻到地上，艾瑞克提醒她往回移。

"噢，不。不是这样，不是。不是的。"哈罗德说了这么多个"不"字，它们像一串彩旗一样从他嘴里蹦出来。说完，他低头看着啤酒杯垫。

"就算他这么认为，我也不会惊讶。"谢拉说，"我现在依然觉得是他带走了那个孩子。"

哈罗德盯着她看了一会儿，跟着垂下头。

"谢拉，后来那个孩子安全回来了。"艾瑞克从她手里拿过酒杯，"这才是最关键的。"

"该死的变态。"她说，"我才不在乎警察怎么说呢。这是一条正常的路，住着正常的人。他不属于这里。"

桌边的人都沉默下来。布莱恩听到咕咚一声，是吉尼斯黑啤酒滑下了艾瑞克·兰姆的喉咙，茶巾咯咯吱吱地在克莱夫的手指间变得皱皱巴巴，他还听到谢拉耳环的噼啪乱颤声、哈罗德用啤酒杯垫轻轻敲击着木桌子的声音，以及自己的呼吸声。沉默让所有的声音都清晰可闻。这些声音不断地冲击着他的耳朵，过了一会儿，他终于再也受不了了。

"玛格丽特·克里希常和我母亲聊天。"他说完把酒杯送到嘴边，里面的酒就快没了。

"她们都说什么了？"哈罗德说，"十一号？"

布莱恩把酒杯举在眼前，耸了耸肩。"我从没和她们一起聊过天。"他说，"她们在里屋玩金罗美纸牌，一玩就是几个钟头。我母亲说她是个好伙伴，是个很好的听众。"

"她常在你家进进出出，哈罗德。"谢拉打开钱包，把一英镑纸钞放在克莱夫面前。

"是吗？我从未见过她。"

"可能是去和多萝西做伴吧。"她说，"趁你不在家的时候她才去。"

布莱恩要把一摞硬币放在那张纸币上，可谢拉拂开了他的手。

"多萝西看到玛格丽特·克里希去十一号了。"哈罗德说，"对十一号的事，她和约翰一样歇斯底里。她觉得有人说了什么。"

克莱夫一边一根手指抓住一个空杯子地将它们聚到一起，一边说："说什么？警察都说了，那次大火是意外。"

"你们也知道多萝西这个人。"哈罗德道，"她常跟别人说这说那，一半时候她都不知道自己说的是什么。"

杯子被叮咣作响地从木桌上拿走了。

"可是警察不会改变主意重新调查。"这次，谢拉的声音很低。她紧紧抓着钱包，布莱恩看到她用手咔嗒咔嗒地拨弄着钱包上的扣钩。她的手被晒得十分粗糙，指甲油都涂到了指甲外面，边缘参差不齐。

"看在老天的分上，谢拉，我也是这么想的。"这会儿酒吧里没有别人了，就连那两个老人也走了。哈罗德还是回头看了他身后摆满空椅子的房间一眼，然后把头扭回来，又向桌子靠近了一点。"别再危言耸听了。我们当时就说好了，我们只是要让别人知道我们的想法，就是这样。其余的都是意外。"

布莱恩向后靠在椅子上，感觉到香烟贩卖机的边缘抵到了肩膀。"她逮谁跟谁说，是不是？这条路她都转遍了。你不知道她发现了什么。她很聪明，克里希太太真的很聪明。"

谢拉把钱包塞回手袋，"恕我直言，布莱恩说得对。或许她知道的比我们所有人都多。"

"那是一次意外。"艾瑞克·兰姆说。他说出这句话，像是在下命令。

杯子早被收走了，这会儿布莱恩的两只手空荡荡的，显得无所适从。于是他用拇指按住桌上的啤酒滴，画出一条条线，试图画出个图案来。这就是人们自小就认识你的问题，他们老是以为需要告诉你该怎么想。

"我们必须保持冷静。"哈罗德说，"这不是在信口胡说。我们没做过任何错事，明白吗？"

布莱恩耸耸肩，他的夹克也跟着吱嘎响。这衣服大概确实不是真皮的。

他们步行穿过社区，谢拉钩着布莱恩的手臂，好稳住她自己，毕竟她的鞋子并不适合走路。布莱恩觉得她的鞋子根本不成问题，却还是愿意让她拉着自己的胳膊。这会儿快十点了。艾瑞克·兰姆先走了，哈罗德要留下来帮克莱夫打烊，于是他们和哈罗德在协会分了手。此刻是一天里最好的时候，布莱恩心想。暑气消退了，四周一片沉寂，有阵阵微风穿过最高处的树叶，吹过静谧的街道，徐徐袭来。

他们走到社区小路尽头的汽车修理厂时，谢拉停下来系她的鞋带，她的身体摇摇晃晃的，靠在布莱恩身上才保住了平衡。"该死的东西。"她说。

布莱恩盯着这条路。光从天空中逸出，压向地平线，四周显得不再熟悉和安全。在昏暗之中，房屋仿佛被剥去了伪装，变了个样子。这些房子像敌人一样相对而立，而就在这条路的尽头，远离了其他房屋的，正是十一号。

它岿然屹立，沉默不言，耐心等待。

谢拉抬起头，顺着他的目光看过去。"毫无道理，是不是？"她说，"为什么明知不受欢迎，却非要留下来？"

布莱恩耸耸肩，"或许他也是这么想我们的。或许他在等一个道歉。"

谢拉哈哈笑了，只是这个笑干巴巴的，充满了怒火，"恐怕他没命等到我说对不起了。"

"你真觉得那是他干的？你真认为是他掳走了那个孩子？"

她盯着他。她的脸绷得紧紧的，到最后，眼白都满溢着恨意。"他就是那种人，不是吗？只要看看他就知道了。你没那么笨，布莱恩。"

布莱恩感觉血直往脸上涌，很高兴她并没注意到。

"怪人沃尔特。"他说。

"是呀，就连孩子们都看得出来。"

他瞥了一眼自谢拉家窗户散发出来的灯光。"谁在照看你的孩子？"他说。

她笑了。"他们不需要保姆。我家的丽莎长大了。她很厉害，就跟她妈妈我一样。我把她训练得很好。"

他又望了一眼十一号。那栋房子的屋顶边缘消失在墨黑色的天空中，里面没有光。"孩子们都会这样，不是吗？"他说，"模仿他们的爸爸妈妈？"

谢拉拖着脚走在人行道上，鞋跟嗒嗒踏在混凝土路上。"没错。"她说，"你千万不要为沃尔特·毕晓普觉得遗憾。他那种人不值得同情。他们和我们不一样。"

空旷的街道上传来门闩的嘎啦嘎啦声。

"都过这么久了，"他说，"你真以为警察还会对那场火感兴趣？"

她在半明半暗中转过身来。他看不清她的脸，只能看到轮廓。一道黑影在逐渐被黑暗笼罩的砖墙上来回晃动。她回答的时候声音细若蚊呐，但四下里一片寂静，他还是听得清清楚楚。

"我们最好盼着不会。"她说。

她走上台阶，将钥匙插入门锁里转动，布莱恩看着最后一抹日光从天空中消失。

他将双手揣进夹克的衣兜里，向着家中走去。一开始，他觉得那只是他的想象，可他又摸了摸，感觉到有硬纸摩擦着他的指关节。他停下脚步，拉扯了几下撕裂的衬里，总算把那个东西拽了出来。

那是一张借书证。

他站到路灯下，明亮的橘黄色灯光投射在借书证上的姓名一栏——玛格丽特·克里希太太。

他蹙起眉，将借书证对折起来，又将它塞回衬里，直到再也摸不到。

布莱恩站在家门口，看着客厅。他母亲睡着了，张着大嘴，相比之下，她的其余五官显得那么小。奶盘巧克力都被吃光了，盒子被放在脚凳上，地上散落着她这一晚上弄出来的垃圾——编织针、填字游戏，还有从报纸上撕下来的介绍电视节目的页面。

"妈妈？"他叫道。他的声音不足以大到叫醒她，却足以让他肯定自己试着叫过了。

而她只是打了个呼噜。不是你以为的那种很响的鼾声，只是低低的一声，是那种很体贴的鼾声。他父亲说过，在他们初相识的时候，他母亲娇小玲珑，婉约柔美。布莱恩很想知道，这样的鼾声是不是那个柔弱女子保留下来的唯一一样东西。

他盯着母亲的嘴，很想知道这张嘴说出了多少流言蜚语，有多少被玛格丽特·克里希听到了。她管不住自己的嘴。她将风闻谣传当成一张能抓捕人们注意力的网，不觉得自己能有趣到还能用别的方式来吸引人们的注意力。

他母亲的嘴张得更大了，眼睛闭得更紧了，自她胸口深处传来了无意识下发出的微微锉磨声。

布莱恩很想知道她有没有给玛格丽特·克里希讲起过那个晚上的大火，有没有讲起过她在这条路影影绰绰的角落里看到的一切，或是她以为自己看到的一切。

他很想知道，她的话是不是充满了魔力，所以玛格丽特·克里希才会失踪。

1967 年 12 月 20 日

布莱恩划燃火柴点了一根手卷烟，然后看着那烟在黑暗中闪烁的火光。

如果他愿意，是可以在屋里抽烟的。反正一个个房间都被母亲抽的烟熏黄了，但他更喜欢站在外面。他望着静谧的黑暗，感觉有凛冽的寒风扑到了脸上。

天寒地冻，社区小路上静悄悄的。所有房子都被封得严严实实的，以便抵御严寒，加热器上的加热棒开到了三根，窗户上仍然凝结着冰碴。圣诞树在窗帘的缝隙间若隐若现，布莱恩却感觉不到一点点圣诞气氛。他怀疑所有人都是如此，毕竟发生了那样的事，谁还有这个心情。

手卷烟很细，燃烧得很快，烟味直冲他的喉咙深处，呛到了他。他决定再抽最后一口，便回到铺着地毯的温暖厨房里去，就在此时，他看到路尽头有人影一动。就在他即将转身的时候，他忽然注意到就在十一号的边上，黑暗中有个人在动，还有亮光一闪。

他用手掌罩住香烟，遮住它的光亮，想要把那边的情形看清楚，可在街灯的橙色灯光的照射范围外，一切都是影影绰绰的，太黑了看不清楚。

但那里肯定有人。

就在他向后门走的时候，他肯定他听到了渐渐消失的脚步声。

"你可以在这里抽烟，布莱恩。"他母亲冲着堆满烟头的烟灰缸一点头，"帮我把这些圣诞卡穿起来吧。"

她正将那些卡片穿在红绿色的小挂钩上，活像是一面面彩旗，末端穿了一袋卡仕达酱双层饼干。

"我喜欢呼吸新鲜空气，妈妈。"

"你别忘了你有肾病就好。"她说。

他走到窗边，将窗帘拉开一条缝，刚好可以透过玻璃看到外面。

"你在看什么？"她的声音发颤，显得很有兴趣，把正在穿的卡片都放在了腿上。

"十一号。"

"既然你说过他带他妈妈出门了，那在他回来前，我觉得我们是没必要看着那栋房子的。"

"他家花园里有人。"

她站了起来。一堆圣诞卡翻腾到空中，三张有低矮饲料槽和驴子图案的卡片落到了地毯上。

"如果你想做，就要做得干净利索。"她说，"把那盏大灯关了，把窗帘拉好。"

他按照她说的做了，他们一起望着外面的黑夜。

"你看到什么了吗？"她说。

他什么都没看到。他们一起默默地看着。

谢拉·戴金走到她家的垃圾桶边，整条社区小路上都响彻着《铃儿响叮当》。西尔维娅·班尼特将楼上一个房间的窗帘拉开，望着下面的路。布莱恩觉得她正看着他们，赶紧猫下腰，藏在了窗台下面。

"她看不到你，你这个蠢货。"他母亲说，"关着灯呢。"

布莱恩赶紧站起来，等他抬起头的时候，西尔维娅不见了。

"有可能又是社区里的那些小子。"他母亲说，"可能是他们回来了。"

布莱恩斜倚向窗户。他的腿麻了，长沙发的椅背都勒进了他的胸腔。"他们不敢。"他说，"发生了那样的事，他们绝不敢。"

他母亲哼了一声："我什么都没看到。肯定是你想象出来的，那里压根儿就没人。"

就在她说话的当儿，布莱恩又看到了。就在沃尔特·毕晓普家花园里那些光秃秃的细树后面，有人在动。

"在那里。"他轻轻敲着玻璃，"你看到他们了吗？"

他母亲把脸贴到窗户上，她入迷了，呼出来的气息迷蒙了视线。

"真没想到。"他母亲说，"他到底在干什么？"

"谁？"布莱恩和她一起把脸靠近窗户，"那个人是谁？"

"把你的脑袋挪开点，布莱恩。你总是碍事。"

"那是谁呀？"他把脑袋移开，又问了一遍。

他母亲将手臂抱在胸前，得意扬扬地说："哈罗德·福布斯，绝对是哈罗德·福布斯。"

"是吗？"布莱恩再次冒险地把头探到窗边，"你怎么看出来的？"

"那小子就算化成灰我也认识。瞧他那獐头鼠目的样子。"

他们凝望着黑暗，他们在玻璃上的倒影则回瞪着他们，那倒影面色苍白，嘴巴张得老大，写满了好奇。

"这附近有不少怪人。"他母亲说。

这会儿，布莱恩的眼睛已经适应了黑暗。过了一会儿，他看到一个人，微微有些驼背，手里拿着什么东西。那个人在树丛之间移动，穿行在十一号的前院。肯定是个男人，不过布莱恩不晓得为何他母亲如此肯定此人就是哈罗德·福布斯。

"他拿的是什么？"布莱恩擦掉玻璃上的水汽，"你看得出来吗？"

"我不肯定。"他母亲说，"不过我最感兴趣的不是这个。"

布莱恩扭头看着她，眉头皱成了一个疙瘩，"什么意思？"

"我最感兴趣的是，"他母亲道，"和他在一起的那个人是谁？"

母亲说得不错。除了那个弯腰驼背、在树木之间来回穿梭的人，还有一个人。这个人比第一个人略高，腰板也更直一些，他们的目标是房子后面。他又往前探了探身，可那个人影很模糊，还有些扭曲，只能看得到乱七八糟的黑影。

布莱恩猜了好几个人，他母亲不是说太年轻、太老，就是太高，都一一否定掉了。

"那你说是谁？"布莱恩说。

他母亲站直身体，将下巴贴在肉嘟嘟的脖子上。

"我也有怀疑对象。"她说，"不过当然了，我这么猜测是不对的。"

除了说闲话，他母亲只对一件事更感兴趣，那就是本来和几个人正聊得兴致盎然时，却突然话锋一转，当起道德卫士，并退出谈话。

他和母亲争了起来。每每斗嘴，布莱恩从没赢过，他母亲伶牙俐齿，为人固执，等到他放弃争吵再次看向社区小路的时候，那两个人已经不见了。

"这可没什么办法了。"他母亲说。卡片还在地毯上，她走回长沙发，途中拾起了几张圣母玛利亚的圣诞卡。

"你觉得他们在干什么？"布莱恩问道。

她又拿起一块饼干，跟着拿掉卡仕达酱双层饼干盒的盖子，看了看里面的东西。布莱恩只能等待，他知道只有母亲做完了这些，自己才能得到答案。

"管他们干什么呢。"她说，"咱们只要盼着这下能永远摆脱掉毕晓普。近来我们这儿发生太多事了。"

仅此一次，他同意她的说法。在过去的几个礼拜里，意外一桩接着一桩。警察以前很少来这条路，现在来这里像家常便饭一样平常了。

"有件事我很清楚。"他母亲吃了一口卡仕达酱双层饼干，饼干屑掉到了椅套上，"那就是你在这里实在是太好了，布莱恩。不然的话，我躺在床上都睡不着。只要那个人还住在这条路上，我连觉都睡不安稳。"

布莱恩背靠着窗台，窗台硌得他脊背生疼。房间里太热了——他母亲一直喜欢把房间弄得特别热。他小时候站在这里，望着窗外的时候，就希望能想到办法让热气散发出去，永远消失。

"我再出去抽根烟。"他说。

"你完全可以在这里抽，布莱恩。我陪着你不好吗？"

她又开始穿圣诞卡片。看来是有主题的，布莱恩心想。她把另一张婴儿耶稣的卡片穿起来。目前为止，卡片串上已经有伯利恒的十三颗星，十三头心事重重的驴子。一串婴儿耶稣悬挂在壁炉架上方，看着他们戴着纸帽，默默地吃圣诞晚餐。

"我只是想呼吸一下新鲜空气。"他说。

"快点回来。你知道我神经不太好，不喜欢一个人待太久。毕竟外面这么乌烟瘴气。"

布莱恩从窗台上拿起他的烟盒和一盒火柴。"我去去就回。"他说。

他走到了外面的黑夜中。

10
chapter

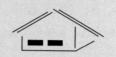

第十章
伊妮德的葬礼

社区小路四号

1976 年 7 月 5 日

———

今天是周一，是假期真正意义上的第一天。暑假要到九月份才结束，这将是一段枯燥乏味的时光，我尽可能久地躺在床上，拖拖拉拉不去迈出第一步。

我听见父母此刻都在厨房里。他们弄出的声响都很熟悉，是一连串的橱柜的开关声、盘子的碰撞声和厨房门的开关声，我完全知道一个声音后面接着的是什么声响，像一首乐曲。我用力压扁脑袋下面的枕头，竖起耳朵听。一阵微风将窗帘吹得飘动起来，像是风帆一般。但我知道不会下雨。"雨的气味是闻得到的，"父亲曾这么说，"就像人能闻到大海的气味一样。"我躺在床上，闻到了给雷明顿吃的粥的味道，和从别人家的厨房飘来的培根香气。我不知道能不能有幸睡个回笼觉，可这时候我忽然想到我必须去找上帝和克里希太太，而且，我还要吃早餐。

母亲很安静。我走进厨房，她一句话没说；我把脆米花吃完了，她一句话没说；我把碗放进水槽，她还是一句话都没说。不过说来也怪，就算她不说话，还是会想方设法成为房间里最吵的一个人。

父亲坐在角落里踩着一张报纸擦鞋，而我母亲则在碗橱周边忙来忙去。父亲时不时说些日常话题，看能否吸引我和母亲与他说话。但直到他说起天气这个话题，都依然没人搭理他。他甚至还跟雷明顿说话，可雷明顿只是咬着自己的尾巴趴在油毡地毯上，看起来有些糊涂。

"今天是假期的第一天呀。"他说。

"嗯。"我蹲在冰箱前往里看，琢磨着我的午饭会是什么。

"你和蒂丽准备怎么过这个暑假？"

"我们在找上帝。"我一边看冰箱里面，一边说。

"上帝？"他说。我听见鞋刷擦过皮革的声音。"那你们可有得忙了。"

"这不难。他是无处不在的。"

"无处不在？"父亲说，"我都不肯定他现在是否还在这片社区。"

"别再说这个话题了，德里克。"我从冰箱门上方看过去，只见母亲正把用茶巾擦干的餐具放进抽屉。"我告诉过你我为什么不去了。"

"我不是那个意思，可既然你提到了……"

我坐在一罐黑加仑酸奶和一打散养鸡蛋前面，一动没动。

"我用不着解释我为什么不去。不想去的葬礼就不要去，反正这辈子去的葬礼已经够多了。"

"我就是担心到时候一个人也没有。"父亲不再刷鞋，只是盯着鞋子看，"如果不是因为上班，我一定会去的。两点这个时间太不方便了。"

"瘦子布莱恩的母亲一定会去。"母亲说。

"所有人的葬礼她都会去。她只有去参加葬礼时才会离开家。"父亲用鞋刷蹭了点鞋油，"瘦子布莱恩却从来不参加葬礼，他们母子俩算是互相抵消了。"

"我和伊妮德甚至都不熟。"母亲用手捂住脸，我听到她的叹息声自指缝间传出来，"她去世时身边连个人都没有，太可怕了，但我觉得，即便去参加她的葬礼，也不能让她好过点。"

那个女人住在桑树大道。我感觉自己都快成大侦探了。

"随你便吧。"父亲道，母亲那沉默的声响又开始了。

"真不敢相信福布斯太太竟然撒谎骗我们。"蒂丽说。

我在我的卧室召开了紧急会议。效果不太理想，谁叫蒂丽总是分心呢，况且莫顿太太外出去给她丈夫扫墓，顺便去买企鹅牌巧克力了，所以没法在她家的餐桌边开会。

我想起了我的父母。像是花多长时间才能到一个地方、我的茶要多久才能好等这些问题，他们总是骗人，我母亲一直都说我的礼物是他们送的，但到了圣诞节早晨我拆开礼物的时候，我父亲每每都和我一样惊讶。

"大人老是撒谎。"我说，"最重要的是福布斯太太为什么要这么做。"

我在我的笔记本上写下日期。我知道蒂丽在看我脑袋后面架子上的陶瓷动物摆件。我能看到她的目光扫过那排小动物。"你有婴猴。"她说，"还有长颈鹿。我就没有这两个。"

"蒂丽，你得专心点。"

她的目光来到了架子末端。"你有两个婴猴。"她说，"两个呢，我连一个都没有呢。"

"这是一对。"我说，"它们很相配，就应该是两个。"

"我怎么不知道它们还要成双配对。你这么一说，我都觉得不能把它们分开了。"

"蒂丽，我们现在说的不是陶瓷动物摆件。我们应该制订一个计划。"

"我就知道她没对我们说实话。"蒂丽说。

我停下笔。"你是怎么知道的？"

"就是她的表情嘛。我妈妈说到我爸的时候，就是这种表情。我知道，我的圣诞卡上都是她的笔迹，根本不是我爸的。"

"我的圣诞卡都是我妈写的。"

"但那不一样，不是吗？"蒂丽说。

"一样的。"我说，"我觉得是一样的。"

微风轻轻敲打着窗帘。我母亲整天挂着窗帘，以免热气从窗户进来，等到了晚上再把窗帘拉开，让热气排出去。我爬下床，绕过蒂丽，把窗帘拉开一条缝。蒂丽扭过头，看向窗外。

"克里希先生在做什么？"她说。

约翰·克里希站在社区小路中央，盯着街尾。

"他在等巴士。"我说，"每天的十点五十五分，巴士会停在社区小路尽头。"

"他难道不该在巴士站等吗？"

"噢，不，他不是要坐车。他只是看看克里希太太会不会从车上下来。他每天都这么等。"我说。

就在我们看着的当儿，巴士停了。我听到了刹车声和模糊不清的发动机轰鸣声，可惜站台上还是空空荡荡的，克里希先生两手插在衣兜里向自己家走去。我们的注意力又回到笔记本上面。

"野餐的照片里还有谁？"蒂丽说。

我把双腿搭到床上。"福布斯夫妇。"我说，"还有克里希太太。"

"不是还有别人吗？"

我闭上眼睛，努力回想。我当时只顾着看福布斯太太和她那头波浪卷发了，这个影像一直在我的脑海里回放。

"瘦子布莱恩。"最后我说道,"肯定有瘦子布莱恩。"

蒂丽秀眉微蹙。"瘦子布莱恩是谁?"

"就是罗珀先生,他和他母亲住在二号。"

"他家有没有胖子布莱恩?"

我想了一会儿。"没有。"我说,"没有。"

"那我们要不要去查一查他知道什么?"

"好呀,但今天下午不行。"

蒂丽抬起头,用针织衫蹭蹭鼻尖。"为什么?"

"因为呀,"我说,"今天下午我们要去参加葬礼。"

"我觉得你这主意不怎么样,格蕾西。"蒂丽站在我的衣柜前面边照镜子边说。

"你告诉过我你连一件黑衣服都没有。"我说。

"可这是件斗篷呀。"

"上面有黑色。"我说。

她看着自己。"只是上面还有很多其他颜色呢。"

"葬礼上就得穿黑色,这是尊重。"

"你自己穿哪件黑色衣服?"

"我会穿我的黑色袜子。"我说,"不过太热了,所以我会戴上黑色表带。"

我本想把我备用的一副太阳镜给她,但这时我才发现她的手都在斗篷下面,只好为她戴上眼镜。"我还是不明白我们为什么要去参加葬礼。"她说。

"因为别人都不去。我爸就是这么对我妈说的。"

"但是,我们都不认识住在桑树大道的那个女人。"

我看着我们在镜中的影像。"这不重要。"我说,"重要的是我们必须去那儿。想想看,要是你的葬礼没人参加,该有多惨呀!再想想看,你离开人世了,却没人关心你,去和你道别,简直惨透了。"

我的喉咙里像是卡了个硬块,我也说不清这是怎么一回事。我只能硬生生把要说的话从这个硬块边上挤出去，话说出来的时候，声音发颤，十分古怪。

蒂丽皱起眉头看我，努力把手从毛料衣服中伸出来，"别生气嘛，格蕾西。"

"我没生气。"我说，"我只是想让她知道她很重要。"

我握紧双手，努力压下心里翻腾的感觉。毕竟我年龄比较大，应该做个榜样。

我戴上太阳镜，抚平头发。"不管怎么说，"我道，"上帝一定会在那里。我们或许能找到线索。"

除了我们，教堂里还有别人，这令我高兴，因为我不知道什么时候该坐，什么时候该站或是该跪，有了其他人在场，我就可以照猫画虎。罗珀太太坐在前排，正在揉脚，坐在她旁边的是英国退伍军人协会酒吧的老板，却不见瘦子布莱恩。第二排坐着两个老人，像是在自说自话。我们则坐在后排，这样我们可以讨论一切。我们刚把脚放在垫子上，福布斯夫妇便走了进来。福布斯太太要向前走，福布斯先生则一把拉住她的手臂，伸出一根手指，指指中间的座位，艾瑞克·兰姆就坐在那里。

"我很想知道上帝晓不晓得福布斯太太撒了多少谎。"蒂丽小声说道，还不忘抚平她的斗篷。

我们刚才走到门前时碰见了牧师，他说他之前并不知道我们和伊妮德是朋友，我就告诉他我们就像她的女儿一样，他于是问我们知不知道她都九十八岁了？我们把一本《赞美诗集》放在我们中间，戴着墨镜不时点点头。我们头顶上方传来管风琴演奏的开场音乐。曲调轻柔哀婉，在被人听到之前，这些音符便渗入了石头和树木之中。

"那是耶稣吗？"蒂丽说。

我顺着她的目光看到了一座雕塑。人像身上包裹着一层层红色和金色的布料，站在一块木头上，都快和天花板一样高了。他伸着手，像是在邀请我们过去找他。

"我想是吧。"我说，"他不是有胡子嘛。"

"不过他们都有胡子呢。"

我环顾四周，这才意识到有很多站在木头上的雕塑在低头俯视我们。这可真叫人糊涂，因为他们全都看起来若有所思，还微微有些失望，一时之间，我是真的说不出哪个是耶稣了。

"不。"我说，"我看这个是耶稣。他看起来最虔诚。"

就在我们琢磨的当儿，牧师走过过道，站在了伊妮德的棺材前面。

她生前肯定是个娇小的人。

"'复活在我，生命也在我！'上帝说，'信我的人，虽然死了，也必复活。'"

牧师的声音很大，也很坚定。虽然我理解不了他的话，但我一直都愿意相信他的话。

"我们今天来到这里，是为了在上帝面前纪念我们的姐妹伊妮德，并感谢她曾活在人世。我们要将她的尸身埋进土中，安慰彼此的悲痛。"

我的视线越过牧师，落在伊妮德的棺材上，想着她那九十八年的生命。我很想知道，当她一个人独自待在铺有地毯的客厅时，是否也会想到往昔岁月，我希望她会。我想象着她被抬着离开教堂，穿过墓地，从那些叫欧内斯特、莫德和梅布尔的人的墓边上走过，我想象着这九十八年的时光被埋进土中，蒲公英从她的名字前飞过。我想到会有人从她的坟墓边走过，到其他地方去，有的是参加婚礼和洗礼的人，有的是举着香烟抄近路的人。我很想知道这些人会不会停下来想想伊妮德活在人世的九十八载光阴，我很想知道这个世界是否还会存留着一点点有关她的记忆。

趁着蒂丽没看我，我赶紧抹了抹脸。但我很开心，这表示伊妮德很重要。她的九十八年生命值得我为她一哭。

管风琴重新开始演奏，只是这次的琴声更加有力了，所有人都打开了《赞美诗集》，沙沙声不绝于耳。

"'遵守'这个词是什么意思？"蒂丽指着一页赞美诗。

我看着那些词。"我看这表示必须行为规矩点。"我说。

人们唱《赞美诗》的声音很低，我和蒂丽只张嘴不出声，但罗珀太太把她的《赞美诗集》放在座位上，高声唱着。

当我们唱到要行为谨慎的时候，牧师走到讲道坛上，说要读一段《圣经》。

"当人子在他荣耀里，同着众天使降临的时候，要坐在他荣耀的宝座上。"

我含了块杂色甘草糖，向后一靠。

"万民都要聚集在他面前。他要把他们分别出来，好像牧羊的分别绵羊、山羊一般。把绵羊安置在右边，山羊在左边。"

"又是绵羊。"蒂丽说。

"我知道。"我说。"它们无处不在。"我递给她一块甘草糖，但她摇了摇头。

"他又要向那左边的说，你们这被诅咒的人，离开我，进入那为魔鬼和他的使者所预备的永火里去。"

蒂丽隔着斗篷捅了我一下，"他为什么这么讨厌山羊？"

"因为我饿了，你们不给我吃；渴了，你们不给我喝。"

"我也说不出。"我道，"他好像只喜欢绵羊。"

"我做客旅，你们不留我住；我赤身露体，你们不给我穿；我病了，我在监里，你们不来看顾我。"

"噢，原来它们没照顾他。"蒂丽说，"我想这就说得通了。"

"然后，左边的将要去永恒的惩罚，右边的则享永生。"

牧师点了点头，仿佛他给我们讲了一件很重要的事情；我也点了点头，尽管我不知道这么做的意义是什么。

"那我就不明白了。"蒂丽小声说，"上帝怎么知道哪些人是山羊，哪些人是绵羊呢？"

我看看艾瑞克·兰姆，又看看福布斯先生，他正在为福布斯太太摆放《赞美诗集》。我看看揉脚的罗珀太太和退伍军人协会的老板，又看看那两个低着头、自己跟自己说话的老人。跟着，我看着牧师，他从低矮的台阶上看着我们所有人。

"我想麻烦就麻烦在这里。"我说，"想要看出其中的差别，并不总是那么容易。"

我们离开教堂的时候，牧师就站在门口，同每个人道别。他和我握手，说感谢我前来，我也握着他的手，说："谢谢你招待我们。"他也想和蒂丽握手，不过蒂丽的手藏在斗篷下面，没能及时把手伸出来。其他人都走了，只有罗珀太太靠在一块墓碑上捏着脚趾。

"我的腿呀，真是要了我的老命了。"她一边对我们说，一边加大了捏的力道，"我一直在看医生。"

"你这么疼还来，"我说，"你真是个好人。"

罗珀太太抬起头，用手遮在眼前挡住阳光，冲我们灿烂地笑了。

"你肯定非常虔诚，才会费力来这一趟。"我学着耶稣的样子伸出手，拉她站好。

"噢，是的。"她说，"不过出来走走对我大有好处。这样能叫我精神振作。"

我告诉罗珀太太，她为下一代树立了良好的榜样，罗珀太太说是呀，她的确如此，这会儿，她笑得更灿烂了。

她将葬礼流程单放进手袋，啪嗒一声扣上搭扣，说："你们两位小姑娘是要走回社区小路吗？我们一起走好吗？"

我说乐意之至时，看到蒂丽用斗篷捂着嘴偷笑。

我们刚走到松树新月街，罗珀太太就提到了克里希太太。

"她就这么消失了，"她边用一块手帕擦拭腋窝边说，"真是太可怕了。"

"你跟她很熟吗？"我问。

"噢，是的。"她开始擦另一边的腋窝，"比大多数人都要熟。她很喜欢和我说话。"

"我想也是。"我说，"因为你知道痛苦是怎么一回事，罗珀太太。"

罗珀太太深以为然。

"但你觉得她为什么会失踪呢？"她走得很快，我只好加快脚步跟上。我能听到身后蒂丽的呼吸声，听来像是一辆小蒸汽列车。

"当然了，原因可能有很多。"我们走到社区小路尽头时，罗珀太太的速度才慢了下来，"但我知道哪个可能性最大。"

我把手伸进衣兜，"罗珀太太，你需不需要再来一张纸巾？你看起来很累了。"

她接过纸巾，笑了笑，"你们两个小姑娘有急事吗？我刚刚才打开一罐花街巧克力。"

我们跟着她穿过她家的花园小路。

我转过身，发现蒂丽笑得很厉害，我真担心会被人听到。

11
chapter

第十一章
陷入追忆的克里希先生

社区小路八号

1976年7月5日

——

"你和你妻子吵过架吗？"

过了六分三十二秒，格林警官才问到这个问题。约翰之所以知道这一点，是因为他一直看着壁炉架上方的钟表。他在列出警察会问到的问题时，最先写下的就是这个问题。现在，问题的顺序都乱了套。

"克里希先生？"

"没有，我们没吵架。"

他本来还想说他们从不吵架，六年来，他和玛格丽特从没有过分歧。但他想到格林警官或许会认为这很奇怪，或许格林就是那种认为夫妻间拌拌嘴有益健康的怪人，于是他什么都没说，只是看着钟表的秒针。

"克里希先生？"

"抱歉，请问你问了什么？"

警官就坐在长沙发的边缘，仿佛无意久留。就像坐下的身体部位越小，他待的时间就能越短似的。他的领章号码是 1279。

"我问的是你妻子有没有和别人发生过争执？"

一年有 12 个月，一个礼拜有 7 天。这个 "9" 代表什么呢？他想不到任何与 9 有关的事。

"玛格丽特和所有人都处得很好。"他说，"她对邻居们都很友好。事实上，可以说她太过友好了呢。"

警官不再记录，而是抬起头来。"太过友好？"他说。

约翰捡起椅子扶手上的线头。这下可糟了。警官就跟医生一样。他们一开始总是依着自己的主意做某件事，却会在你的话里咬文嚼字，来证明他们自己是对的。

"我是说，她常常帮助别人，为他们排忧解难。"

警官低头看看笔记本。"明白了。"他说，"邻里和睦。"

及时一针省九针。这句话里有个 "9"，不过严格说来不能算数。约翰看着格林警官做记录。他真想知道，天这么热，他怎么能忍受穿这么厚的制服。警队应该给他们发夏季制服才对。或许他们的确发了；或许这就是夏天的制服，而冬天的制服比这还要厚。

"你有没有用录音机录下来？"他问道。

格林警官举起双手，好像这能证明什么似的。"我们没有逮捕任何人，克里希先生，现在只是循例询问一下而已。"

"只是上个礼拜你的同事已经问过我这些问题了，就是海伊警官，领章编号 7523。一周 7 天，一年有 52 个礼拜，外加三位一体。"

格林警官停下笔，盯着他看。

"你认识海伊警官吗？"

格林警官点点头，依旧目光如炬。

"那你就该知道你们的人问过这些问题了。那是在另一次调查中，但我都原原本本地回答过了。"

"克里希先生，对此我很感谢。"警官还是目不转睛的，可跟着他打起精神，把他的笔记本往前翻了几页，"我们接到了一个电话，不是一个，是几个，是……"他结结巴巴地说，"是你的一个邻居打来的，人家很关心这件事，所以队长觉得有必要重新调查。"

"很关心这件事的邻居？"

"我不能透露此人的姓名，克里希先生。"

"我无意向你打听，格林警官先生。我并不希望你坏了规矩。"

房间里不通风，约翰感觉到胸口发紧，呼吸困难。他的肌肉在与他的意志力对着干，阻止他用肺部呼吸，而且，他的指尖传来了针扎般的疼痛感。他知道发生了什么，却无力阻止。

"你告诉海伊警官你妻子的娘家没人了？"

"是的。"

他很想打开一扇窗户，却不敢转身。

"你说你是在塔姆沃思结的婚，后来你母亲去世了，你才搬到这里来？"

"是这样的。"

他甚至都不肯定双腿能否支撑整个身体。他觉得双腿绵软无力，像是有人把双腿从他的身体上扯掉了。

"你还好吗，克里希先生？你的脸色很苍白。"

他交叉双腿以感觉它们的存在。"我就是太热了。"他说，"屋里太闷了。"

"那我去开窗。"

警官站起来，穿过家具。他的制服似乎有些碍事，使他看上去拘谨且僵硬，制服的边缘把窗台上的一堆报纸碰到了地毯上。约翰真想知道，警官连在客厅里都笨手笨脚的，怎么去抓罪犯呢？

格林警官重新坐了下来。这次他坐得更靠近边缘了。"好点了吗？"他说。

约翰点点头，尽管空气事实上与之前毫无分别。闷热的天气仿佛是个看门人，它禁止进出，将其余的世界都挡在外面，将他们都封闭在密不透风的监牢里。

"还有什么要问的吗，格林警官？"他捋了捋头发，感觉到一层汗水滑过皮肤。

警官翻了翻笔记本。约翰听见他提到医院、火车站和巴士车站，让他乐观一点，说成年人有时候也需要从生活中抽离出来，休息一番，还说等到他们想通了，就会回来。警官还说到闷热的天气，滔滔不绝地说了很久。约翰听了很多次这样的保证，而从现在开始，他应该自己对自己说这些话，这样就省得麻烦他们了。

"克里希先生？"

格林警官又看着他了。约翰凝视着警官的脸，希望能找到有关问题的一丝线索。

"十一号，克里希先生。你妻子和沃尔特·毕晓普说过话吗？"

约翰·克里希能听到自己的呼吸声。他很想知道警官是不是也能听到。他想张开嘴，但这只让情况变得更糟了。空气呼哧呼哧地从他的嘴里跑出来，堵得他说不出话来。

"克里希先生？"

"我想没有，格林警官。"约翰听见自己的声音说，但他不晓得自己是怎么说出这些话的，"你为什么会这么问？"

"在你的邻居里面，我们尚未问过话的只有他一个人了。"警察紧皱眉头，连眼白都看不到了，"不用担心。"他说，却露出了一副忧心忡忡的表情。

"她走的时候都没穿鞋。你知道这件事吗，格林警官？"

警官摇摇头，依然眉头紧皱。

"穿着拖鞋到处走很危险。"约翰又开始抓摸椅子扶手。他能听到指甲扯起线头的声音，"太不安全了。"

"有没有人可以来陪陪你，克里希先生！家里人、朋友，有吗？"

约翰·克里希摇摇头。

"你肯定？"

"我很肯定，格林警官。我百分百肯定。"

警官合上笔记本，站了起来。他将铅笔塞回前胸衣兜里，"有消息的话，我们会联系你的。我该走了。"

走到前门需要十五步。在这十五步的过程中，可能发生很多事。

约翰也随之站了起来，但将身体靠在椅子上。"如果你不介意的话，我送送你吧。"他说，"再小心也不为过。"

自从他搬回来，这栋房子就没有大变动。玛格丽特说过要盖一间小玻璃暖房，可他告诉她，要是他们在那里喝茶，就会招来苍蝇，兴许还会有老鼠，玛格丽特便笑笑，拍拍他的手说不要紧。

他想念她的安慰。她会偷走他的不安，将之冲淡，她的无忧无虑感染着他，让他安然度过每天的时光。她从来不会对他的忧虑置之不理，只是将他的烦恼理清，悉心开导，直到那些烦扰的事变得微不足道。他想念她对他说的话，他们吃饭时，她的话总能叫他放松下来，还想念餐具碰撞盘子的声音。现在，他打开电视和收音机，还自己与自己说话，希望借此冲破沉寂，但他弄出来的声音似乎只是助长了沉寂，让寂静变得更加肆无忌惮，跟着他从一个房间来到另一个房间，就像水从杯子里洒了出来。

自从她不见了，他就注意到他时时刻刻都处在沉寂之中。人们偶尔会看他一眼，还以为他注意不到，有时候很多人会同时扭头看他，却没有一个人说话。在商店里，他们都躲着他。他们在水果罐头前徘徊，翻看家庭用品，左磨蹭右磨蹭，就是不和他一起排队结账。他们假意在手袋里找东西、看婴儿车大减价和夜校的宣传单，就是不愿意与他在街上碰头。他能听到他们窃窃私语。他能听到开庭陈述和专家证词，能听到浮夸的语言和裁决定论，以及四处流传的人们的猜测。然后，他们渐渐远离他，好像失踪会传染，若是他们一个不小心距离他太近了，八成也会人间蒸发。玛格丽特总说他太在乎别人的看法，可不去想又很难，毕竟他们费尽千辛万苦就是想叫别人注意到他们。

就算是一个人待在客厅里的时候，他依旧会感觉不安。约翰看到警察在靠垫边缘压出来的凹痕、茶几上那杯没动过的水，四下静悄悄的，他甚至能听到那些问题如同一根根绳索，悬在半空中。

"你妻子和沃尔特·毕晓普说过话吗？"

约翰咬了咬指甲，他必须离开房间。

一共有十二级台阶。如果算上通往楼上的最后一级，那就是十三级，但把那里称为一个小型楼梯平台更合适。几个礼拜前玛格丽特在那里摆过一盆吊兰，因为担心会绊到人，她把那盆吊兰搬去了备用卧房。这还真是讽刺，因为现在楼梯上摆满了东西——书和信，还有装着文件和照片的纸盒。他只得绕过那些煤气费账单和保险单，以及玛格丽特做秘书工作的文件和记账凭证。说明书、练习本和剪报——这些都需要检查。每一样都应该仔细研究。如果玛格丽特是自行出走，她肯定是发现了一些东西，才会离开。如果没人对她说过什么，那她肯定是自己发现的。这栋房子里肯定有某些东西。这些东西向她吐露了他的秘密，他必须将它找到。

他绕过满地杂物走上楼。在过去的两个礼拜里，他把楼下的房间和车库翻了个遍。他在厨房搜索的时间最长，他掀开过每一个盖子，查找过每一个盘子之间。小心仔细地不放过任何一个地方。这栋房子的很多地方还留有他母亲的痕迹。母亲保留了她人生最后岁月的所有东西——收据、优惠券、旧车票。他在意想不到的地方找到了这些东西，比如面包箱后面，或一本早就被遗忘的从图书馆借来的书里面。没准是因为那些报纸剪报，又或者是信中提到了那个秘密，也或许是玛格丽特在无意间发现了证据。又或许是那段往事在阴差阳错之间落到了她的手里。

他打开卧室的房门，房间里有股焦煳味，空气沉滞，仿佛一层层的热气落在回忆之上，把回忆压得喘不过气。事情刚发生的那几天，他试着在这间屋子里睡觉，但那是绝对办不到的事。床感觉太轻了，几乎毫无重量。没有她躺在身边，他感觉自己就像飘了起来，好不容易睡着了，几分钟后就会惊醒，再一次意识到失去了她。

他不再睡觉，而是不停地走路。他在社区里的人都睡觉的时候去走路，沿着一条条林荫大道和新月形的街道，穿过已经熟睡的人家的走廊，沉寂对他而言就像一剂安眠药，使他镇静，帮他解开纠缠的思绪。他走到公园，这里有玛格丽特喜欢坐在边上看孩子们玩耍的露天音乐台。跟着他走到可以俯瞰整个池塘的岸边，望着岸边尖尖的芦苇，以及在水边睡觉的毛茸茸的鸭子。他选择的这条路线就是玛格丽特平常出去购物的路线，而这条路线一定会经过商业街。他从人体模特边走过，经过橙色的橱窗和冷掉的鱼贩的银托盘，这会儿托盘里什么都没有，只有些假欧芹。他听着自己踩在冷清的街道上的脚步声，一直走到图书馆，在回程时穿过市场，来到运河边。他知道玛格丽特喜欢坐在拉船纤道边吃午饭。白天的时候，这里有很多人——有遛狗的、骑脚踏车的，还有抄近路到闹市区去买东西的人，玛格丽特会跟他们聊上几句。每个晚上他们吃完饭的时候，她就会把这些人的故事讲给他听。但到了晚上，白蜡树把头垂向水面，寻找它们的倒影，运河变得漆黑一片，如同一条墨色的丝带，延伸到无边无际的远方。黑夜让大地变了个样子，是那么令人困惑，那么陌生，恍如另一个世界。

他穿过大街小巷，走她走过的路时会说话，仿佛她就在自己身边。在她失踪之前，他从未说过"我爱你"这句话。这几个字对自己没有信心，它们被困住了，变得笨拙，迟迟不愿意自口中出来。他没说过"我爱你"，只说过"照顾好自己"和"什么时候回来"。他不说"我爱你"，只是把她的雨伞放在楼梯下面，以免她忘记拿，到了冬天，就把她的手套放在门边的椅子上，这样她就会记得在出门前戴上。在她失踪之前，他只知道这样表达爱意，可自从她不见了，他发现这几个字不再受约束了。在四周的沉寂中，它们自他口中而出，坚定，没有丝毫羞涩。这三个字在运河桥下回荡，在拉船纤道上回响。它们在露天音乐台久久盘旋，在他走过的人行道上萦绕不去。他觉得如果说的次数够多，她肯定能听到，如果他坚持走，他们总有碰面的一天。从统计学上来说，必须走很多步，才能再次找到一个人。

他拉开衣柜门，发现里面的每一样东西他都认得。她的衣服是那样熟悉，具有那么强的亲密感，他感觉它们将自己牢牢包围着，他无法别转目光。他曾建议玛格丽特按照一定顺序把衣服挂起来，比如说按照颜色，或是按照衣服的种类。那样的话找起来会很容易，他这么告诉她。但她只是哈哈一笑，亲亲他的头顶，说他想得太多了。她的衣物一直是杂乱无章，凌乱不堪的。此刻，它们从挂衣杆上望着他，像是很多个叫玛格丽特的观众，正看着他上演一出悲剧。他深吸一口气，原以为她的香气可能就在衣柜门后等着他，却不料夏季将这香气盗了个精光，现在只有淡淡的衣料味，以及被热气裹挟着在层层衣料之间流动的干洗店包装材料散发出的化学品的刺激气味。虽然乱作一团，但这些衣服却得到了很好的保管。衣服边缘都重新缝合过，鞋子重新钉过鞋跟，破损的地方都消失了。玛格丽特喜欢缝缝补补。看到东西都被修好了，她就很开心，而修复为约翰带来了安全感。现在她走了，他能想象到那些线会渐渐松掉，边缘慢慢翘起来，还会出现一个个破洞，他的整个生活都会掉进那些洞里。

虽然搜索她的衣服，让他羞愧难当，可他的手依然穿梭于那些长短外套之间，寻找着一条进入她生活的途径。他发现，有时候衣兜根本就不是衣兜，只是一块固定在前襟上的布料，就如同圈套诡计，而他翻过的衣兜里都空空如也，只有些废弃的纸巾或是一块渔夫之宝薄荷糖。她的手袋里也都是些没用的东西——皱巴巴的待办事项清单、散落的半便士硬币、准备让眼镜师调试的备用眼镜、很久以前的收据。这些都是日常生活的碎片，而她决定逃离这样的生活。

他坐在搜索时制造出的废物堆中，看着房门，让自己不要再害怕被人发现。当他挪动身体时，这一连串的破碎生活给了他当胸一击。很快，整栋房子就会变得不堪重负，每个房间都会乱作一团，届时连他的立足之地都没有了。在玛格丽特离开之前，总有事情要做，折叠呀，归档呀，整理呀。那时候一切都秩序井然。现在没有人约束他了，他在自己的思绪中徘徊，抽屉、橱柜、衣柜里的东西都散落在地上，他只顾着寻找一个问题的答案，而这个答案或许根本就不存在。他双手捧着后脑勺，捂住耳朵，拒绝听见哪怕是自己心跳声的杂音，希望可以理清思绪。按照玛格丽特教他的那样，他开始放缓呼吸，数数，然后等待。一切都会过去的，他只需要找件事转移自己的注意力，他需要一种控制感。他拿过一张清单，把它打开。

日期是 6 月 20 日，是她失踪的前一天。看她写下的内容，他想象着那一周她是怎么度过的：肉铺（买肉），图书馆借书，去眼镜店，为协会卖彩券（周三），约理发师。他想象着她做了什么事，和哪些人说了话。所有人都喜欢同玛格丽特说话。她从商业街的一端走到另一端，时不时会停下来和别人聊几句。她从每个人身上都能知道一些事。

他不知道是不是应该按照清单去做。他在地毯上找了找眼镜，发现它夹在宝路薄荷糖和一把梳子之间。眼镜有一边的镜片上少了一颗小螺丝钉，还有一条眼镜腿垂向地板。他屏住呼吸，一动不敢动。或许那颗小螺丝钉依旧在手袋里，可如果不在——他往四下看了看，他一动就会把周围的东西弄乱，那样就永远都别想找到螺丝钉了。他需要看看他寻找的东西是什么样子，于是他动了动手腕，把眼镜翻转过来。就在此时，他注意到了镜片。那镜片又厚又沉，从黑色镜框中鼓了出来，像是卡通画里的东西。他把镜片举到眼前，整个房间立即就在他眼中扭曲变形了。这肯定不是玛格丽特的眼镜，也不是他的，可看起来十分眼熟。

他的脑海里忽然闪过一个念头，激动得他立即站了起来。眼镜、宝路薄荷糖、梳子，所有散落在地毯上的东西。

"十一号，克里希先生，你妻子和沃尔特·毕晓普说过话吗？"

他快步跑去打开一扇窗户，恐惧笼罩了他，他呼出的气息断断续续地扑在窗户上。在屋顶上方，一群椋鸟上下翻飞，整齐地飞过浅白的天空，他试图找到一些熟悉和安全的东西。可天气这么热，各种声响划破表面，让眼前的画面变得扭曲。多萝西·福布斯的扫帚沙沙地扫过混凝土地面，谢拉·戴金的帆布躺椅发出吱嘎吱嘎的声音，格蕾丝和蒂丽一边笑着，一边走过梅·罗珀家的小路。格蕾丝的太阳镜太大了，他看到她把眼镜扶正。梅·罗珀嘴唇一张一合地说着什么，手臂在脑袋周围摆动着。他看到格蕾丝把手伸进口袋，拿出了什么东西。他听到谢拉把躺椅拖过草坪，木框架碰到一块玻璃的边缘，传来轻轻的"砰"的一声。他看到哈罗德·福布斯站在客厅里，大声冲多萝西指示着什么。他听到了他从前从未注意到的声音。社区小路变成了一部卡通片，一场嘉年华。高温使所有的一切都到了一个沸点，音量、对比度和亮度都变得鲜明起来，深深地嵌入了他的脑海。

呼出来的气模糊了他的视线，他用袖子抹去哈气。当窗户变得清晰的时候，他看向十一号。

他好像看到十一号的窗户在阳光下动了动，反射出了光亮。他好像听到窗钩咔嗒一声开了，他好像看到沃尔特·毕晓普站在窗边向外张望。

茶使他感觉好了些。倒不是茶水本身很管用，而是沏茶的过程给了他抚慰。装满水壶，把水烧开，搅拌茶叶将茶水调至适当的浓度，就好像一个仪式。转移注意力，玛格丽特常这么对他说。若是焦虑了，就想点别的。他现在已经十分擅长转移注意力了。他转移注意力太平常了，以至于他发现自己总是沉浸在各种用来分散注意力的事情中，而这些所有微小的细节似乎在他的脑海中重新产生联系，创造出了令他担忧的全新的问题。

玛格丽特说他应该培养培养爱好。他试过了，可每件事都会带给他忧虑。去钓鱼，那胡思乱想的时间太多了，打板球充满了潜在的风险，而且，天知道花园里有多少细菌。所以他想起了平时的爱好，那就是去英国退伍军人协会。唯一的问题便是那件事最初就是从英国退伍军人协会开始的。而讽刺的是，那天晚上事情发生的时候，他本来已经准备回家了。那时候是十二月初，寒气袭人。他想着还是到此为止吧，不然气温还将下降，走路回去会越发危险。如果他这么做了，一切就不会发生了。不过根据经验，他知道，坏事要发生是迟早会发生的，任由你费尽力气去避免也无济于事。坏事会找上门来，与你步步紧随。你不予理会，躲躲藏藏，或是与它背道而驰，都不管用。坏事最终都会找上门来。

只是时间早晚问题而已。

1967 年 12 月 11 日

哈罗德又说话了。在一片混杂的声音中，约翰能听到哈罗德的声音。

"你们想知道我是怎么想的吗？"他这么说。

无人回答，但这不能阻止哈罗德向在座之人道出他的看法。

"我认为，如果警察不赶他走，那我们就要掌握主动权。我就是这么想的。"

在座的众人点点头，低声称是。约翰看到梅·罗珀在桌下敲了一下布莱恩的腿。

哈罗德用结婚戒指敲打着玻璃杯的边缘，每敲一下，多萝西就眨巴一下眼睛，德里克·班尼特每次将他的啤酒杯转动九十度角，这些人再次陷入了沉默。

约翰要走了。他从所站的地方能看到大门。只消走几步，他就能到外面，远离这里，离开他们每一个人，但社区小路上的人都在这里了。只有他母亲除外，她正在照看格蕾丝，还要看弗雷德·阿斯泰尔跳着踢踏舞，上演大团圆结局。他若是离开必定会很显眼。他们一定会注意并且意识到，他是个软弱没用的胆小鬼。他必须留下。仅此一次，他必须坚持。他必须找到他的声音，即便只是为了弥补这些年来的沉默。

"我们一直在监视那栋房子。"德里克说，"我们还做了很多事。可这只是让事情变得更糟而已。他现在都不露面了。至少在从前，我们还能知道他都在干什么。"

"那种人绝对不可以住在我们这样的街道上。"梅·罗珀说。

约翰看到她又在桌下轻轻敲了敲布莱恩的腿。

"我妈妈说得对。"布莱恩道，好像这只是个肌腱反射动作。

"他们说，他有权想住哪里就住哪里。"多萝西依旧在眨眼，虽然哈罗德的结婚戒指这会儿安静了下来。

"这世道太疯狂了。"谢拉说,"现而今是个人就有权利。"

大家都点点头。就连多萝西·福布斯在眨眼的当儿,也点了点头。

"什么样的人才会伤害一个孩子?他就是个魔鬼。"德里克说。

谢拉·戴金伸手去拿汽酒,只是她估算错误,把酒洒了一桌子。

"对不起。"她说,"真对不起。"

他们让克莱夫拿茶巾来擦,所有人都把他们的杯子拿了起来。

"他总说是弄错了。"西尔维娅拉紧开衫,"是误会。"

"那误会也太多了。"艾瑞克·兰姆边喝吉尼斯黑啤酒边说道,说完擦掉嘴边的啤酒沫。"照片,丽莎的事。我一开始还以为带走孩子是一次意外,可显然不是这样。"

"那样的人就不该有照相机。"梅·罗珀说。

"我妈妈说得对。"布莱恩这会儿赶在他母亲敲他之前说了话。

西尔维娅依旧双臂抱怀。她点的是碧域牌橙汁,却一口没喝。"警察说摄影是他的爱好,他们不能不让他拍照。"

"他那种人就不该有爱好。"梅说,"天知道他还拍了什么。"

大伙儿都低下头去喝着自己的酒水,又是一阵沉默。沉默就像一块布,罩住了整张桌子,似乎没有人急于掀开这块布。克莱夫在他们之间走来走去地收走空杯子。他和哈罗德对视了一眼,但谁都没说话。约翰一直看着克莱夫走到吧台。杯子太多了,他无法一次都拿走。

西尔维娅首先开了口,不过她的声音很轻,约翰几乎都听不到她的声音。"想把那个人赶出这条路,"她说,"唯一的办法就是让他没有房子住。"

"最好就是等他过完圣诞回来,发现房子没有了。"谢拉道。

约翰皱着眉头看着她。

"他一向都出门过圣诞节,约翰。和他妈妈一块儿弄那些华而不实的东西，吃火鸡。他去的都是没人认识他的地方，那里没人知道他喜欢干的那些勾当。"

谢拉说得对。只有在这个时候，沃尔特·毕晓普会离开社区。他甚至都不出去度暑假。他只是待在十一号，忍受着酷暑，等待九月的来临。

"要是他过完新年回来，发现他的家被夷为了平地，可就太痛快了。"德里克说，"该死的变态。"

哈罗德向后靠在椅子上，双臂抱怀。"当然了。"他说，"要让一栋房子化为平地，不用推土机也办得到。"

艾瑞克的视线越过他的吉尼斯黑啤酒杯子。德里克的眼中含有一丝笑意，在桌子下面，梅·罗珀又开始敲打布莱恩的腿。

"你这话怎么讲？"布莱恩说。

"伙计，我的意思是，有时候命运也会起作用。比如漏电，或是火里蹦出了火花。那样就不会有人受到伤害了。"

艾瑞克将啤酒杯放到桌上，他的动作十分小心谨慎。"但愿你清楚这是一个什么提议，哈罗德。"

"我没有说任何提议。我只是说——有时候就会发生这种事情。"

"或是有人让这种事情发生。"谢拉说。

"老天。"艾瑞克用手抹了一把脸。

"别呼天喊地了。老天又用不着非得跟他当邻居。你们也用不着。"

艾瑞克什么都没说。他只是飞快地摇了摇头，但这足以让哈罗德再次开腔。

"我受够了，艾瑞克。我再也无法忍受跟那个该死的怪胎做邻居了。如果我们什么都不做，那上帝就会帮我，我就不用为自己的行为负责了。你们想想孩子们吧。这条路上有不少孩子呀。"

约翰早就见识过哈罗德生气是什么样子了。哈罗德动不动就发脾气，总喜欢和别人争来争去。但这次不同。这次他处在暴怒之中，显得特别狠，约翰觉得哈罗德的怒火很熟悉。或许他们都在以自己的方式生着气，因为桌边的每一张脸都变了。他们都变了，都选择了另一种思考方式。从他们的脸上，从他们低头默默地说着自己的意见的样子，他就看得出来。只有多萝西目视前方，她的眼睛亮晶晶的。

"我们也是这么觉得的，哈罗德。你不要生气。"

约翰听得出她的声音中带着一丝冷漠的抚慰，以及微微的颤抖。

忽然之间，闪光灯一亮，他们都吓了一大跳。这事发生得太突然，他们抬起头来，就见到面前出现了一个照相机。

两个男人站在他们面前。一个拿着照相机，另一个拿着笔记本，露出一脸好奇的表情。

"我叫安迪·基尔纳，是咱们当地报纸的记者。"拿着笔记本的那个人说，"我负责'季节'板块。我现在需要点地方特色。圣诞气氛，献给所有人的祝福，就是这样。"

"知道了。"哈罗德说。

"有什么要说的吗？"拿笔记本的人说。

"没有。"哈罗德伸手拿过他的啤酒杯，"我们要说的都已经说完了。"

12

chapter

第十二章
克里希太太与布莱恩的约定

社区小路二号

1976年7月5日

———

"葬礼办得不错。"

我看到罗珀太太从手袋里拿出一个小粉盒,把粉轻轻拍在她布满汗珠的上嘴唇上方。

"如果今天的经历教会了我什么的话,"她道,"那就是生命太短暂了。"

"九十八岁。"蒂丽在屋子对面用口型对我说。我微微耸了耸肩膀,以免别人看到。

"今天的葬礼很体面,布莱恩。"罗珀太太咔嗒一声关上小粉盒,将它放在流苏花边下面。"你真该去的。"

布莱恩坐在角落里,边上有一盏落地灯。电灯投射出大片奶油色的灯光，光晕看起来像条蓬蓬裙。他必须微微侧着头，好躲开灯罩上的流苏。

我看着那盒花街巧克力，它就放在长沙发边的脚凳上。

"你唱歌真好听，罗珀太太。"我说。

"谢谢你，亲爱的。"她拿过巧克力，"手指太妃糖？"

我接过这块包装得五颜六色的巧克力时，看到蒂丽笑着轻轻摇了摇头。

"葬礼流程表在窗台上。你看看吧，布莱恩。过一会儿我就会把它和其他的混在一起了。"

布莱恩斜睨了一眼。"我现在没时间。"他说，"过会儿再看吧。"

罗珀太太家的客厅很闷，弥漫着一股焦糖和薄荷混杂的甜腻气味，气味悬在空气中，像条绷带似的包裹着我们。墙壁上装饰着糖果图案，以及一圈圈的咖啡和奶油图案，壁炉上放着一排装在银相框里的照片。相框里的人长得都很相像，胖胖的，很阳光，带着灿烂的笑容。他们的照片摆在壁炉架上，活像是一排俄罗斯套娃。

"是我的父母。"罗珀太太看到我在看相片，便说道，"还有我的兄弟姐妹。"她打开一块硬币太妃糖。

我笑了。

"当然了，他们都不在人世了。"

我的笑容立马不见了。

"都是心脏病。"布莱恩说，刘海遮住了他的嘴。

罗珀太太这会儿不那么用力嚼太妃糖了，只是看着布莱恩。"这是实话。"她说，跟着她回过头，又很快地嚼起来。"我母亲是在 1961 年参加世界小姐的评选过程中突然倒地而亡的。打那之后，我都无法直视麦克尔·阿斯派尔的眼睛了。"

我吃掉巧克力的另外一个角，"罗珀先生得的也是这种病吗？"

"噢，不是的。"罗珀太太说，"十二年前，他乘渡轮去了雅茅斯，就再也没有回来。"

"淹死了？"蒂丽说。

"不是，他和打字小组的一个姑娘私奔了。"布莱恩道。

罗珀太太狠狠瞪了他一眼。跟着，她耸耸肩，脸上荡出一丝笑容，鼻子上尽是皱纹。"不过，这世上就没有永恒这回事，对吧？"她说着又递出一块花街巧克力。"这是上帝的意志。"

"这么说你相信上帝了，罗珀太太？"我说。

"噢，老天，是呀，上帝。"听她说话的语气，就好像我说的是一个多年的好友。"耶和华给予，耶和华带走。"

"你觉得是不是上帝带走了克里希太太？"

我看到蒂丽向座位边缘挪了挪。

"她确实被带走了。"罗珀太太向前探了探身，拿起一本《人民之友》扇凉，"但我觉得这件事与上帝没关系。"

"妈妈，你又来了。"布莱恩变换了一个姿势，我能听到扶手椅的弹簧嘎吱直响。

"这又不是第一次了，不是吗？"罗珀太太道。

布莱恩又动了动，"喝杯啤酒吧。我一整个下午都在吸尘，累死了。"

"这主意真不赖，布莱恩。"罗珀太太把腿搭在钩针编织品上，"把水壶烧上，这才是好孩子。一参加完葬礼我就渴了。"

我提出帮布莱恩泡茶，于是来到位于房子后面的狭长厨房里等着。橱柜门是胡桃木的，感觉很压抑，厨房里很暗，又很安静，我总觉得是坐在一个盒子里。

"别把我妈妈的话当回事。"布莱恩说。他把茶叶舀进一个亮橙色的水壶中，"她不太正常。在那把长沙发上一坐就是很久，总是胡思乱想。"

"她不常出门吗？"

"自从我爸走了之后，她就总是窝在家里。"他打开一个橱柜，我看到了密密麻麻的盘子和碗，仿佛随时会倒塌。"他离开的时候，她就坐在前厅，等着他回来道歉，从那以后，她就没动过地方。"

水就快开了。一开始，水的动作很轻柔，只是轻轻地顶着喷嘴，传来细微的金属敲击声。跟着，声音越来越大，很不耐烦，发出愤怒的哨声，还喷出一股蒸汽。

"他走的时候你肯定气坏了吧，肯定就跟晴天霹雳一样。"

"倒也不是。"他说，"我能闻到那事就要发生了，就跟下雨一样。"

他从冰箱顶上拿下一个托盘，看起来又破又旧，留有多年以来积攒下来的圆茶杯痕迹。

"你觉得克里希太太是不是也是这样？"我说，"你觉得她是不是早就计划离家出走了？"

有那么一会儿，布莱恩没回答，只是把奶罐、茶壶和糖罐放到托盘上，跟着又从橱柜里拿出茶杯。茶杯上有不同的图案，有毛地黄、雏菊，还有绣球花，它们争奇斗艳，誓要比个高低。

"不知道。"过了一会儿他说，"我不这么觉得。"

我等待着。我早就发现，有时候，如果你保持沉默，人们就会情不自禁地说些什么，来填补沉默。

"她约了人转天见面。"他伸手去拿水壶边上的一个饼干桶。饼干桶是猎犬形状的，头盖骨顶端是盖子，他打开盖子，拿出一包姜汁饼干。"她是不会爽约的。她不是那种女人。"

"她约了谁？"

布莱恩把粉绿色茶壶套套到茶壶上后，拉扯了几下编织壶套，把喷嘴的地方弄好。他扭头看着我正要说话，罗珀太太的声音从客厅穿过走廊传了过来。

"你是去中国泡茶了吗，布莱恩？"

他端起托盘，那包饼干滚到了边缘。他盯着我的眼睛看了一会儿，便别转开目光。"她约了我。"他说。

"那是个礼拜天，我们正在吃晚饭，"罗珀太太在我们走进来的时候这么说道，"这分钟她还在把烤土豆装盘，下一分钟就脸冲下趴在了一盘子派克索填料上。"

"罗珀太太正在给我讲她家人犯心脏病时候的事。"蒂丽说，她的脸色很白，"不过我觉得我们该说的已经说完了。"

"我在给蒂丽讲活在当下有多重要。"罗珀太太说，"人永远也不知道下一刻会发生什么事。看看欧内斯特·莫顿吧，看看玛格丽特·克里希吧。"

布莱恩在茶几上放下托盘——木茶几上固定着一块方形棋盘，却不见棋子，并将那包姜汁饼干靠在奶罐上。

"盘子，布莱恩。去拿个盘子来放饼干。我们有伴了。"罗珀太太挥挥手，还用舌头轻触门牙。"他是个好孩子。"她在布莱恩离开房间后说，"无害，只是有点单纯，跟他父亲一个样。"

"你常和克里希太太在一起，是吗？"我说。

布莱恩回来了，他把姜汁饼干倒到盘子上，跟着把饼干放在了长沙发上罗珀太太的身边。

"我们玩牌。"罗珀太太说，"我比任何人都了解她。"

"可你不知道她为什么失踪吗？"我发现，只要我挪到椅子边缘，就能够到姜汁饼干，"她有没有对你说什么？"

"没有，什么都没说。"罗珀太太看起来对自己失望极了，"她一个字都没提。"

布莱恩给大家倒茶。我看到他在摆杯子时瞥了他母亲一眼。

"不过她在这件事情上也没有多少选择。"罗珀太太说得很快，布莱恩则一心鼓捣着糖罐。

"妈妈，别跟她们说这些没用的。"

"我就是有什么说什么而已，布莱恩。就因为这个，你外公才会去参加战争，为的就是让我有权说话。"她把一块饼干泡到茶里，细小的姜汁饼干屑漂浮在加了奶的茶上，"这条路上的很多人都知道很多事，却不会往外说。"

"什么意思呀，罗珀太太？"我说。

她吸起姜汁饼干，跟着整个吞进嘴里，然后往茶里放了更多的糖。我能听到她的勺在杯子里晃动，轻轻碰撞着印有绣球花的杯身。布莱恩站在她前面，想把手臂搭在壁炉架上，只可惜那里太矮了。

"我的意思是，"她先是看看布莱恩，才说道，"这个世界由各种各样的人组成。"

布莱恩动也没动。

"有好人，"罗珀太太说，"也有怪人，这些人格格不入，还会给其他人造成麻烦。"

"就是山羊和绵羊。"蒂丽在房间对面说。

罗珀太太蹙起眉头，"如果你希望用这种方式来看待的话，我想是的。"

"这是上帝的方式。"蒂丽说，在斗篷下面交叉起手臂。

"关键是这些人的想法跟普通人的不同。他们不能适应环境，是怪胎。他们是警察的调查对象，和我们这些正常人不一样。"

"警察也找过你了吗，罗珀太太？"

她又泡了一块饼干，"是的，来过了。那个警官叫什么名字来着，布莱恩？"

"格林。"布莱恩回到窗边流苏下的座位上。

"对，格林警官。对于玛格丽特的下落，他知道的比我们其余人多不了多少。不过我没看到他去敲十一号的门，是吧，布莱恩？"

布莱恩摇摇头。我感觉之前有人问过他这个问题。

"你怎么知道他们是什么样的人。"蒂丽说，"就是那些不合群的人。"

罗珀太太又开始吸姜汁饼干上的茶水。"那就和你脸上的鼻子一样明显。他们都有奇怪的习惯，个个行为异常。他们从来不和别人交往，看起来很不一样。"

"是吗？"我说。

"你长大以后就明白了。隔着老远就能发现他们。你必须学会留个心眼，见到他们就赶紧过马路，别和他们走得太近。"她一指脚凳，"把烟灰缸递给我，布莱恩，我的腿疼死了，我连动也动不了。"

"或许就因为这个他们才不和别人交往。"蒂丽说，"因为别人都在路对面呢。"

只是罗珀太太光顾着点烟，没有接茬，几秒钟之后，公园车道牌香烟的烟雾开始在房间里飘散。

这时候，外面的社区小路上传来发动机熄火的声音，跟着是一声沉重的车门关闭声。

布莱恩的头越过落地灯向外看去，脑袋还碰到了灯罩。"真有意思。"他说。

"怎么了？"罗珀太太直觉敏锐地抬起头来，不再看花街巧克力的盒子。

"警察又来了。"

她飞快地从长沙发上跳起来，活像个整人玩偶盒。我们都走到窗边，蒂丽从罗珀太太的腋下伸出脑袋。我们看着格林警官戴好警帽，拉好上衣，向路尽头走去。

"他这是要去十一号吗？"罗珀太太说。

"看起来不像。"那个警察走到了街对面，布莱恩又掀开一点窗帘，好看得清楚些。

我们看到格林警官走过一栋栋房屋，最后停在了四号外面。

"看来他是要去你家呀，格蕾丝。"布莱恩一松手，窗帘再次遮住了窗户。

罗珀太太深吸一口烟。"真想不到呢。"她说。

13

chapter

×

第十三章
格蕾丝的爸爸也说谎了

社区小路四号

1976 年 7 月 5 日

———

我和蒂丽坐在楼梯中部。

经过多次试验后，我得出一个结论，这里是最有利的位置。再高一级什么都听不到，再低一级就有被发现的风险，然后就会被赶回房间，并且要听无数遍关于偷听的警示故事。

"我们有没有错过什么？"蒂丽说。

尽管我母亲把客厅门推上了，但缝隙够大，可以看到格林警官的上衣和我父亲的左边肩膀。

"我觉得他们是刚刚给他端了茶。"我小声道，"如果他要抓他们，是不会这样的。"

我听到我母亲在说话。她的声音是那么脆弱，像一枚一击就碎的蛋。"如果可以的话，我希望能留在这里。"她说。

我父亲的左肩耸了耸，大概右肩也一起耸了。他说："我对你说什么，我妻子都可以听。"

我父亲在提到我母亲时从来没用过"我妻子"三个字。

看格林警官背部的动作，可知他从衣兜里拿出了笔记本。透过门缝，我能听到笔记本翻动的声音，还听能到我父亲轻轻敲打椅背的声响。

"班尼特先生，圣约翰大街 54 号的班尼特物业管理公司是你的吧？"

我父亲说是的。他的声音很低很卑微，听起来跟我父亲平时的声音一点也不像，如同一个人在努力回想该如何做一个重要的人。

"我们有证人看到克里希太太去了你的办公室。"格林警官说，"日期是……"又传来翻动纸页的声音，"……6 月 20 日下午两点左右。"

敲击座椅的声音停了，这会儿一点动静也没有。仿佛没人知道接下来谁该说话。

最后还是我母亲开的口。"那是她失踪的前一天。"她说。

"的确。"格林警官道，"还是礼拜天。"

我听到母亲重重地喘了一口气，好像她憋了很久没喘气一样。"我不知道她到那里去有什么目的，但与德里克没有任何关系。他周日下午去参加圆桌会议了，是吧，德里克？"

"班尼特先生？你能确定 6 月 20 日礼拜天下午你在什么地方吗？"

我父亲什么也没确定。他只是把脚在地毯上来回摩擦着，我们都听着我母亲的呼吸声。

"班尼特先生？"

"我那天可能和她聊了几句。"我父亲终于说道，"随便聊聊。"

警官又开始翻笔记本。"不过，我上周找你了解情况的时候，班尼特先生，我问你最后一次见到克里希太太是什么时候时，你分明说的是可能是周四，也可能是周五。"格林警官道。

蒂丽坐在楼梯上转身看我，眼睛睁得老大。我则眯起眼睛。

"那我肯定是忘了。"我父亲说，"不过你现在这么一提，是的，是的，我周日确实见过她。"

"班尼特先生，你的公司周日也上班吗？"格林警官说。

"不上班。"我母亲回答了这个问题，"他的公司周日不开。"

"那你能不能解释一下，为什么克里希太太会去你的经营场所？"

"德里克？"我看不到我母亲的脸，但我想象得到她的脸是什么样子，因为这个问题，她的面容绷得紧紧的，像是一面鼓。

我从没见过我父亲这样。他一向都是提问题的那个人，一向都等着听别人解释。这让我感觉很别扭，好像灯关了，我才意识到只看了一个故事里的一章而已。等我父亲再开口的时候，我和蒂丽只能靠在楼梯栏杆上，才能听到他的回答。

"她需要一些建议。"他说，"她只有那天有时间。"

"建议？"格林警官说道。

"是的。"

"对于……"我又听到翻页的声音。我不喜欢纸页。"……物业管理？"

我能看到我父亲的左臂。这会儿，他的左臂放在右臂上。有那么一会儿，唯一的声响就是厨房里那块钟表标志着时间流逝的嘀嗒声。

"她想进行一项投资。"终于他还是说道。

"好的，班尼特先生，只是她丈夫从没对我们提到过这件事。"

"我想她并没有和她丈夫说起过这件事，格林警官。现在可是 20 世纪 70 年代，如今女性可以自己拿主意了。"

他的声音变高了，似乎变回了我熟悉的那个父亲。

那位警官拉了拉上衣，放好笔记本，建议我父亲好好回想一下，看还有没有什么忽略的。听他说"忽略"这两个字的口气，仿佛他刚开始学英语这门外语。我父亲说他一定会的，声音依然很高。客厅的门被人拉开了，他们向玄关走去。我和蒂丽赶紧跑到楼梯平台，没有发出一点声响。

"你觉得这是怎么一回事呀？"我们回到我的卧室后，蒂丽问道。由于爬了半天楼梯，再加上兴奋，她都有些气喘吁吁了。

我耸耸肩。"不知道。"我说。

"你爸爸从没提过这件事，你不觉得奇怪吗？"

"可能吧。"

"我就觉得特别奇怪。"她把斗篷从头上脱下来，这会儿，她的手臂伸得特别直，"说不通呀。"

我们坐在床上。鸭绒被贴在我的腿下，感觉又滑又凉。在我们脚下，我能听到我母亲的声音变高了，直冲天花板。

蒂丽拿起一个陶瓷玩偶，举到脸边。"我看你妈妈生气了。"她说。

我摩挲着鸭绒被，静电在我手指间刺刺响。"是呀。"我说。

"她气的大概是那个警察还得再来一次。他们都很忙，不是吗？事情兴许就是这样。"

"可能吧。"

"我想这没什么可担心的。"她说，却一脸担忧的表情。

我母亲的声音依然穿过地板传来。声音断断续续的，不知怎的，这让事情变得更糟了。要是我能听清楚他们在说什么，或许就能安心一点，因为我知道我母亲有时候一整个晚上就只会争论些无谓的事。我希望现在也是这样，我屏住呼吸，希望能从那些只言片语中听出个大概，只可惜那些话就像小石头一样卡在了天花板上。

除了我母亲的声音，还有父亲的声音，很低沉，是在道歉，我母亲说好多句，父亲才说一句，我听到他说"没什么可说的了"，还有"我为什么要撒谎呢"，跟着他就没声了，只剩下我母亲在大喊大叫。

蒂丽把陶瓷玩偶放回到架子上。"话说回来，这事挺怪的，他以前怎么从没提到见过克里希太太的事？"

我把那只婴猴玩偶轻轻推到左边。"他肯定就是忽略了。"我说。

这两个字听起来像是外国话。

1976年7月6日

我们跟着莫顿太太在商业街上走。她步态优雅，如同一艘船，在人行道上绕过一辆辆婴儿车和小狗，还有那些必须停下来把冰激凌从下巴上抹掉的人。

现在是七月最炎热的日子。天空是湖蓝色的，就连白云都消失了，我们的头顶上只有万里无云的夏日蓝天。即便是如此，还是有人不相信这大好天气，我们看到有些人把开衫搭在手肘上，雨衣塞在购物袋中，一个女人甚至还把一把雨伞塞在腋下，活像是拿着一门大炮。看来好像人们认为会变天，感觉有必要随时随地携带各种雨具，以防不测。

莫顿太太和碰见的每一个人打招呼，同时还不用停下来。我母亲就会停在店门口和人行道上，到最后，购物袋都勒进了她手里，我则不耐烦地用脚踢着混凝土地面。可莫顿太太有本事一边走一边聊天，轻松地应对每个人，却不会被他们的问题拖后腿。然而，此刻她却停在伍尔沃斯商店外面，盯着支在门口附近的人行道上的一摞帆布躺椅。我和蒂丽指着篮子里觉得我们需要的东西，比如草地飞镖、模拟键盘笔、用玻璃纸包装的羽毛球拍，甚至还有小山高的桶和小铲，用来堆沙堡的烟囱模具，高度都到蒂丽的下巴了。最近的海滩只有五十英里远。

我站在门外看着门里的一长串彩虹糖。

"我们能进去待一会儿吗？外面太晒了。"我看着莫顿太太。

"我们现在该去图书馆了。"她说。

"预防中暑很重要。"我回头看看彩虹糖,"这是安吉娜·瑞彭说的。"

莫顿太太顺着我的目光看过去。"再走三分半钟就到图书馆了,"她说,"我想我们都能坚持下来。"

图书馆就在商业街尽头,那里都是会计师、律师和建筑师事务所,房子的正门是乔治王时代的艺术风格,配着厚厚的黄铜标牌。从图书馆可以俯瞰公园和纪念门,去年栏杆前种了罂粟花,这会儿花的颜色变淡了,成了粉色。我母亲常带我去图书馆,可自从格林警官去过我家后,她的生活就好像失去了时间感。我父母每隔几个小时就会重复一次他们的对话,我母亲指责我父亲撒谎,我父亲就骂我母亲无理取闹,之后,他们就互相控诉对方不可理喻。他们会这样吵上几分钟,筋疲力尽了,便各自消失,回去充电,等到下次在楼梯、走廊或是餐桌边碰面,再大吵一架。

莫顿太太推开图书馆的门,我和蒂丽从她的手臂下穿了过去。除了我的卧室,这里是我在这世上最喜欢的地方。这里铺着地毯,有巨大的书架、嘀嘀嗒嗒的钟表,还有天鹅绒椅子,就跟人们家里的客厅一样。这里弥漫着未翻开的书页、没看过的历险故事的气味,每个书架上都有我尚未谋面的人和我没有去过的地方。每一次我都会钻进布满图书的走廊和摆着木桌椅的光亮读书室中,琢磨着接下来要进行怎样一段旅程。

莫顿太太从她的手袋里拿出我上次借的书,并放在前台上。

"格蕾丝·班尼特按时还书。"图书管理员道。她使劲合上每一本书的封面,带起一阵风吹到柜台对面。"有借有还,再借不难。"

我拿出最灿烂的笑容对着她,她皱着眉头把借书证交还给我们。她的手上都是墨水渍,连指甲周围的缝隙里都有墨水印记。

我有五张证。这样就可以选择五次探险了。

　　我做的第一件事就是去看阿斯兰和莫格利，还有乔和梅格。这些书我看过很多次了，感觉好像我们是好朋友。我用手指抚摸每本书的书脊，检查它们好不好，确认它们都很安全后，我才能琢磨下面该看什么。蒂丽指指她想看的书，我让她坐在一把小椅子上，趴在一张小桌上看《爱丽丝梦游仙境》。

　　这会儿，莫顿太太站在西部小说书籍前面，我走到她身边。

　　"你怎么不在儿童阅览室？"她说。

　　"莫顿太太，我都十岁了，不适合看那些书了。"

　　"可是，那里有很多书适合你这位十岁的女士看。"她手里拿着一本小说，封面上画着一顶牛仔帽，帽子中心有一个冒着烟的弹孔。

　　"是的，我知道，那些书我都看过了。"我说。

　　"每一本都看过了？"

　　"是呀。"

　　那本书叫《给博·巴罗克拉夫的子弹》。

　　"我现在要扩展阅读范围。"我说。

　　她把《给博·巴罗克拉夫的子弹》封面朝下放到书架上，"但不要扩展得太广了。"

　　我穿过放着浪漫小说的书架，走到食谱和游记的书架后面，又走过放满了旧报纸和募捐咖啡早餐会海报的侧室，来到图书馆后面存放非小说类文学作品的阅览室。这里的书架更大，过道更长，纸页的气味更浓。此处显得很陌生。有着学习的气味，这股味道成熟而浓密。我刚走到C字母打头的书架前，便听到两个人在说话。

　　"我听到的就是这样。不过我还听到她和他吵起来了呢。"

　　"噢，不，不是吵架。就是意外而已。"

　　其中一个声音属于那个性情乖戾、一手墨水渍的图书管理员。

　　他们沿着过道走了几步，有那么一会儿，我不知道他们在哪里。

"那是显而易见的，不是吗？还能是谁呢？"等我再次寻到他们的踪迹时，只听另一个声音说道。

"他每次来，我都往后面站。一看到他，我就起一身鸡皮疙瘩。"

"他脑袋不太正常吧？一眼就能看出来。"

我从书架上拿下一本引文词典，好继续听下去。

"你知道，她也到这里来了，就在她失踪的前几天。"

另一个声音惊呼一声："她借了什么书？"

"什么都没借，她的借书证不见了。她在侧室待了大概半个钟头就走了。"

"就算她被埋在他家的院子里，我也不会惊讶。"

"我也是。他就像个杀人凶手。你瞧瞧他那双眼睛就知道了。"

"噢，是呀，卡罗尔。你说得太对了。"

他们的声音在字典和百科全书之中渐行渐远，消失在有关太阳系和地方民俗传说书籍的另一边。

"选好了吗？"莫顿太太和蒂丽站在前台边上。

"好了。"我说，不过我正用下巴抵着我怀里的高高一摞书，免得它们掉到地上，所以说话并不容易。

"格蕾丝，你到底选了多少本书呀？"莫顿太太说，"你只有五张证。"

"蒂丽说借我四张。"

"我有吗？"蒂丽说。

莫顿太太扭头看着蒂丽的书，"你借了什么？"

"《纳尼亚传奇：兽王、女巫和魔衣橱》。"蒂丽说。

"她就喜欢这种书。"我说，"她喜欢图姆努斯先生呢。"

"人家才没有！"她把那本书抱在胸前，"我就是喜欢里面的雪而已。"

莫顿太太端详着我那厚厚一摞书。"我们来看看，好吗？"她说。

她拿起最上面的一本，"《连环杀手的内心世界》，是个有意思的选择。

还有什么呢？"她拿起另一本，"《神秘的黑色博物馆》。"随后又拿起一本。《二十世纪的谋杀案：选集》。"她扬起眉毛盯着我看。

"找资料用的。"我说。

她看着此时最上面的那本书，"《给博·巴罗克拉夫的子弹》。"

"我觉得封面很有意思。"我说，"它像是在跟我说话一样。"

"我觉得我们该重新考虑一下，你说呢？"

我们重新挑了书，那个图书管理员在我新选来的书上盖章，带有墨渍的手指从书上划过，我们离开了地毯和凉爽光亮的走廊，走进外面的酷暑中，热气在树梢上浮动，让这个世界的边缘晃动着。

"老天。"蒂丽说，我紧紧抓着那本《纳尼亚传奇》，她则动手脱掉了针织衫。

"我们从公园走回去吧。"莫顿太太说着一指公园大门，那里有座英勇无畏的撒哈拉沙漠以南探险家的雕塑，"那里树荫多。"

公园里一点也不凉快。只在两旁有树的小路上才有树荫，大多数时候都是艳阳高照，我们只好左右穿插，躲避阳光。有些人似乎根本不在乎。他们躺在草地上，把T恤衫当枕头，旁边收音机上的天线冲着太阳，被忘记的小说倒扣在草地上。孩子们蹚水玩耍，叽叽喳喳地嬉笑，阳光洒在他们每一个踢打的动作上，而他们的父母则把太阳帽向下拉，往满是灰尘的膝盖上涂防晒霜。

我意识到蒂丽那双凉鞋的嗒嗒声消失了，连忙扭过头去。她站在露天音乐台边，靠在栏杆上，针织衫系在腰上。在小路稍远一点的地方，莫顿太太也停了下来，用手遮挡着阳光。

"我很好，莫顿太太。"蒂丽说，"就是太热了。两条腿直发软。"

我在莫顿太太从我身边走过的时候看了看她的脸，一看之下，觉得嘴巴发干，心里很不安。

她看着蒂丽的眼睛，摸摸蒂丽的额头，还皱起了眉头，她说我们最好到音乐台那边的阴凉处坐一会儿。那里没有别人，油漆剥落的木栏杆上落着鸟粪，还有一份旧报纸，一阵阵风吹来，报纸的页面不断地翻开。

蒂丽说她没事……真的没事，可她脸色惨白，我注意到莫顿太太很担心，不由得心下大惊。

"我就是感觉站不稳。"蒂丽说。

"别逞强。"莫顿太太握住蒂丽的手，"你要特别注意才行。"

"格蕾丝说我不会有事的。她说她不会让那种事发生。"

莫顿太太盯着我的眼睛看了一会儿，跟着别转目光。"你当然不会有事。但你母亲希望你能当心，是不是？"

蒂丽点点头，我看到汗珠从她的额头上流下来。

"那我们就在这里坐一会儿好了，让你喘口气。"

我记得战争纪念碑边上有个小售货亭。"或许吃个冰激凌能叫你好受点。"我说，"还是你想吃托皮克巧克力棒？"

蒂丽摇摇头，说她想喝水。

莫顿太太看看四周，依旧握着蒂丽的手。

"我去吧。"我说，"我去给你找点水。"

我匆匆从音乐台边走开，灼热的阳光落在我的肩上，人们的声音中一点焦虑也没有。要走过五颜六色的飞碟和晶体管收音机，才能到小售货亭。亭子上有粉色和黄色的条纹，帆布被风吹得呼啦呼啦响，我则站在那里等着那个男人找塑料杯。

我看向音乐台那边，并不想回去。不想看到莫顿太太眼中隐藏的担心，不想回到苍白、安静、瘦小的蒂丽身边。

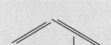

第十四章
克里希太太猜出多少秘密

社区小路十二号

1976 年 7 月 9 日

———

"疯狂。"佩茜·克莱恩如此唱道。

"疯狂。"片刻后，谢拉·戴金也唱道。

她一边唱歌，一边用吸尘器吸尘，天气炎热，空气中弥漫着地毯散发出的气味，而集尘袋已经快满了。佩茜知道痛苦是什么滋味。她是生活的受害者，她是佩茜。从她的颤音中就能听得出来。她推着真空吸尘器在走廊里吸尘，经过一排外套和凯西的一堆火柴盒小汽车，跟着猛地转进了客厅。

"让吸尘器停会儿吧，妈妈。"丽莎抬起腿搭到长沙发上。

谢拉进入客厅，把吸尘器调到最大挡。

"妈妈！人家在看杂志呢！"

真空吸尘器碰到家具上,发出咚咚声。电线在房间里曲折行进,不是缠到桌子腿和早被遗忘的鞋子,就是挂到烟灰缸的边缘。

"要是我再也不在了,你就会想念我的歌声了。"谢拉拉扯了一下电线,"到时候你就渴望听到我的歌声了。"

丽莎从她的杂志上抬起头来,"为什么?你要到什么地方去?"

"哪儿也不去。可等我走了,你就会怀念了,丽莎·戴金。记住我的话。"

她在经过的时候看了一眼镜中的自己,抹了抹脸,想把糊在眼睛下面的睫毛膏弄掉,可惜这样一来,倒把睫毛膏蹭进了皱纹中,而那些皮肤的皱褶拒绝展开,恢复成以往的样子。

"我到底做了什么……"

录音带早已陈旧不堪,布满了刮痕,但依稀传来的吉他声能使她稍微解脱出来,不至于深深地陷入痛苦中。她关掉吸尘器,好更清晰地听到这乐声。

"为什么你总听同一首歌?肯定有更好的吧。"丽莎翻着杂志说。

"你知道的,她在一次空难中去世了。"

"你早说过了。"

"她当时只有三十岁,大好生活还摆在她面前呢。"

"我知道,你说过了。"丽莎从椅子背看过去,"你还说过玛丽莲、卡罗尔和杰恩。"

"这一切都值得记住,丽莎。永远都有人比你还要不幸。"

"他们都死了,妈妈。"

"你说得对。"

谢拉按了一下另一个开关按钮,灰尘、热气和发动机的轰鸣声都消失了。"弄好了，我要到外面去了。"

丽莎又翻了一页，"希望你不会到前院去晒日光浴。那样很不体面。"

她的脸一直在变，谢拉心想。那张脸越来越像她的父亲。每过一年，丽莎与她的距离就拉远了一些。这肯定是个缓慢的变化过程，在一顿顿饭中，在一次次对话里，可谢拉只顾着她们之间是不是发生了争吵。跟着，她意识到丽莎已经走出了很远，而她则被远远抛下了。她能面对女儿越来越大，也可以面对那些男孩子和那些游手好闲的人，面对他们抽着丝卡香烟、嚼着口香糖小声说话。但她若是细细思索，便无法对这些问题视若无睹，置之不理。

"那是我家的前花园。"谢拉说，"我想在里面干什么就干什么。"

"别人在看呢。"

"那就让他们看好了。"

"这就好像穿着拖鞋、戴着卷发夹子去街角小店。你不可以这么做。"

"是谁看不惯？"

"别人都看不惯。"丽莎又翻过一页，"要是所有人都那么说，就值得一听了。"

"知道了。"谢拉把电线缠在吸尘器上，"那你为什么不去找一份暑期工？别人都是这样的。"

没有回答。

"明年的这个时候你就毕业了。你该不会以为你就可以一屁股坐在这里，什么都不做吧？"

凯西走了过来，将他小小的身体投到一张椅子上。"我可以一屁股坐在这里，是不是？"他说。

谢拉看着他。"只是现在可以。"她说，"只是现在可以。还有，不要说'屁股'这两个字。"

"屁股，屁股，屁股。"

丽莎翻了一页，"希望玛格丽特·克里希快点回来。她不在，你就变了个人。"

"是吗？怎么会呢？"

"她在的时候，你不那么恶声恶气，也不那么骂骂咧咧。"她从杂志上方看着谢拉，"还有就是不经常头疼了。"

她真尖刻，和她母亲一样，只是太过犀利了。

"她会回来的。"谢拉说，"就是现在太热，都把人逼疯了。"

"除非就是沃尔特把她抓走了。他就喜欢让人失踪。"

谢拉看着凯西。他正用一支笔的笔尖往椅子扶手里插，十分专注的样子。

"屁股，屁股，屁股。"

"说话小心点。"她道，"他还不懂事。"

丽莎放下杂志，"他知道那个疯子，是不是，凯西？"

"怪人沃尔特。"凯西说，"他就跟魔术师一样，能把人变没。"

他嘻哈笑了起来。只有孩子才会有这种轻快活泼、没心没肺的笑。

"小屁孩，什么都不明白，我的屁股。"丽莎说。

"屁股，屁股，屁股。"

"不要说'屁股'这两个字！"谢拉拿起一个靠垫，把它放回长沙发上。

"真搞不懂他为什么不搬走。"丽莎盯着杂志说，"该有人想想办法才对。他老是盯着别人看。"

"盯着看？"

"看到他我就觉得毛骨悚然。"她摸摸胳膊，"我和我朋友在一块儿的时候，他就站在前窗那儿看着我们所有人，活像是在琢磨下一步该干什么。"

谢拉要把插头别在电线上，可她一直看着丽莎，所以办不到，"他有没有对你说什么？"

"妈妈，你算是说到重点了。"青少年就喜欢用这副腔调说话，"他从来不说话，只用眼睛看。"

"如果他说了什么——你会告诉我吧？"

丽莎飞快地点点头。她将了将头发，结果弄掉了发带，它顺着她的肩膀滑了下去，不过没人看到。"有人该想想办法。"她说，"我们都觉得有人该出面做点事。"

谢拉刚要说话，就听到小径上响起了脚步声。

"门铃响了！"凯西说着一溜烟跑出了房间，没人来得及拦住他。

"屁股，屁股，屁股"的喊声一直在走廊回荡。

"老天，但愿不是那个警察又来了。"丽莎说，"他这个人挺搞笑的。"

"他用不着费这个力气。"谢拉从桌上拿起一杯冷掉的咖啡，杯子在木桌上留下了一个圆印，"我们已经没什么可说的了。"

"你知道他昨天去了四号吧？待了很久呢。我今天一早看到德里克·班尼特了，他整个人都蔫了。"

"你之前怎么不告诉我这件事？"

"人家没见到你呀。"丽莎目光炯炯地看着她，"我出门的时候你还在床上呢。是我给凯西做的早餐，我给他穿的衣服，还回答了他那些该死的问题。"

谢拉紧紧抓着咖啡杯。咖啡上面结了一层奶皮，黄黄的，很陈腐，都粘在杯子边上了。"我太累了。"她说。

"是呀。"丽莎接着看起了杂志，"我也累坏了。"

"如果你有话要说，那为什么不说出来呢？"

"我无话要说。"

又是一步，谢拉心想。丽莎与她的距离又远了一点。

"方便吗？"

谢拉转身看着门口。多萝西·福布斯穿着灰褐色的衣服，一脸忧虑的表情，还是平时那副样子。

"多萝西，"她说，"你来啦，当然方便啦！"

凯西站在多萝西身边，手里攥着一支折了的笔。他抬头看着她，笑了笑。"屁股，屁股，屁股。"他说。

"希望没打扰到你们。"

她们坐在厨房里。这是个好地方。用不着听凯西没完没了地说"屁股"，也可以躲开丽莎那犀利的目光。她拉着多萝西说东扯西，不愿她老是盯着昨晚没刷的锅碗瓢盆和滴水板上的烟灰缸，但阳光自窗户照射进来，让她宁愿忘掉的一切都变得十分显眼。

"不好意思，多特。"她说。

她看着多萝西一边咳嗽一边笑，但都很不成功，跟着她想起多萝西不喜欢别人叫她多特。多萝西说，那让她觉得自己像个标点符号，像个句点。

"要不要喝点什么，多萝西？"

"噢，不用了，谢谢！"

她们默默地冲对方笑了笑。

"是不是凯西又惹事了？他踢足球又吵到哈罗德了吗？"

"噢，不是的。"

"那是丽莎？"

"不是，跟丽莎没关系。"

这就是多萝西。多萝西一向都是这个样子。挨家挨户到处走，搭车绕远道去很近的地方。然而，你不能催促她。要是催促她，她就会激动不安，拒绝一切，而且没人知道她接下来会说什么。谢拉有时候很想知道，多特在进坟墓的时候，是不是依然有很多话含在口中没说出来。那些话中包含的信息就跟百科全书一样，而且没人会听到。

她等待着。

"是玛格丽特·克里希。"多萝西终于说道，"噢，其实是有关约翰·克里希。噢，这事与每个人都有关系。我试着跟哈罗德谈过，但你也知道哈罗德这个人，他听不进别人的意见。艾瑞克·兰姆也好不了多少。我不晓得该找谁。你当时也在，你都见到了，所以该明白。"

她一说就是一大串。

谢拉伸手去拿烟灰缸，"我们当时都在，多萝西。整条街的人都在。"

多萝西想把手搭在桌上，可上面摆满了杯子、报纸和凯西的素描蚀刻板，所以她只好把手放在手袋上。"我知道。"她说，"那就好像是昨天的事一样。"

"但已经过去九年了，多特。你怎么会以为那件事和玛格丽特有关呢？"

"因为事情就是这样，不是吗？"她说。

谢拉从烟盒里拿出一根烟，在桌上敲了敲，"事情是怎么样的？"

多萝西永远都是忧心忡忡的样子，年轻时也是如此。她会到处仔细搜寻，看有没有发生大灾难的迹象——这完全是在自寻烦恼，到最后，她就会无中生有，给自己找个大问题出来，并为此整日担心。

多萝西死死抓着手袋，好像那是游乐场里的游乐设施。"是命运。"她说，"不管我们做了什么样的选择，都要为结果负责。"

香烟闪了一闪，但只是微微一闪。

"你疯了吧。"谢拉点了一根烟，吸烟总能让她心情平静，"你的脑袋又不正常了。"

"警察又回来了。你看到他们了吗？"

"我听说了。"

"他们肯定知道了什么。他们一直在问问题，他们在找玛格丽特，他们肯定都知道了。"多萝西想到什么就往外说，跟连珠炮似的，"他们八成已经找到她了。或许她把一切都告诉他们了，所以他们才会回来，要把我们都抓起来。"

"冷静一下！玛格丽特什么都不知道，她当时并不在场。"

"但她和这条路上的每个人都说过话，谢拉。她是那种能让你情不自禁坦白一切的人。"

谢拉摘掉依旧残留在她指甲上的淡淡的擦光剂痕迹，"她是个很好的听众。"

"说得对。"多萝西的手指摩挲着手袋的带子，"那样的人到最后都能听到你无意间透露的事。"

谢拉抬起头，"噢，老天，多特，你对她说过什么？"

"什么都没说。我连一个字都没提。"多萝西皱起眉头，"至少我觉得我没说过。"跟着，她眨眨眼睛——只是动作太慢了。

谢拉用手捋捋头发，她能感觉到昨晚喷的发胶很硬，"老天，多特。"

谢拉点燃了一根烟，跟着看到上一支烟还在烟灰缸里，对她闪烁着火光。

"她和所有人都说过话，谢拉，不仅仅是我一个人而已。"

多萝西深吸了一口气，她太用力，也太突然了，吓得谢拉一缩。

"怎么了？"谢拉说。

"要是玛格丽特发现了一切呢？要是她和某个人当面对峙了，而且因为这个消失了呢？"

"你冷静一点好不好！"谢拉晓得她在大喊大叫，可她控制不了自己，"我们甚至都不知道她为什么会离开！"

"我们必须去找约翰谈谈，一定要弄清楚，她在离开之前都说了什么。"

谢拉吸了一口烟。急促的呼吸将微少的烟带进了肺中。

丽莎把脑袋探进来。"还好吗？"她说。

"都好，都很好。"谢拉依旧看着多萝西。烟雾在她们两个之间飘浮着。在阳光中，烟雾慢慢地飘动，袅袅升向天花板。

"你们谁有空到街角小店去一趟？"丽莎说，"牛奶没了。"

谢拉拿过钱包给她，"带上凯西和你一起去，这样才是好孩子。"

丽莎表示抗议，从喉咙深处发出野兽般的声音。

"别说了，丽莎，赶快带他去吧。"谢拉把硬币交给她，"我要出去十分钟。他只有六岁，没办法自己留在家里。"

"快七点了。"玄关处有个声音说道。

她回头看着多萝西，"你到前花园等我，我去穿鞋。"

餐具室里很暗，感觉很凉爽。她能听到多特拉开了前门，丽莎连哄带骗地让凯西站起来。

它就在面粉后面，放在一个马口铁罐中，那里面装的是撒出来的米粒和贝壳形意大利面。

她应该把它倒掉。她告诉玛格丽特她已经把它倒掉了。她把手伸进罐子里，摸到了那个东西。她再摸一次就会丢掉。最后一次，因为此时此刻，她真的需要它。

一开始，他没有回答。多特翻过花坛，把脸贴在窗户上。谢拉能听到她指着屋里那些乱糟糟的东西。

她把口香糖从嘴里拿出来，透过信箱大声喊道。没有任何回应，不过她好像听到房子里面响起了开门声。

"约翰，我知道你在家。"她又喊道。

多萝西爬回来。"他可能出去了。"她说，"大概是去找她了。"

"他肯定在家。"

谢拉透过信箱向屋里张望。她看到了一堆堆硬纸和报纸，一张桌子的桌角上堆满了购物袋。看来好像他正在打包搬家，只是所有东西都散落着，没有装好。所有家具的表面都摆满了东西。

她又喊道："我知道你在家呢，我不会走的，我会站到你开门为止。"

门开了。

过了一会儿，她的视线才调整过来，那刺目的橙黑色消失了，跟着，她看到了约翰，就站在楼梯底部。他身上那身衣服看上去像穿了一个礼拜，连睡觉都没脱掉的样子，约翰双眼青肿，里面写满了怀疑。

"老天，约翰，你在搞什么鬼？"

谢拉把门又推开一点，结果门碰到了一堆发黄的报纸和一摞没拆开的邮件。他像个孩子似的站在那儿一动不动，让她们走过去。多特用手捂着嘴，小心翼翼地穿过这满室的混乱。

"这里怎么了？"谢拉拉起一个购物袋的边缘，但看来好像这会引起连锁反应，导致整栋房子坍塌，只好将其放下，"你在做什么？"

他咬着指甲，像极了一只啮齿动物，"我在看能不能找得到。"

"你在找什么？"

"把玛格丽特逼走的东西。她肯定是发现了什么。这栋房子肯定把发生的事都告诉她了。"

她深深地吸了一口气。空气中夹杂着汗臭味和绝望的味道，而多萝西左后背上流下的汗珠，又加重了这里的汗味。她走过去从门边的一把椅子上拿起一把雨伞。

"别碰那把伞！"约翰向前一步，把雨伞放回原位，"是我把伞放在那儿的，给玛格丽特留的。不然的话，她准会忘记。"

她看着他。她看得出他的内心有深刻的恐惧，他的思绪紧绷，即将崩溃。他从前就是这个样子。当时所有人都有些畏缩。那件事让他们所有人都陷入了沉默，在那之后的好几个月里，他们的生活都沉闷不堪，但约翰比其他人更严重。他将自己封闭起来，希望借此躲避危险。"我们去厨房坐一会儿吧。"她说，"我去弄点喝的，咱们聊一聊。"

他们用谢拉拿纸巾擦过的杯子喝了红茶。多萝西坐得离她的茶非常远，仿佛茶里有毒似的，每次谢拉问约翰问题，约翰都盯着他的茶看。

"她肯定说了什么吧，约翰？"

"什么都没说。她什么都没说。为什么人们总是问我同样的问题？"

"这么说，你一觉醒来，她就不见了？提前一点预警也没有？"

"我先上的床。等我睡醒了，还以为她去商店了，或是找你们去了。她这人喜欢串门。"

"是的。"多萝西说，"大家都是如此。"

谢拉和多特对视一眼，跟着扭回头来。"她就没说这条路上别人的事情吗？别人有没有对她说过什么？"

"没有。"

"对沃尔特·毕晓普，她也没说过什么？"

他们对视一眼，谁都没说话。

他又盯着他的茶看。在屋子的边缘，她能听到多萝西开始张大嘴倒吸气。

"约翰？"

"她一定见过那个人了。他的眼镜——就在她的手袋里。她是要把眼镜拿去修理的。"

"我知道。"多萝西猛地站起来，她的杯子咔啦一声碰到了一摞盘子，"我看到她从十一号出来。"

约翰自喉咙深处发出一声呜咽，听来好像他认命了，如同临终时的痰咳声。谢拉的心中涌起一阵恐慌，她并不肯定这份恐慌是别人传染给她的，还是来自她的内心。

"我们还是冷静下来，好好想想这件事。"她说，但这句话被房间其他部分倾泻而出的恐慌淹没了。

多萝西依然站着。看得出来她很想走走，可房间太小，剩余的空间都被约翰翻出来的东西填满了。她的手指缠绕在一起，试图让自己镇静一点。

"玛格丽特知道了。"她说，"她一定会去报警。"

谢拉看着约翰，"是吗？不告诉你一声就去报警？"

"不知道。"他摇摇头，"我看不会。"

谢拉闭上眼睛，放缓呼吸。她感觉到自己的双手颤抖不已，于是紧握成拳，希望借此不让双手继续哆嗦。

"她报没报警，我们能知道。"她尽量让自己的声音显得稳定而理智，"那样的话，他们早就来问我们了。"

"这么说的话，如果她没去报警，"多萝西说，"那她到哪里去了？"

约翰抬起头，"或许她发现了真相；或许她和某个人当面对峙了。"

"她和每个人都说过话，谢拉。她掌握了我们的全部秘密。"此时，一波又一波恐慌向多萝西袭来，她脸色惨白。

"噢，老天。"谢拉说，"我们又没做什么错事！"

"你怎么能这么说呢？"约翰紧紧抓住桌子边缘，"你怎么能说我们没做错？我们杀了人呀！"

又来了。黑暗再度降临。

尽管酷暑难耐，尽管阳光炙烤着他的皮肤，社区小路似乎依旧阴影重重。约翰站在前厅的窗边，看着谢拉和多萝西离开。她们走到路中央，多特开始挥动手臂，用一方手帕擦着脸，由此可见她很焦虑。

他真不该那么说。他不该说他们杀了人。

可惜这是事实，他们的确杀了人。

是否有意为之，真的不重要，是不是？有些事情就是这么糟糕，这么邪恶，故意与否都不会有任何区别。如果不是这样，那所有人都可以恣意妄为，事后说这并非出于他们本心。

他瞥了一眼十一号，十一号也在回瞪着他。

等他的注意力再回到社区小路上的时候，只见谢拉·戴金正用指尖掐着太阳穴，瘦子布莱恩越过他家的垃圾桶走过来，看看那挥舞的手帕是怎么一回事。

约翰很肯定他们看不到他。

他躲在玛格丽特放在窗台上的一盆花后面。玛格丽特不喜欢假花。她说，这个世界里假冒的东西已经很多了，就不要把假花塞进花瓶，带进客厅了。此时花当然还很新鲜，但他依然能闻到那股味道，腐朽的花朵发出的不可避免且怪异的香甜气味似乎总能冒出来，不管多么努力地用其他气味来掩盖它，都无济于事。

他看着多萝西的手绢在午后阳光下飘动，谢拉很气馁，这会儿无助地靠在她家花园的墙壁上。

谢拉·戴金家的花园墙壁一共有四十七块砖。他早就知道了，不过复查这样的事，不会有任何害处。玛格丽特在这里的时候，他觉得没必要重复核查。她在身边时，偷走了他的忧心，将之打包带走，使它不能发出一点声音。可自从她失踪了，没过多久，焦虑便自行拆包，如同一个老朋友一般，又回到了他的生活中。

连同那些半块的砖，一共有六十块。

多萝西用她的手帕指着他家的方向，布莱恩看了看，蹙起眉头。

"做点什么吧，"玛格丽特过去常这么说，"不要数这数那，要做些有意义的事情才行。"

半块的砖一共有十三块。十三！这令他不安起来。

"约翰，不要在这里数日子。"

或许，如果他能早一点说出来，如果他从一开始就拿出勇气，他的生活会是另外一番景象。

"采取行动，约翰。"

他一转身，袖子碰到了鲜花的边缘，花香飘进了他的嘴里。新态度，这是必需的。他若是可以采取另一种方式，并且不再数数，或许玛格丽特就能感觉到，并且回到他身边。

他砰的一声关上客厅门，关门声在整个房子里回荡，从墙壁和天花板上反弹回来，让桌子和椅子都随之颤动，窗台上的那个小花瓶开始颤抖。很多花瓣都颤动着从根茎脱落，衰败的迹象坠落到刷了油漆的窗台上。

"你倒是悠闲。"布莱恩两只手插在衣兜里站在人行道边缘，"我还以为你要在那些死了的花后面藏一个下午呢。"

约翰回头看了一眼房子。有时候布莱恩似乎知道很多，约翰不明白他是如何做到的。

"你是彻底把她弄失控了。"布莱恩冲着多萝西一扬头，她正在谢拉前面来回挥着手臂。约翰没听清她在说什么，只听到"完了""完蛋了"和"霍洛威"几个词。"你对她说什么了？"

"我只是道出了事实。有时候需要有点决断；有时候大声说出真相是很重要的。"

约翰稍稍挺直腰板，拿出他的新态度，并且绷紧下巴。

"你说的有时候就是现在？"布莱恩轻轻拍拍鼻子一侧，笑了出来，"我的朋友，有时候，重要的是什么都不说。"

约翰的下巴松懈下来，他盯着自己的鞋子看。

"不要以为你们两个能逍遥法外。"多萝西不再转来转去，而是指着他们两个，"警察只要知道所有的事，就会来抓我们，一个都跑不掉，布莱恩·罗珀，赶快收起你那愚蠢的笑容吧。"

布莱恩咳嗽一声，也看起了他自己的鞋子。

"老天，多萝西，你能不能别这么夸张。"谢拉不再靠着墙壁，"这样对谁都没好处。如果警察要来抓我们，就会来抓我们。他们现在什么都证明不了。"

布莱恩咬着嘴唇，谢拉更加用力地按着太阳穴，多萝西一边号啕大哭，一边挥动着她的手帕。哭声震得约翰的脑袋嗡嗡直响，他捂住耳朵，闭上眼睛，希望能把这声音赶跑。

"出什么事了吗？"

他们谁都没听到邮递员来了。他斜靠在他的自行车上，用一个信封的边缘刮擦着脑袋一侧。

谢拉抬起头，双臂抱怀，说："没事。"

"我们很好。"布莱恩道。

"没什么。"多萝西说着把手帕塞进开衫袖子里，笑了笑。

邮递员把眉头皱成一个疙瘩。"那好吧。"他说完便推着自行车沿社区小路往前走。车轮被太阳晒得吱吱响，约翰很想知道邮局是否会给他们一小罐润滑油，让他们带着，抑或他们要自给自足。

他们都看到他将车子靠在沃尔特·毕晓普家的墙上，然后走了进去。

"这人是新来的。"多萝西说，目光一直落在十一号上。

谢拉将横在胸前的双臂抱得更紧了，与多萝西对视一眼。"是吗？"

"不是本地人。"多萝西用口型说。

"不是吗？"

多萝西啧啧两声："只需要听听他的元音发音就知道了。"

片刻后，邮递员出来了，原路返回。他手里依旧拿着那个信封。

"第二次送了？"邮递员走过来的时候，多萝西说道。

邮递员点点头，"十一号没人，我只好带回去。"

他们都盯着那个信封。信封是白色的，鼓鼓囊囊的。多萝西伸着脖子去看邮戳，约翰真担心她的脖子会脱臼。

"柯达？"她说。

"看着像是照片。"邮递员眯缝着眼睛看着那个小包。

多萝西伸出一只手。"如果你乐意的话,我来转交好了。"她笑了,指尖微微有些颤抖。

邮递员犹豫片刻,跟着指指他的证章。"那样的话我的饭碗就不保了。"他说,"你知道的,英国皇家邮政。我们是公共服务部门,就跟警察一样。"

"警察?"多萝西说。

"还有消防队。"邮递员道。

"消防队?"谢拉问道。

他笑笑,将自行车掉头,车子吱吱嘎嘎地向着社区小路尽头驶去。

"我想知道信封里装的是什么。"布莱恩冲着邮递员刚才站的地方一点头。

"是照片。"谢拉道。

"证据!"多萝西又拿出了她的手帕,"一直以来,他什么都证明不了,所以肯定在想办法。我敢打赌,他把依然隐藏在那栋房子里的证据拍了下来。"

"天啊!"谢拉再次靠在墙上。

"不晓得我还能承受多少次这种情况。"多萝西说,"我能感觉到我的头又开始疼了。"

"你怎么看,布莱恩?"约翰感觉到他的喉咙深处再次传来了刺痛感,"你说我们是不是有麻烦了?"

布莱恩盯着他。他的目光是那么锐利,约翰都不敢直视他的眼睛,只得回头张望多萝西·福布斯家的车道。

"依我看,如果我们在有机会的时候做点什么,那我们就不会陷入眼下的困境了。"布莱恩依旧目光灼灼地看着他,"我觉得,如果你早听我的,如果你早点坦白一切,局面肯定会不一样。"

约翰扭过头看着他,"你刚才不还说,有时候重要的是维持沉默吗?"

布莱恩走动起来，双手依然插在衣兜里。"这才是最重要的。"他说。

"什么是最重要的？"约翰喊道。

"分清这其中的差异呀。"他大声回答。

约翰看着布莱恩穿过马路，向二号走去。他在多萝西·福布斯家的车道边停下，将一块碎石踢到柏油碎石路面的另一边。

那里一共有一百三十七块碎石，这样一来，只剩下一百三十六块了。

约翰清楚这一点，是因为他刚刚数过了。

谢拉关上了她家前门。她仿佛依旧能听到多萝西的号哭声，依然能看到她挥动着手帕，就好像拍照的那天晚上一样。

即便是现在，谢拉依旧能在脑海里回放当时的情形。就好像她为某些特殊情况制作了电影胶片，而对于这些情况，她需要向自己保证它们无可指责，而且是出于好意。必须为孩子们着想——她当时还没下凯西，但已经有了丽莎，必须给孩子们树立榜样才行。谢天谢地，用皮带教育孩子的日子早就一去不复返了，现在要告诉他们如何生存，如何避开别人的怒火和免于伤害，以及如何躲开那些打定主意对你有所图的人。

像丽莎父亲那样的人。

像沃尔特·毕晓普那样的人。

如果她不教她的孩子们，谁来呢？不光是偷孩子这件事，还有其他的一切——他会在你经过的时候盯着你看，让你毛骨悚然。一小撮花白头发掉在他的肩膀上，他的夹克打着补丁，蹭上油的地方都发黑了。——这就是那种人的典型样子。再者就是相片。这是最后一根稻草。如果沃尔特没有偷走那个孩子，那些男孩甚至都不会到他家捣乱，那他也就不会惹上麻烦。这是个连锁反应。总而言之，他们都只是孩子，他们没打算伤害任何人。她一看到他们，就知道了。

1967 年 12 月 2 日

谢拉提着购物袋回家，袋子发出哗哗声。不管她如何伸直手臂，如何小心翼翼地不让袋子挨到身体，它们还是哗哗响，如同教堂的钟声一样，昭示着她的失败。

只是除了丽莎，也没别人听到。今天是周六，人们都在吃午饭，路上连个人影儿都没有。现在是十二月，虽然阳光明媚，却寒意逼人，人们吃的是烤面包加豆子、罐头汤和蒸煮食物，借此驱寒。

"我们午餐吃什么？"丽莎说。她整个人缩在粗呢大衣里，背部的衣料绷得紧紧的。谢拉不知道这件衣服能否撑过这个冬天。

"你怎么会说'午餐'这个词？"她说，"为什么不说午饭和茶？"

"时髦的人都说'午餐'。"

"现在的时髦人是这样的。但你一个六岁的孩子知道什么是时髦吗？"

丽莎没回答，只是拖着脚沿人行道往前走。

"你的靴子是新买的，别磨坏了。"

"我想做个时髦的人。"一块松散的石子从混凝土路面上滑了过去。

"我们才不时髦。"谢拉说，"所以我们要说'午饭'，记住了。不然的话，这里的人谁都不会搭理我们。"

从巴士车站边过马路时，谢拉看到了他们。两个小男孩站在十一号外面，这是常事。自从关于沃尔特的事传开以来，社区里的孩子就时不时跑到十一号来。他们偶尔会大喊大叫，丢一把石子后掉头就跑。有一次，谢拉好像看到一个孩子在沃尔特的花园里撒了泡尿，但她权当没看到。

他们又没有恶意。

这会儿，那两个男孩正抬头盯着窗户。其中一个是瘦高挑儿，另一个矮一点，上衣塞在裤子里，两个男孩肯定都超不过十二岁。

她在路对面大声问他们在干什么。

"我们玩呢。"高个儿说。

矮个儿扭过头，冲她一笑。他拿着一个足球，却没有踢。

"当心点。"她拉住丽莎的手，让她向前门走去，"一定要当心哪！"

"不用为我们操心。"高个儿喊道，"我们能照顾好自己。"

她对此毫不怀疑。

她把买来的东西都收拾好，还拿了一罐牛尾汤给丽莎，这时候，他们依然没走。只是现在有三个男孩子了，而且，就在她透过窗户看过去的时候，又来了一个。高个儿走进沃尔特家的花园，等他从围墙跳回来的时候，胳膊上缠着一根树枝。他来回晃动树枝，好像那是一件战利品，其他人你推我推你地大呼小叫着去夺。矮个儿早就把他的足球放在路边，这会儿，足球从草地滚过来，撞到了积聚在排水沟里的叶子。

艾瑞克·兰姆也在看着他们。谢拉能看到他，他们两个就默默地从各自的窗户后面盯着对方。

她再看过去的时候，发现人又多了。现在大概有十二个，在她家的前厅就能听到他们的吵吵声。有几个跑到沃尔特家的花园里，冲着窗户大呼小叫，时不时看看彼此的脸，想从对方身上寻找勇气。她还看到几个年纪大的男孩子，有十五六岁。

"狗杂种。"有人喊道。

谢拉还没来得及细想，嘴角就流露出一个笑容。

丽莎穿上了外套，此时正在穿溜冰鞋。

"你要去什么地方？"谢拉从社区小路上收回视线。

"到外面玩。"丽莎说。

谢拉看回那些男孩子。"不行，你不能出去。"她说，"现在不行。"

沃尔特出现在二楼的窗边。他咆哮着对那些男孩子说他们私闯民宅，他要报警。而孩子们只是嘲笑他，模仿他的声音，说着从他们的父母那里学来的话。沃尔特探出木窗的身体看来是那么渺小。他满脸通红，怒气冲冲，大力挥动着手臂，但他这么做一点作用也没起，只是让自己更生气，脸变得更红了。有那么一刻，谢拉很想知道，一个如此软弱、如此温和的人，真的会构成那么大威胁，跟着她想起了丽莎的父亲和她自己的父亲，以及所有有着无害外表的人。

她咬紧牙关，继续看着，放在窗台上的指关节都发白了。

男孩子们消停了一些。有几个人在沃尔特家车道上用脚踢着碎石，大部分都在他家花园围墙上坐成一排。他们时不时抬起头大喊一声，却很是天真——这些孩子不明白他们为什么要喊，他们这么做，只是因为他们的父母先喊了而已。

沃尔特拉上窗户，不见了，可几分钟后又回来了，还把什么东西举到了窗前。

是一架相机。他正在拍那些孩子。

男孩子们一开始并没注意到，只顾着四肢碰撞着四肢发泄精力。这是青少年在用身体对话。

沃尔特用镜头一一对准那一排孩子——停下，返回，按动快门。

他拍下了他们每一个人，将每个男孩子都捕捉到弯曲的镜片上，在胶卷上印下他们的影像。他趁他们看其他方向的时候，偷走了他们的童年。

"狗杂种。"谢拉说，"恶心的狗杂种。"

她正要敲敲窗户提醒他们，这时候一个孩子抬起头来，看到了沃尔特。那个男孩一指，孩子们马上就散开了。有的去推自行车，有的穿上短上衣沿着巷子和人行道跑了，到最后，唯一能证明他们来过的痕迹便是开始时的那根长枯枝，这会儿它就靠在沃尔特·毕晓普家围墙的一端。

"王八蛋。"谢拉说。

"你说谁是王八蛋？"丽莎一边穿溜冰鞋一边说。

"没你的事。"谢拉看见沃尔特依旧站在窗边，望着下面孩子们坐过的地方，"不要说'王八蛋'这个词，孩子们不能这么说。"

谢拉一整个下午都在生气，还把她的怒火撒在了橱柜门和茶壶盖上，但愤怒啃噬着她的心，并没有消退。她很想去一趟艾瑞克家，看看他怎么想，但她走到哪儿，丽莎就跟到哪儿，她知道要是她真去了，这一个下午就得面对丽莎没完没了的问题。

"我不是在生你的气，丽莎。"她说道，这话她已经说了十遍。

"那你在生谁的气？"

"那个留着长头发的怪人。就是住在路尽头那栋大房子里的人。"

"偷孩子的那个人吗？"

"是的。"谢拉说，"就是偷孩子的那个人。他是坏人，丽莎。你不可以靠近他，绝对不可以。听到了吗？"

丽莎点点头，"他是坏人。"

她重复着谢拉的话，又开始画画，但她时不时看看母亲，又看看窗外，一副若有所思的样子。

一个小时后，谢拉听到了说话声。吵吵嚷嚷的，夹杂着怒气，越来越近，如同暴风雨来临一般。十二月的天空是暗蓝灰色的，很是阴沉，但还是足够亮到可以看见有人在社区小路上走。大都是男人，但也有几个女人走在那群人边上，后面跟着一群孩子。就是之前来过的那些孩子。她看到了高个儿和矮个儿，只是这次他们不你推我搡，也不大喊了，他们显得那么小，安静地走着，一脸忧心的表情，冻得将双臂抱在胸前。

"待在这里别动。"她对丽莎说完，带上门，来到了门阶上。

谢拉从未在社区小路上一次见过这么多人。他们像极了一群足球观众。

这些人都是工人，有的是一整个礼拜都在矿井里挖矿的，还有的是整天运土搬石头的。他们愤怒地攥着拳头向十一号走去，靴子咚咚踏在柏油碎石路上。

一个男人率先走到沃尔特·毕晓普门前，抢起拳头咣咣砸门。

十一号里面很暗，一点动静也没有。看来好像沃尔特不在家，但谢拉知道他就在里面。所有人都晓得这一点。沃尔特·毕晓普的门依然紧闭，社区小路上其他房子的门却接连打开了。艾瑞克、西尔维娅、多萝西·福布斯都出现在各自的门阶上。就连梅·罗珀也拉开了她家客厅的窗帘，向外张望。

那个人又砸了两下门，砰砰的砸门声如同子弹的爆裂声。他后退两步，冲着房子里大喊，让沃尔特·毕晓普滚出来。"你给我的孩子们拍了照片，赶快给我滚出来，老子有话问你。"

谢拉回头看看房门，又把门带上了一点。

人们围住了沃尔特的房子，男人们个个怒不可遏，想要大打一架；女人们则有些紧张，更多的是自制，但也目露凶光。很显然孩子们被告知躲远点，他们都站在人群边缘，试着想办法神不知鬼不觉地钻到里面去。矮个儿扭头盯着谢拉，看来像是马上就要哭出来了。

那个人现在开始踢沃尔特的门。其他人大喊让他踢得再快点，再用力一点。谢拉的眼角余光看到多萝西·福布斯正沿着人行道快步而行，她一边走一边拉扯着外套。

"我要去电话亭打电话报警。"她在从谢拉家的栅栏边走过时说道。

"你到底为什么要这么做？"

"这是聚众骚扰，谢拉。聚众骚扰。天知道他们接下来会到谁家去。"

"他们对付的只有沃尔特一个人。"谢拉说，"他们不会为难我们任何一个人。我们都是体面的好人。"

但多萝西还是从树篱那边一拐弯不见了。谢拉继续望着那帮人，皱起了眉头。

警察来了。多萝西挨着谢拉站在门阶上，摆弄着外套的腰带，一会儿系上，一会儿解开，腰带被拉得紧紧地绷在她的手上。

"别这么坐立不安的好不好，多特？"

"我控制不了我自己。我太紧张了。"多萝西松开腰带，随即又把它拿在手里。

警察走下车，只一会儿工夫，穿着制服的他们便被叫喊的人们包围了起来。

"他们怎么会这么生气？"多萝西说，"这是在演《爱默戴尔农场》吗？"

"他竟然给孩子们拍照片。"

她听到多特倒抽了一口气。"我以前就见过他在公园里拍照。他坐在音乐台边上，那个讨厌的相机就挂在他的脖子上，到处乱拍。"

"是吗？"

"不只是拍孩子，他见什么拍什么。"多萝西说，"花呀，云呀，还有该死的鸽子。"

"什么样的人会拍别人家的孩子？"

"什么样的人到了四十五岁还和母亲住在一起？"

"他从来不拉开他家前厅的窗帘。"

"他还需要好好理理发。"

她们都站在台阶上向前探身，想听个清楚。

"多特，你怎么不过去看看发生了什么事？"

"噢，我才不去。"多萝西说，"我可能会受到袭击。那样的人可都有失心疯。"

她们默默地又向前靠了靠。

"那我去了。"谢拉回头看了一眼前门，"替我看着丽莎。"

谢拉穿行于人群之间。她从人们的手肘下面钻过，躲开吵嚷的人们，慢慢地向前挤去，跟着，她看到了两个警察和沃尔特·毕晓普。这会儿，毕晓普被一个警察叫到了门阶上。

"真是笑话。"沃尔特说，"好像我会做那种事情似的。"

他没有看任何人。门廊台阶上有一层湿漉漉的苔藓，几十双脚站在周围。

"这几位先生认为你拍了他们孩子的照片。你觉得并无此事，是吗？"第一个警察说。

沃尔特·毕晓普没说话。嘴唇在发黄的牙齿外面慢慢动了动，却并未说出任何话。谢拉看了看周围。矮个儿男孩找到了他父亲，在他父亲的庇护下。他是那么小，并不适合听到大人说的那些话。

"毕晓普先生？"另一个警察说道。

"是的，我喜欢摄影，喜欢拍照。"

"你拍了孩子们？"

人们向前涌动，靴子踏在混凝土台阶上。谢拉没看那些男人有何表情，不用看也知道。

"我什么都拍。"沃尔特摘掉眼镜，从衣兜里拿出一块手帕，"队长，这是我的个人爱好。我家里还有个暗房。"

"现在有吗？"

那条手帕都发灰了，上面油腻腻的。

"毕晓普先生，我们以前就孩子的问题谈过话，不是吗？"队长表面上很克制，可谢拉能从他的嘴角看到怒火，"几个礼拜之前，一个孩子失踪了，当时我们就讨论过你应该行为得当。"

沃尔特头一次看着这个警察的眼睛。

"你很清楚那不过是莫须有的罪名。据我所知，还没有一项法律规定不许给人拍照。"沃尔特似乎找到了脱罪的理由，双眼开始闪闪发光，"特别在有必要的时候。"

警官把手放到背后，谢拉看到他双手紧握成了拳头。

"这么说，你是承认在未经孩子父母同意的情况下，给这些孩子们拍了照片？"

沃尔特戴好眼镜。他沉默了一会儿，等他再开口的时候，声音都颤抖了。

"那是证据，队长。是他们做坏事的证据。"

"证据？"

"是的。"沃尔特·毕晓普现在更理直气壮了，"你都不知道我得忍受怎样的羞辱。有几次我给你打电话了，但你老是说我没证据。现在我有了。"

沃尔特说完了，他在说话的过程中找到了自信。谢拉过去常看到丽莎的父亲也这样。在将脑海里的念头宣之于口的时候，慢慢地变得傲慢自大。

"那么，这些孩子们做了什么事，"警察说，"需要你去搜集证据？"

"故意破坏，队长。"沃尔特指指一直被忽视的损坏的花坛和树枝，"非法闯入，欺骗。"

警察转身看着矮个子男孩，他这会儿依旧搂着他父亲的腰。

"毕晓普先生暗示你和你的朋友们非法闯入了他家。有这回事吗？"

矮个儿男孩本想躲到父亲身后，只是周围没有空间让他移动。他父亲向后退了退，双臂抱怀。那个男孩看着沃尔特，沃尔特也看着他，眼神中充满控制了一切的自得。这种自得的眼神谢拉曾见过太多次了，弄得胆汁直往她的喉咙深处钻。

"我们在踢足球。"矮个儿男孩的声音听来苍白而遥远，大伙儿都得探身过来，才能听得清，"球弹到墙那边了，我们去他的花园里捡球。除了这个，我们什么都没干。"

矮个儿男孩双眼噙着泪水，眼睛睁得老大，眼神里充满了恐惧。谢拉看着矮个儿的父亲，他是个大块头，一双手很粗糙，但动作很快，多年以来指挥别人，自己不用干活，所以身体都发福了。她想到了沃尔特眼中的自负。

"他们就是在踢足球，他们只是一群孩子。我在我家的窗边都看到了。"

谢拉听到了自己的声音，这才意识到是她在说话。她的声音很脆弱，好像随时都会破碎。

她看到艾瑞克·兰姆站在人群边缘，听到她说出这番话，便直勾勾地看着她。

"这么说你可以做证？"警察看着谢拉，跟着又看看沃尔特，"这些男孩子没有任何不当行为吗？"

"没有。"谢拉看着矮个儿男孩说道。男孩的身体直哆嗦，尽管他深处人群之中，并不会冷成这样。

"我有权利。"沃尔特说，"我愿意拍谁就拍谁。这不是犯罪。等把照片冲洗出来，你们就能看到这些男孩做了什么了。"

"那把相机给我们看看。"

警察站在外面等着，沃尔特则进屋去拿相机。

他回来后把相机交给队长。

"都在里面了，到时候你们就知道这些孩子有多坏了。该给他们点颜色看看，好好痛打他们一顿。他们活该。"

在警察检查相机的当儿，沃尔特·毕晓普滔滔不绝地说着要报复的话。头一个警察目视前方，警盔的带子勒进了他的下巴，他双唇紧闭，摆出一副不慌不忙的样子。

"你是不是要告诉我，那些任由孩子乱跑的母亲，也该受到同样的惩罚，毕晓普先生？"队长道。

沃尔特无话可说了。谢拉看到他的发际线上渗出了汗珠。

"不该允许这样的人为人父母。"他说，"就得用强硬的态度管孩子，要让他们知道谁说了算。"

人群后面传来窃窃私语声，脚步声随之响起。

另一个警察举起一只手臂，暂时让人们安静下来。

"这么说，所有证据都在里面了？"队长在两只手里来回倒换相机。

"这些证据足以让你抓他们，队长。"

警察按了一下相机背面的一个拉扣。

"别碰那个！"沃尔特伸出手，"打开了那里，就会毁了——"

警察打开了那个拉扣。"老天，"他说，"瞧瞧我都干了什么。"

"快把相机给我，或许还有得救。"

沃尔特伸手去拿相机，可那个警察把相机倒拿起来，里面的东西一下子掉到了混凝土地面上。

"你看我，怎么这么笨手笨脚的？"他用靴子边缘狠狠碾过胶卷，"现在看来证据没有了，是不是呀，毕晓普先生？"

沃尔特盯着地面。"你有什么要对我说的吗？"警察说。

警察靠近沃尔特，气息都喷到了他的脸上。"我要对你说的是，离别人家的孩子远一点。"他的目光在沃尔特身上从下到上地缓缓移动——破旧的鞋子、布满污渍的夹克、缠结在一起的发黄的头发，"还有，多留意留意你自己吧。"

人群渐渐散了。但他们仍然放心不下，目光沉重地频频回看沃尔特的家，赌咒发誓这件事没完。矮个儿男孩由父亲牵着手臂慢慢走了，时不时回头看看。

艾瑞克·兰姆双手深深地插在衣兜里穿过马路，走到谢拉身边。

"我必须这么做。"她说，"不然你就会说出真相。"

他没说话。

"警察和议会什么都不做，那人们就得自己掌控局面。"谢拉回头看看十一号，"必须有人出面把他赶走。"

他依旧不说话。

"艾瑞克，会有人受到伤害的。"

"我对此从未怀疑过，一分一秒也没有。"

"你难道就不担心吗？"她拉紧开衫，"社区小路上出了怪胎，专给别人家的孩子拍照片，你就不担心吗？"

"我当然担心，谢拉，我知道你现在依然会为丽莎提心吊胆。我只是不肯定这是不是最好的解决办法。"

开衫摩擦着她的后脖颈，她感觉皮肤在羊毛的碰触下火烧火燎的。

"你还有什么办法？"她说，"我们其余人必须做点什么。"

"猎巫行动？"

"如果有必要的话，是的，我们会展开一场血腥的猎巫行动。"

她听到他深深地吸了一口十二月的冷风，显得若有所思的样子。

"猎巫行动有个问题。"他说。

"是什么？"

他一边回答她，一边向家中走去。"那就是，不是每次都能抓到女巫。"

谢拉望着十二号。丽莎正在窗户后面向她招手，多萝西·福布斯站在丽莎后面，表情很焦虑。

谢拉扭着开衫的腰带，一会儿编成这样，一会儿编成那样，腰带深深地勒进了她的肉里。

15
chapter

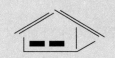

第十五章
让戴金太太想着上帝

社区小路四号

1976 年 7 月 9 日

———

蒂丽的母亲让她在床上躺了三天。

我觉得这有些过分，莫顿太太却说再小心也不为过。我心想这也太小心翼翼了，但我决定不把这话说出来，因为每次提到蒂丽，莫顿太太都显得很不安。

"这不是你的错。"我对她说，"不过要是我们能听安吉娜·瑞彭的话，结果可能就不一样了。"

我们玩了大富翁游戏，看了英国广播公司二台的黑白电影，吃了快乐天使牌速溶奶昔，但现在只有我的名字刻在奶昔上，吃起来也就没以前香甜了。一天下午，我们搭巴士沿陡坡路段出了商业中心，又在可以俯瞰到镇子的山里转了转。莫顿太太为我指出各个地标建筑，但我的鞋里进了沙子，磨得脚疼，要费很大劲才能表现出一副很有兴趣的样子。没有了蒂丽，一切都变了样。不管我们到什么地方，都感觉像是度假后回到家，各处都是空荡荡的，很陌生。

蒂丽终于再次出现了，只是脸色就跟面粉蛋糕的颜色一个样。

"你需要呼吸呼吸新鲜空气。"莫顿太太说，她让蒂丽坐在阴凉下面，又给她多加了一个靠垫，还给了她一块车轮巧克力派。

"这几天我不在，你都干什么啦？"蒂丽挑出几块棉花糖。

"我干了很多事。"

"你去找上帝了吗？"

"我真的很忙。"我说，"没那个时间。"

"那我们继续找吗？"

"应该吧。"我说。

她笑了，把车轮巧克力派递给我。

蒂丽可以优先选择看什么电视节目，想喝什么也不用自己拿，莫顿太太还允许她不用洗碗就能走。

"我有点头晕。"我一边说，一边将另一个盘子放在滴水板上，不过没人注意我。

三天后，我们得到允许，只要不是中午且蒂丽戴上她的防雨帽，我们就可以去外面玩。不过蒂丽走到哪儿都戴着防雨帽，所以我觉得这表示一切都恢复了正常。虽说得到了准许，可那天早晨外面太热了，我们只好坐在我家的餐桌边，试着能不能像尤里·盖勒那样，把勺子弄弯。这游戏我们都玩了很久了。

"弯啦，弯啦，快看呀！"蒂丽举起她的勺子。

"看起来一点也没变。"我说。

"你看这里。"她指着勺子笔直的一部分说，"是这里。"

这时候我母亲恰好走过，她俯下身，眯起眼睛，说："是呀，还真有点弯。"但我母亲一向都迎合别人，好叫他们感觉好一点。

"一点也没弯。"我说，"是直的。"

"要是我知道尤里·盖勒是怎么做的就好了。"蒂丽又搓了几下勺子，便放弃了。

"那是因为他是西班牙人。"我说，"西班牙人就擅长这些，他们都很聪明。"

我们把勺子丢在一边，跑去看约翰·克里希等巴士到路尽头停车，然后独自一个人走回家。他今天看起来比上次我见到他时还要邋遢。他的头发乱蓬蓬的，像是要从他的脑袋上逃离一样，衣服挂在他身上，仿佛它们并不是他的一部分。他甚至都没系鞋带，在他沿着人行道缓慢走着的时候，鞋带就这么甩来甩去。我母亲站在餐桌边，和我们一起看。

"他看起来很不好，是吧？"我说。

"是的。"她依然注视着窗外，"确实如此。"

暑气穿过窗帘涌进屋内，一道道耀眼的阳光投射在厨房地板上。阳光是那么明媚，金色的光线划过我动来动去的双脚，从我的脚指头上逃开，移动在下一块瓷砖上。雷明顿趴在地上，身上横过好几道阳光，看来很像只小老虎，不过是一只拉布拉多犬形状的老虎。

"要我说，这里和外面一样热。"我道，"我们可以到墙上坐一会儿。"

"去吧。"母亲边说边穿针引线。

线还没穿过针眼，厨房门就关上了。

我们才坐了几分钟，就见到福布斯太太匆匆走过，她的米色衣服从我们眼前一闪而过。我们向前探身，看到她拐进谢拉·戴金家的花园，站在门阶上和凯西说着什么，手舞足蹈的，显得很是夸张。

"你说她是干什么去了？"我说。

蒂丽踢着砖墙。"不知道。"她说，"不过我不相信她，格蕾西，你呢？"

我想了想，"我也不信。不过呢，自打克里希太太失踪之后，这条路上的每个人都变得怪怪的。"我想到了父亲，但没把这话说出来。这样一来，我就可以不用老是琢磨这件事了。

过了一会儿，福布斯太太和谢拉·戴金一块儿出来了，她们穿过马路，向克里希先生家走去。戴金太太走到路中央的时候，身体似乎有些微微摇晃。

"她是不是不舒服呀？"蒂丽说道。

又是喊又是敲门，折腾了半天，她们终于进了克里希先生家。她们刚一进去，谢拉·戴金家的门就开了，丽莎拉着凯西的手肘走了出来。丽莎穿着一件牛仔外套和一双平底拖鞋，那鞋与我在《凯斯公司邮购目录》上看到的一模一样。

"不行，你不能穿。"我父亲曾经这么说，说完还哈哈大笑起来。

"走啦。"我边说边拉着蒂丽从围墙上跳下来。

不管你要蒂丽做什么，她都会答应。这是她的优点之一。我们正好在丽莎要关上她家的花园门时走到她面前。

"你好。"我说。

"你——好！"她拖长音说道，还翻了翻白眼。

我抄起双手，把凉鞋在混凝土地面上磨来磨去，"你要去哪儿？"

她走动起来，依旧拉着凯西的手肘，凯西则挣扎着要把手抽回去。

"西里尔商店。我家没有牛奶了。你能不能别再发牢骚了，凯西！"

"啊，我们也去西里尔商店，这真是太有趣了。"我说。

"我们要去那里吗？"蒂丽说，只是她的声音很轻，其他人都没注意到。

丽莎扭过头。凯西依旧在使劲儿扭动手臂，连嘴都没张，却发出很大的声音。"那你能给我们捎点牛奶回来吗？"她说。

"可以呀。"我又用凉鞋蹭着地面，"我刚才还以为我们可以一起去呢。"

"你真是帮了我一个大——忙。"她答谢道。她拉长音说了"大忙"这两个字，好叫我知道我有多重要。

我对她笑了笑。

她把硬币交给我，"把它也带上吧，好吗？它搞得我头都大了。"

她走回花园小径，踢掉拖鞋，坐到了帆布躺椅上。

凯西抬头看着我们。"我要吃糖。"他说。

我们三个沿着枫叶路往前走，凯西每走几步就拍拍足球，球不是弹到别人家围墙的另一边就是车道上，我们只好停下来等他去捡球。

"我爸喜欢看足球。"我觉得我应该想想办法了。

"你爸支持曼联队。"凯西一边低头拍球一边说。

"这很重要吗？"我说。

"当然重要了。"他不再拍球，而是指了指他牛仔裤上的一块补丁，"我是切尔西队的铁杆球迷。"

"切尔西在哪儿？"蒂丽盯着他的那个标志。

"不知道。"他又开始拍球。

"这地方你连认识都不认识，为什么要把他们的标示戴在身上？"我说。

"因为这样你会感觉自己是那里的一部分。"他最后一下没拍到，足球滚到了路对面，"能叫你融入进去。"

"只有你心里这么觉得而已。"我只得喊出这话，因为这会儿他的半个身体都钻进别人家的树篱底下了。

他把球抱在胸前走了回来。"但一个人的心是最重要的地方。"他说。

西里尔商店位于枫叶路和松树园路相交处的角落里。现在的老板不叫西里尔，叫吉姆。其实那也算不上正式的商店，只是一栋房子的前厅，装修成了商店的样子而已。小铃铛一响，吉米就会从后面出来，他穿着衬衣，眼角带着睡意，每次我来买糖，在琢磨该买哪种的时候，他就双臂抱怀，一脸的不高兴。

"你好，西里尔！"我说，我知道他一听这话准会生气。

他立马皱起了眉头。

我找他买一品托牛奶，他看起来有点惊讶，因为我来这里一般只买黑杰克糖和飞碟糖，从没买过牛奶。

我双手叉腰。"那玛格丽特·克里希买过吗？"我说。

可惜这一招对吉姆不管用。他只是双臂横抱在胸前，问我还要不要别的。凯西拉了拉我的T恤衫，最后我和蒂丽只好把零钱都拿出来，给他买了个冰冻果子露喷泉糖。

等我们回到社区小路，丽莎已不再坐在帆布躺椅上，而是蜷缩在长沙发上看少女杂志《杰基》。

"牛奶买回来了。"我说。

"嗯。"

"用不用我放到冰箱里？"

"嗯。"

谢拉·戴金的厨房简直如同迷宫，冰箱藏在烫衣板和很多床单后面，脏兮兮的水壶、杂志和空香烟盒堆放在一起，门上方的钟表里印着猫王埃尔维斯的头像。

"机不可失，时不再来。"他如是说。

谢拉·戴金的厨房乱七八糟的，但她的冰箱却异常整洁。

我回到客厅时，凯西正在模仿消防车的声音，丽莎说道："真不敢相信你们竟然给他买糖吃。"

"他让我们买的。"我说。

"一个六岁的小孩叫你干什么你就干什么吗？"

"大多数情况下是的。"蒂丽说。

丽莎说，只有等她母亲回来，才能把买糖的钱还给我们，没有空椅子了，我们只好坐在电暖器前面的一块羊皮地毯上。电暖器看上去像一个真正的火炉，但没打开开关，暖气片只是一片片冷灰色的塑料，如同连绵的群山。其中一个暖气片上有个洞，我往里一看，只见里面有个小灯泡和三只死掉的甲虫。

"你在干什么？"丽莎说。

我抬起头，说："我对各种事情都很感兴趣。"

她继续看杂志。我能听到翻页的声音，厨房里的猫王钟表嘀嘀嗒嗒走着，昭示着时间的流逝。

"我太喜欢你的鞋子了。"我说。

她又翻了一页。我看了看蒂丽，好像看到她耸了耸肩，不过她戴着防雨帽，很难看得出来。

"蒂丽上个礼拜差点死了。"我说。

"嗯。"

"是我把她救活的。"

"是呀。"

"不过我知道我在干什么，因为我比她大好多呢。"我说，"大好多呢。"

蒂丽开口要说话，但在我的瞪视下，她连忙闭上了嘴巴。

丽莎又翻了一页。

"我喜欢你的鞋子。"我说。

丽莎从杂志中抬起头来，"你们回家吧，过一会儿我让凯西把钱给你们送过去。"

　　我们就说不用了，我们可以等，丽莎说随你们的便，然后把《杰基》杂志捧到脸前。凯西这会儿不再假装消防车，而是斜躺在地毯上，他身上粘着柠檬冰冻果子露和甘草糖碎渣。我一边拉扯着地毯上卷曲的羊毛，一边看着读杂志的丽莎。我盘上腿，将头发垂在肩膀上，想办法让我和丽莎有一点相似之处。等到谢拉·戴金回来的时候，我已经拉下了很多羊毛，整整有一把之多，我只得飞快地找了个地方将这些羊毛附着上。

　　我告诉戴金太太，她的牛奶在冰箱里，另外我不知道凯西不能吃糖，她看看丽莎，扬起眉毛，但没有说话。

　　"她说我帮了她一个大忙。"我说着抚了抚头发。

　　戴金太太说她很抱歉为了买糖的钱让我们久等了，我说不要紧，正好有机会看看丽莎的拖鞋，而且，等丽莎看完了杂志，我可以借来看看。丽莎说她要很久才能看完，兴许永远也看不完。

　　戴金太太去厨房找钱包，丽莎也跟了进去。我能听到她们的谈话。

　　"她是个好女孩，给她一点时间，丽莎。""你表现得友好一点，又不会怎么样。""一看就知她多崇拜你。"我转头看着蒂丽。"用不着不好意思。"我说，"她们不晓得你听得到。"

　　等她们回来的时候，戴金太太忽然想起要去餐具室拿东西，便离开了几分钟。

　　"你还好吗，妈妈？"丽莎在戴金太太回来的时候问道。

　　戴金太太一直都是小麦肤色，根本看不出脸色是否苍白，但她回来的时候，小麦肤色似乎浅了几分，变成了浅棕色，看来有些不舒服。

　　"是多萝西·福布斯。"戴金太太说，"她真叫人受不了。"

　　"她是不是也对你撒谎了？"蒂丽说。

戴金太太正要点烟，听见这话，她任由火焰熄灭，把烟从嘴里拿了出来。"撒谎？"她说。

我知道丽莎在瞧着我们，于是我又抚抚头发，然后说道："就是认不认识克里希太太的事情呀，她撒谎了。她说她以前从没和她说过话。"

戴金太太这会儿点燃了香烟。"噢，她当然和她说过话。"她说，"她当然和她说过话。"

"我觉得她根本上不了天堂。"蒂丽说，"上帝不太喜欢山羊呢。"

"山羊？"戴金太太的香烟在她嘴里微微向下垂。

"她的意思是，"我道，"人若是撒谎，是一定会被发现的。上帝知道你干了坏事，就会拿刀来追你。"

"还有剑。"蒂丽说。

"有时候既拿刀又拿剑。"我说，"不过重点是所有人到最后都会露馅，永远也不可能侥幸逃脱，因为上帝无处不在。"

我和蒂丽都挥挥手臂。

"你相信上帝吗，戴金太太？"我说。

谢拉·戴金坐下来。她的烟就快燃尽了，烟灰落在她的开衫上，我们则等着她的回答。

"我去餐具室拿点东西。"她说。

"你的脸煞白煞白的，妈妈，你要不要喝点水？"

"我只是很担心玛格丽特·克里希。"她说，"我真怕她再也回不来了。"

"她当然会回来。"丽莎坐在长沙发的扶手上，"她只是出去散散心而已。"

戴金太太点点头，像个小孩子一样。

"我不这么看。"我说。

戴金太太盯着我。"为什么？"她说，"你说说你为什么会这么想。"

"因为她转天还约了人，她不是那种会叫人失望的人。"

戴金太太的目光依然落在我身上。她的目光是那么灼热，我看到她的眼白上布满了血丝。"她约了谁？"她说。

我知道蒂丽在瞪我，但我决定回答这个问题。"瘦子布莱恩。"我说。

"她约了他。"戴金太太说，"她约了他。"她卷起开衫的袖子，准备站起来。

后来蒂丽说我们不该说到撒谎呀、剑呀、瘦子布莱恩呀，但我告诉她，这么说会让戴金太太想到上帝，而心里想着上帝一向都不是坏事。

16
chapter

第十六章
艾瑞克的秘密

社区小路十号

1976 年 7 月 10 日

———

　　艾瑞克·兰姆拿着相框边缘，将照片举起来。

　　今天特别冷，艾尔希一直都希望在十二月结婚。她想要一条白色的毛皮围巾，还希望在教堂座位的尽头摆上冬青树，最好是所有小路都覆盖上一层糖霜一样的白雪。她在还不知道要嫁给谁的时候，就把这些都打算好了。牧师听到这些要求，便看了看日记簿，跟着倒抽了一口气，说那是一年里最忙的时候。艾瑞克去了三次，还送了一小瓶白兰地，这才让牧师意识到这件事有多重要。巧合的是，上帝似乎也没意识到这件事有多重要，所以在他们结婚那天，天空是鸽子灰色，一片雪都没有，冬青树也不多，且寒冷刺骨。艾瑞克是带病去结婚的，站在教堂里的他高烧到华氏 102 度，浑身直打寒战，牧师还以为他是紧张，在婚礼的大多数时候都把手放在他的肩膀上，以示安慰。但这些都不重要，所有的一切都不重要，因为他会为了艾尔希做任何事。拥有艾尔希，他就拥有了一切。

他把照片放到壁炉架上。当他说出"只有死亡才能把我们分开"这句誓言的时候，绝想不到这种事情真的会发生。毕竟这看似不可能，根本八竿子打不着。然而事实就是如此，他躲避着这个充满其他人计划的世界，提着一个装着半块面包的铁丝篮在商店里逛来逛去，每天早晨下楼，都发现家里和昨天晚上他离开时一模一样。

他从橱柜里拿出一个汤罐头。天太热了，不适合喝汤，但他的眼睛似乎看不到其他食物。他很羞愧此时竟然想到了玛格丽特·克里希，他真的很想念她，不过他想念的不是她带来的食物，而是她会和他谈天说地。

她从来不说艾尔希一辈子过得很好，走了也没有遗憾，也没说都过去五年了，他该振作起来了，她从来不说艾尔希的牙刷依旧放在卫生间的水槽上，也不说她的外套依旧挂在楼梯底部。她只是听着。在此之前，没人听他说话，他们只是等他自己住口，这样就可以向他吐露他们自己的故事了。或许正因为如此，他才会向她说出心里话。

咔嗒一声，煤气打开，煮锅四周率先被加热了。

他从未和任何人说起过艾尔希，从没毫无保留地说起过她。当人们表示关心的时候，他曾喃喃地说过那些话，只是没有人真的把这些喁喁之言听进去。这些话像是别人话里的标点符号，就像是一个跳板，能引出另一个人的话。玛格丽特·克里希不一样，她会问问题。而只有先听进去了别人的话，才能够问出那样的问题。

他搅拌锅里的汤。厨房里弥漫着浓郁的番茄味，与华氏 90 度的高温混合在一起。

他并不打算向她袒露心声，可当他回想他们谈话时的情形，就发现他显然是主动说出了那些话。他给她讲了那一天，他们拿到确诊证明，艾尔希说一切都会好起来，她的肩膀看来是那么瘦弱与疲惫。他告诉她，艾尔希每说一句话都会停下来，好让会诊医生有机会说还有希望，但医生只是沉默以对，根本没有希望。癌细胞在她的全身快速扩散，速度快得像是赶着去参加一个重要会议。他给玛格丽特·克里希讲了住院那段时间的情形，他独自一人走过的长廊，轻声细语、眼神疲惫的护士，马不停蹄地查房的医生。他告诉她，艾尔希躺在枕头上，显得那么渺小，他唯一能认出的就是她的手，尽管她的身体已经放弃了，但她的意志还在坚持。他给玛格丽特·克里希讲了艾尔希不堪忍受的那一天，他们拒绝去临终关怀医院，带着一袋子药回了家。他还说到了放在前厅的医用床，来打扫和清洗的人员，以及那些备感羞辱的时刻。他给她讲了当癌细胞扩散到艾尔希的骨头上时，她受了多大的痛苦，他还听到艾尔希在以为没人能听到的时候独自哭泣。他告诉她，艾尔希说，如果她有枪，一定会结束自己的生命。他们两个如何注视着彼此，他如何为艾尔希做尽了一切。他把所有事都说给玛格丽特·克里希听了。他甚至把剩下的装在医院便携袋里的药片拿给她看。玛格丽特曾让他把药送到药店去，可他怎么能这么做呢，毕竟他们肯定会问其余的药哪里去了。

　　他把汤盛出来，连同一把勺子和昨天的小餐包一块儿放在托盘上，随后他盯着汤看。

　　五年了，他从未对任何人说过艾尔希的事。他善于保守秘密，很多经历都证明了这一点，但不知为了什么，他竟然告诉了玛格丽特·克里希。说完之后，他感觉轻松了许多，仿佛大声说出那些话，便让它们失去了一部分能量。那个秘密一直在他的脑海里挥散不去，覆盖了整个大脑，压过了所有其他念头，到最后，他满脑子想的只有这个秘密。他在说话时会端详玛格丽特·克里希的脸，试图从她脸上找出对自己的谴责，找到一个让自己住口的理由，然而什么都没有。

等他说完，她握住他的手说，你只是做了你以为正确的事。他听后觉得自己得到了赦免，感觉像是一种化学反应，将一切都消解了。

可当她离开后，他的秘密也离开了。那个秘密仿佛和她一起穿过社区小路，消失在了另一个世界的门后。他给了那个秘密自由，很多新的想法进入了他的脑海中——夜深人静，思考就是他的伙伴。而思考过后，他又希望不曾吐露过那个秘密。

他看到汤的表面结了一层膜。

现在，玛格丽特失踪了，他的秘密也失踪了。

他拿起碗，将里面的汤倒进水槽。反正天这么热，也不适合喝汤。

第十七章
野草与山羊

社区小路四号

1976 年 7 月 11 日

———

"应该告诉她，我不能逗留吗？"收音机里这样唱道。

"我的手指上，戴着一枚结婚戒指。"蒂丽接着唱道。

"你怎么知道歌词？"我说。

蒂丽更像是会听唐尼·奥斯蒙的那种人。

她一翻身趴好，用手托住下巴，"你妈妈每次洗碗时都这么唱。不是这首歌，就是《敲三下》。"

"是吗？"

"敲两下管子表示答案是不。"蒂丽说。

我们坐在前花园的草坪上，自我母亲的收音机里传出的歌声正从厨房的窗户里飘荡出来，而我们的鼻子因为沾上了花粉，正感到刺痛。我正在画一幅社区小路的地图，并且尝试标出我们已经去过了哪几家。蒂丽提出了很多有帮助的意见。

比如，福布斯太太家的花要高些，克里希先生家的栅栏是弯的。

她伸出手，在谢拉·戴金家的屋顶上画了一只鸟，又在我们所在的花园草坪上画了一只。

"我只会画鸟。"她说。

我们瞅着地图。

"没有上帝的痕迹呀，你说呢？"她用手指在地图上沿着那排房屋游走，"到目前为止，我们都还没见到他的一丝迹象呢。"

我想到撒谎的福布斯太太、喜欢参加葬礼的梅·罗珀，以及跟跟跄跄走过社区小路的谢拉·戴金。

"是没有。"我说，"但我们还有很多地方没找过。"

我瞥了蒂丽一眼，"我们可以再去戴金太太家一趟。"

"都去过一次了，还回去干什么？"蒂丽说。

"不为什么。"

"是为了丽莎？"她说。

"不是。"我轻抚了一下头发。

"我和你是最好的朋友，是吗，格蕾西？我是说，没什么能改变这一点，对吧？"

"是的。"我说，"只是我和丽莎有很多共同点。"

"是吗？"

"是呀。"我说，"我和丽莎很相像。有的人就是这样的。他们天生就合得来。"

蒂丽点点头，接着看地图。"我想是的。"她说。

有些时候，蒂丽并不理解生活里比较复杂的事，所以我才需要丽莎这样的朋友。有的人就是老于世故，与我更为志趣相投。

蒂丽指指地图，"住在这里的是什么人？"

我看看她指的地方，"没人住。"

自打我有记忆以来，十四号就空着。皮尤一家在里面住过一段时间，但后来皮尤先生出现了中年危机，还从他工作的会计事务所偷了五千英镑，那之后他们一家就消失了。他戴一顶软毡帽，在兰迪德诺有一辆房车。所有人知道后都很震惊。他们一家搬走后，房屋中介派人在花园里竖了块"房屋出售"的牌子，但那块牌子第一天就被凯西的足球踢倒了，之后再也没人来过。

"这里呢？"蒂丽指指地图上的另一座房子。

"艾瑞克·兰姆。"我说，"他很喜欢摆弄花花草草。"

"那里呢？"

蒂丽指着十一号。

一时间，我没有回答。蒂丽又指了指，还皱着眉头，说："格蕾西？"

"沃尔特·毕晓普。"我看向那栋房子。"沃尔特·毕晓普住在那里。"

"沃尔特·毕晓普是谁？"

"是一个你不愿意了解的人。"我说。

她又皱起眉头，我只好给她解释一番。

我告诉她，我只见过沃尔特·毕晓普一次。那时候蒂丽还没搬来，我每周五都会和莫顿太太一起去布莱特炸鱼店，到了那儿，不管想不想吃，我们都会点炸香肠和鱼饼。有一天，在商店里排起长龙的顾客队伍中，他也在。他面色苍白，脸皮发亮，就跟柜台后面的新鲜鳕鱼差不多。莫顿太太将我拉到她怀里，用外套把我裹住，不让我低头钻过栏杆，去看炸鱼在油锅里起起伏伏，感受烹调的热气扑在脸上。

"那人是谁？"后来，在我们把包茶叶的报纸扯下来的时候，我问她。

"沃尔特·毕晓普。"

她甚至都不需要我解释一下我在问谁。

"沃尔特·毕晓普是谁？"

莫顿太太把醋推到桌子另一边，"是一个你不愿意了解的人。"

我讲完这件事，蒂丽也望向那栋房子。

"人们为什么不喜欢他？"她说。

"不知道，没人解释过。大概是和上帝有关吧？"

蒂丽揉了揉蹭上花粉的鼻尖。"我不明白这和上帝有什么关系，格蕾西。"她道。

我们默默地坐了一会儿，就连收音机似乎都在考虑这个问题。我一一扫过所有房屋，心里默数着，我不知道牧师说得对不对，不知道克里希太太的失踪是不是因为这条路上的人对上帝的信仰不够虔诚。我不知道上帝是不是漏掉了我们中的一些人，在人们的信仰中留下了空洞，让他们从洞中坠落，消失不见。

"或许我们可以去沃尔特·毕晓普家。"我说，"或许我们应该去看看上帝是不是在那里，这是为了我们自己好。"

我们都看着十一号，十一号也在望着我们。那里静悄悄的，窗户很脏，油漆都起了气泡，砖缝里钻出了杂草，角落、窗边也长满了杂草，窗帘紧紧拉着，隔绝了与外界的联系。

"我觉得这主意不怎么样。"蒂丽说，"我觉得我们最好听大人的话，离那里远一点。"

"你这辈子都是别人说什么你做什么吗？"

"大多数时候是吧。"

她站起来说我们应该去艾瑞克·兰姆家，我说了声好，便把地图折叠起来，放进了衣兜里。

在我们穿过社区小路向十号走去的时候，我看了一眼沃尔特·毕晓普的家，心里有些迷惑不解。

之所以不解，是因为我早已认定沃尔特·毕晓普家是一个亟待被解开的秘密。

要找艾瑞克·兰姆并不难。

不管什么样的天气，他都待在外面，挖土呀，修剪呀，将种子撒在柔软的泥土里啦。

下雨天，能看到他站在一把巨大的雨伞下面看他种的花草，不然他就是拿着一个小水瓶、戴着一顶羊毛帽待在花园深处的小屋里。曾经有一次，我就待在那个小屋里，而我父亲则去找艾瑞克打听最好用的堆肥堆的方法和该在什么时候修剪玫瑰。艾瑞克·兰姆向来想问题都很慢，仿佛要说的话是嫩枝，需要生长。

"你们这是要争取园艺徽章吗？"他说。

此刻，我和蒂丽一起站在了这个小屋里。小屋显得幽暗却很安全，里面有股泥土和木头的混合味，还有股淡淡的木馏油味。

"是的。"我们从容不迫地说，因为说话很慢显得有吸引力。

他没看我们，只是从一扇小窗户向外看，玻璃上有往年夏天风吹雨打留下的痕迹。

过了一会儿，他说："为什么？"

"因为女童军都这么干。"蒂丽说，"她们都会争取徽章。"

她看着我，等待我的赞同，于是我点点头。

"为什么？"他又问了一遍。

蒂丽在艾瑞克·兰姆背后耸耸肩，做了个鬼脸。

"因为这表示有本事。"我说，尽量不去看蒂丽的鬼脸。

"现在就开始吗？"他把水瓶自带的杯子放在长台面上，"你们认为需要用一枚徽章来证明自己的能力？"

"那倒不是。"我感觉好像无意中走进了学校大会。

"那你们为什么要这么做？"他说着又拿起水瓶。

"因为这会让人产生归属感。"蒂丽说。

"这是一个象征。"我说。

"象征。"蒂丽重复了一遍，只是她说得比较含糊。

艾瑞克·兰姆笑了，他将杯子在水瓶顶上拧好，"那我们现在就出去，给你们两个赢得象征吧。"他说。

艾瑞克·兰姆家的花园看来比我家的大很多，不过我知道其实大小是一样的。

或许这是因为他把花园分成了几个部分，收拾得整整齐齐，错落有致；而我家的花园里，不仅到处遍布着旧花盆，角落里还放着生锈的割草机。而且还有地方没有草，光秃秃的，是雷明顿在很瘦的时候弄出来的。

这会儿，我们站在一道边界边上，只见周围细绳和树桩纵横交错，划分出神秘的组织。

艾瑞克·兰姆双臂抱怀，冲着远处一点头。"一个花园需要的最重要的东西是什么？"他说。

我们也双臂抱怀，好帮助思考。

"水？"我说。

"阳光？"蒂丽说。

艾瑞克·兰姆笑着摇摇头。

"细绳？"我绝望地说。

他笑够了，松开手臂，说："一个花园需要的最重要的东西就是园丁的保护。"

我觉得艾瑞克·兰姆是个非常聪明的人，不过我也说不出为什么会这么以为。他身上有种泰然自若的气质，从容不迫，浑身上下散发着智慧，而这一切就好像他的影子那样，横在土壤上。我看着花园，只见白色蝴蝶在大丽花、小苍兰和天竺葵丛中翻飞。各色花朵如同一个合唱团，竞相高歌，既是为我的照料，也是为我第一次听到的这话。跟着我想到我去年种了一排胡萝卜（只是那些胡萝卜都死了，因为我老是把它们挖出来，好确认它们是不是还活着），不禁有点不知所措。

"你怎么知道该把花花草草种在哪里？"我说，"你怎么知道它们能在哪里生长呢？"

艾瑞克·兰姆双手叉腰，和我们一起看着花园，随后他又冲远处点点头。我能看到泥土不仅钻进了他的指甲，有的还在他皮肤上的皱褶里安了家。

"种什么都有规矩。"他说，"总不能把银莲花种在向日葵花田里吧，是不是？"

"是呀。"我和蒂丽同时说道。

"银莲花是什么花？"蒂丽小声说。

"不知道。"我小声告诉她。

我觉得艾瑞克·兰姆看到我们小声嘀咕了。

"那样的话，银莲花会死的。"他说，"它需要的条件和向日葵完全不同。万事万物都有规矩。一个东西在它应该在的地方，就能茁壮成长。"

"可你怎么知道？"蒂丽说，"你怎么知道哪里才是对的地方？"

"经验呀。"他指向我们投射在混凝土地面上的影子，他的影子又高又大、清晰明了，像是一棵橡树，我和蒂丽的影子细长单薄，显得模糊不清，"不停地制造影子，"他说，"如果你制造出了足够多的影子，总有一天，你会知道所有问题的答案。"

说完，他给了我们小泥铲和一个马口铁桶，让我们去花园的远端除草。我们也戴了手套（我戴右手的那只，蒂丽戴左手的那只），只是手套太大，

很不灵便，没过几分钟，我们就摘掉了。手指触摸到土壤，感觉很柔软，很
温顺。

几分钟之后，凯西的脑袋出现在将艾瑞克·兰姆家的花园和谢拉·戴金
家的花园分隔开的栅栏上。

"你们在干什么？"他说。

"除草呀。"我在艾瑞克·兰姆给我们跪着的一张报纸上笨拙地移动。

"还在制造影子。"蒂丽补充道。

凯西皱皱鼻子。"为什么？"他说。

"因为这很有意思。"我看到凯西在盯着马口铁桶，那里面装了不少土和
树叶，"能教会你生活的道理。"

"那么重点是什么呢？"他说。

"整天踢球的重点又是什么呢？"我回敬他。

"那我就有可能被人发掘呀。兴许布莱恩·克拉夫会看上我，跟我签
约呢。"

凯西拍拍皮球，好表明他的态度。

"要是我看到布莱恩·克拉夫在枫叶路上溜达，一定会让他去找你。"

其实我压根儿就不晓得布莱恩·克拉夫是谁，但我很肯定凯西并不晓得
我不知道，这会儿，他缩回了头。我看着在花园另一边的艾瑞克·兰姆，虽
然他背对着我们，但我还是看得出他的肩膀在抖动——他在笑。

我们继续除草，蒂丽戴着她的防雨帽，我则戴着艾瑞克·兰姆从他的小
屋深处给我找到的一顶软毡帽。说来也怪，除草竟然能让心境平和下来。

我不再担心上帝和克里希太太，也不再去想母亲如何避免与父亲待在同
一个空间——她会走出有我父亲在的任何一个房间，我现在满脑子想的只有
手指之间的泥土。

"我喜欢干这个。"我说。

蒂丽只点了点头，我们默默地继续干活。过了一会儿，她给我指了指一株依然深深扎根于土壤中的植物。

"那个也是野草吗？"她说。

我向前探身，仔细打量那株植物。它的叶子很大，是锯齿状的，不过与桶里的其他植物并不一样。它的中间没落着蒲公英，看来一点也不像野草。

"我不知道。"我又盯着它看了一会儿，"可能是吧。"

"可要是我们把它拔了，它又不是野草呢？要是我们把它弄死了，但它实际上是一朵花呢？"她说，"如果我们弄错了该怎么办？"

艾瑞克·兰姆从花园另一边走了过来。

"怎么了？"他蹲到我们身边，和我们一块儿瞧着那株植物。

"我们说不好这是野草还是什么。"蒂丽道，"如果不是，我就不想把它拔掉。"

"我来看看。"他说，但他只说了这么一句，其他什么都没说。

我们只好等他开口。我感到双腿开始刺痛，于是在报纸上动了动。我低下头，就见上周的头条正挨着我的膝盖骨正面。

"那我们该怎么办？"蒂丽说。

"首先，"艾瑞克·兰姆说，"它是不是野草，由谁来决定？"

"人？"我说。

他哈哈笑了，"什么人？"

"负责的人呀。他们决定它是不是野草。"我说。

"那现在谁是负责人？"他看了看蒂丽，蒂丽在阳光下眯起眼睛回看他，"小泥铲在谁的手里？"他说。

蒂丽不小心把土蹭到了鼻子上，眼睛眯得更小了。"我？"她很小声地说。

"就是你。"艾瑞克·兰姆重复道,"所以由你来决定它是不是野草。"

我们都扭头看着那株正在等待命运降临的植物。

"是不是野草,"他说,"这是非常主观的一个问题。"

我们一脸茫然。

他又试着给我们解释:"这事取决于个人的观点。有人觉得是野草,就会有人觉得那是美丽的花朵。这完全取决于它们在哪里生长,以及观赏它们的人的态度。"

我们环顾四周的大丽花、小苍兰和天竺葵。"这么说,在有些人眼里,整个花园里长的可能都是野草了?"我说。

"不错。如果你喜欢的是蒲公英,那就会觉得种这些纯属浪费时间。"

"是你的话,则会保护蒲公英。"蒂丽说。

他点点头。

"那这是不是野草呢?"他说,我们都看着蒂丽。

她的小泥铲在那株植物上方盘旋。她看看我们,又看看那株植物。有那么一刻,我还以为她要把它挖出来了,可她放下了铲子,在裙子上蹭了蹭手。

"不。"她说,"它不是野草。"

"那我们就让它活着。"艾瑞克·兰姆说,"现在我们进去喝杯柠檬水吧。"

我们从报纸上站起来,掸掸衣服上的土,跟着艾瑞克·兰姆穿过花园。

"真想知道你猜得对不对。"我们在门廊垫子上蹭鞋底的土时,我说道,"真想知道它是不是真是野草。"

"依我看,关键不在这里,格蕾西。我觉得关键是所有人都有权有不同的想法。"

有时候就得迁就迁就蒂丽。"你还是不明白,是不是?"我说。

她用脚使劲儿跺门垫,表示她不赞成我这话。

艾瑞克·兰姆伸手从橱柜顶端拿下几个杯子，我和蒂丽利用这段时间打量了一番他的厨房。

说来也怪，各家各户的厨房竟然大不相同。有些人的厨房不仅闹哄哄，还乱七八糟的，戴金太太家的就是如此，但艾瑞克·兰姆家的厨房却静悄悄的。门框上方挂着一个钟表，嘀嘀嗒嗒地走着，角落里有台冰箱，发出嗡嗡声。除此之外没有一点声音。我和蒂丽打开水龙头，一边望着窗外，一边用小仙女牌洗碗液洗手。火炉边上有两把简易椅子，一把皱巴巴的，中间都凹陷了，另一把则很平滑，丝毫无损。每把椅子的椅背上都搭着一条钩针编织的毯子，由五颜六色的纱线编制而成，它们并排而列，如同色彩的碰撞。碗柜上摆着一张女人的照片，她用一双和蔼的眼睛看着我们擦干手、从艾瑞克·兰姆那里接过柠檬水。我很想知道，是不是她用一股股毛线耐心地织就了那些毯子，用来放在她再也不能坐的椅子上。

我决定直奔主题。

"你相信上帝吗？"我问他。

我看到他瞥了一眼那张相片，却没有立即回答我。他一声不吭，我能听到他的呼吸声，过了一会儿，他又看看照片，跟着看看我们，说道："当然。"

"你相信上帝能让我们一直待在适合我们的地方吗？"

"就跟蒲公英一样？"蒂丽说。

艾瑞克·兰姆透过窗户看着他家的花园。"我觉得上帝允许我们生长。"他说，"我们必须找到最好的土壤。每一株植物都可以茁壮成长，只需要找对地方就行了，而且，有时候适当的地方并不始终都是你以为的那个地方。"

"我想知道山羊和绵羊能不能在同一片土地上生活。"蒂丽说。

艾瑞克·兰姆看着她，蹙起了眉头，于是我们给他讲了山羊和绵羊的典故，还说上帝无处不在，我们一边挥动手臂，一边喝我们的柠檬水。

"照片中的那位女士是谁呀？"蒂丽问。

我们都扭头看着她，她也看着我们。

"她是我妻子。"他说，"我一直照顾她，直到她去世。"

"现在她不在了，你就去照顾你的花园了。"蒂丽说。

他拿起蒂丽的空杯子。"我感觉你制造的影子比我原想的要多得多。"他说。

然后，他笑了。

我们才关上前院的门，蒂丽就一把抓住我的手臂。"我们都没说到克里希太太呢。"她道。

我打开艾瑞克·兰姆送给我们的袋子，里面装着小番茄，夏天的味道从皱巴巴的牛皮纸里面飘散出来。

"我们当然说了。"我把一个小番茄塞进嘴里，感受它的汁液在我的牙齿之间爆出来，"反倒是没说其他的。"

蒂丽把手伸进袋子里，"是吗？"

"蒂丽·阿尔伯特。"我说，"没有我，你要怎么办呢？"

她一口咬下一个小番茄，对我笑了笑。

中午时袋子就空了。小番茄甜得跟蜜一样。

第十八章
访查十一号前的争吵

山梨树园路三号

1976 年 7 月 15 日

———

"雷明顿，妈妈会准备好今晚六点喝的茶，所以，让我们一起盼着人们懂礼貌，知道及时回家喝茶吧。"

"首先，要是人们懂礼貌，雷明顿，就会意识到，能在餐桌上摆出茶点，唯一的原因就是我们中有人得出去工作赚钱。"

我父母开始通过一条狗来吵架了。

雷明顿现在被当成了沟通工具，不过它依旧和往常一样，躺在餐桌下面，并没有特别注意到它的新角色。它八成只是以为自己突然变得受欢迎了，引起了人们的兴趣。

我父母只在两种情况下直接和彼此说话，一是有外人在场，二是他们想要大吵一架，流程包括大喊大叫，用力摔打橱柜门，以及咚咚咚上下楼梯。我母亲不再就克里希太太的事扯着我父亲问东问西，反而提起其他话题，比如为什么今年不出去度假，或是我父亲愿不愿意拿个气垫去办公室，干脆在那里住上一辈子。

我和蒂丽只好逃到莫顿太太家，那里比较舒适安静，也没有人会气冲冲地横冲直撞。

莫顿太太在食品室里翻箱倒柜，我和蒂丽坐在餐桌边。

蒂丽在玩纸牌时钟游戏，可每次找到老K，她都会把它放在一堆牌的最下面。

"你不能这么干。"我说，"你这是出老千。"

"反正就只有我一个人在玩。"

"但规矩就是规矩嘛。"

"不过我的规矩可不是这样。"蒂丽说，她就在我眼前藏起了另外一张老K，"要我说，人们有权制定他们自己的规则。"

"可规矩就是规矩呀，这才是重点。"我说，"规矩就是要确保所有人都做相同的事情呀。"

"不过那有点无聊，不是吗？"她说。

蒂丽是那种在七月份寄圣诞卡的人，因为她觉得人们会喜欢上面的图片。有时候，你也不得不体谅一下她。

莫顿太太拿着三盒棉花糖茶点甜饼走过。

"你相信规则吗，莫顿太太？"我说。

莫顿太太和棉花糖茶点甜饼就停在我面前。"有些规则很重要。"她说，"至于其他规则嘛，依我看，只是让人们感觉他们好像都是站在同一边的。"

我冲蒂丽点点头，从一堆牌底下拿出一张老K。

"但规矩不管用，不是吗？"蒂丽说，"福布斯夫妇一向都不在同一阵线，克里希先生现在没有任何盟友，而且我也不知道戴金太太站在哪一边。"

"是的。"我说，我看着那张老 K，"我认为规矩并不总是起作用。"

"你爸爸妈妈就不站在同一边。"蒂丽说。

莫顿太太咳嗽一声，带着她的棉花糖茶点甜饼走回食品室。

"那是因为上帝。"我说，"只要我们找到上帝，克里希太太就会回家来，其他的一切也会恢复正常。"

"或许她永远都不会回来了，格蕾西；或许我们一开始想的是对的；或许福布斯夫妇杀了她，把她埋在了他们家的露台下面。"

"福布斯夫妇家没有露台。"莫顿太太在食品室最里面说。

"不对，我很肯定，只要我们找到他，克里希太太就会回来。"我说，"我们必须找下去。"

"你说过，上帝不在艾瑞克·兰姆家，因为上帝不会待在一个特别悲伤的地方，其他地方我们也都找过了。"

我用指甲掀开牌的边缘。

"格蕾西？"

"其他地方并不是全找过了。"我说。

蒂丽盯着我，明白了我的意思，不由得脸色大变。

"不行！"她说，"我们不能那么做！"

我拉住蒂丽的胳膊，带着她走进花园。真是不可思议，站在食品室最里面竟然还能听到外面的动静。

"我们早就达成共识，不能去十一号的。"她说，"我们都认为那里很危险呢。"

"不对。"我说，"只有你一个人那么认为而已。"

我们坐在莫顿先生小屋后面那两个巨大的花盆上。真的不能管这里叫莫顿太太的小屋，因为即便是一个人消失了，这世上依然有些地方是永远属于他们的。

"莫顿太太说过我们不能靠近沃尔特·毕晓普。"蒂丽在花盆上动了动。

"你打算这辈子都听莫顿太太的话吗？"

"大多数时候是的。"她说。

"你都说了你不相信规则，还说什么那样会让生活变得很无聊。"

蒂丽用双臂抱住膝盖，这样一来，她显得特别弱小。"不过那不一样呀。"她说，"这个规矩我觉得我们必须遵守。"

"蒂丽，上帝肯定在那里。绝对在。他不在其他人家里，十一号是我们的最后一线希望。"

"我们就不能只是想象他在那里，但不去亲眼见证吗？"

"不行，我们必须去查看。要是不去，克里希太太就永远都回不来了，下一个失踪的可能是我们其中一个。我们必须找到一个牧师。"

白天的酷暑弄得我头脑发涨。莫顿先生的小屋后面一点阴凉也没有，热得要命。难耐的酷暑似乎在蔓延，在它的盛怒下，我的皮肤被烤得发红，热气钻进我的头发里，用无声且持续的怒火灼烧着我的肉体。

"我真不想去，格蕾西。"

蒂丽看着我的眼睛。她以前从不与我对视。

"那好吧。"我说，"我可以一个人去。"我希望我这一喊，能掩饰我的恐惧，"你不和我去，我就自己去。"

"不行！你不能这样！"

"那我就找别人和我去。"我站起来。天更热了，我能感觉到，热气从小屋的墙壁和莫顿太太家花园围墙上布满灰尘的砖块中飘散出来，"我去问问丽莎·戴金。"

我并不清楚言语的力量，并不知道言语离开你的嘴之后，它们就有了它们自己的呼吸和生命。我并没意识到，在这个时候，你就不再拥有它们了。我更加不知道，一旦你把话说出来，那些话其实就成了你的主人。

我低头看着蒂丽。我从未见她如此瘦小、如此苍白过，可阳光开始照在她的脸上，她的鼻尖都红了。

"你为什么要那么做？"她说，"我一直都以为我们是最好的朋友。我以为是我们两个去寻找上帝的。"

"最好的朋友可以不止一个呀。"我的头发又热又不舒服，我把它从脸上拂开，"而且，你不跟我去的话，那我只好重新考虑整件事了。"

蒂丽没说话。

我让自己一直看着她的脸。"现在怎么样？"我说，"你是和我一起去，还是我去找丽莎·戴金？"

她拉扯着一颗扣子上的线，说："如果是这样的话，我想我不去也得去了。"

我们默默地等待着，我说的我们，是指我、蒂丽和争吵。我们的争吵和我父母的争吵不一样，他们会用力走路，使劲关门，制造出很大的动静。而我们的争吵却小心翼翼、斯文有礼，我都不晓得接下来该干什么才好。

我开始沿小屋后边的小路慢慢走着。"但在我们去之前，还是去涂点防晒霜吧。"我回头对她喊道，"你的鼻子都被晒红了。"

"好吧，格蕾西。"我听到她从花盆上站了起来，"我听你的。"

我很少和别人吵架。事实上，我和蒂丽从没吵过架。有时候我倒是想吵，但她就是不搭腔。她总是说什么"不要紧"，或是"那好吧"，再不然就是"听你的"。

这是我们第一次发生真正意义上的争执。

每次和别人吵架，如果我是赢的那个，我就会很高兴。可那天在我走回莫顿太太的厨房，听着蒂丽在我身后慢慢地走着的那一刻，尽管我说服了她去做我想做的事，我却真的一点也不觉得自己是个胜利者。

19
chapter

第十九章
沃尔特·毕晓普

社区小路十一号

1976 年 7 月 15 日

———

　　和社区小路上其余的房子不同，十一号位于社区小路的尽头。前草坪上种了几棵雪松树，如同不受欢迎的客人，而房子就掩映在树后。其他房子都是礼貌地彼此打着招呼，十一号的房子则矗立在那里，显得有些拘谨和垂头丧气地看着社区小路上其余的房屋，等待着得到邀请。

　　我们站在十一号花园围墙的边上。

　　我用手指划着砖墙，带起了一阵橘红色的尘土。

　　"你觉得他在家吗？"蒂丽说。

　　我从一棵雪松树边上往里瞧。"不知道。"我说。

　　从房子外面一点也看不出来。这里是几十年前建造的，当时还没有其余的房子，这就拉开了它和它周围那些新来者之间的距离。因为时间久远，砖墙都变黑了，长满了苔藓，方形的窗户像是玻璃打着大哈欠在草坪的另一边望着我们，看来一点也不礼貌。

"我觉得他从不出门。"我说。

我们小心翼翼地沿着碎石小路一直走到带屋顶的小门廊上。每走一步，我们都向四周看看，确认有没有什么变化，看看树有没有移动，或是窗户有没有在我们走过时冲我们眨眼睛。

沃尔特·毕晓普家的前门刷成了黑色，门框周围都是蜘蛛网，一只死蜘蛛耐心地趴在一角，等待着永远都不会到来的食物送上门来。我们站在棋盘格花样的瓷砖上，旁边是一堆几乎和蒂丽一样高的报纸。我透过玄关窗户往里看，发现里面还有很多报纸。多年以来的头版头条贴在发黄的玻璃上，试图逃离。

我们凝视着那只蜘蛛。

"我看这扇门不经常用。"蒂丽说。

我推了推门廊边缘的木栏杆，栏杆在我的手中向外一歪，发出抗议的吱嘎声。

"那我们去后门看看吧。"我说。

蒂丽看了看那高高的一摞报纸。

"我不知道，格蕾西。我就是感觉不太好。"

确实如此。

这会儿，我们距离社区小路只有几步远，距离我家前门也只有几步远，距离艾瑞克·兰姆和他家的花园小屋、谢拉·戴金的帆布躺椅同样只有几步远，却感觉像是从我们的地盘走了很久才到这里。

"别傻了。"我说，"来吧。"我无法向蒂丽坦陈此刻我心中的想法。

我们从房子边上绕了过去，我一直扶着墙走，两只手上蹭满了红砖上的灰尘。在我后面，蒂丽的凉鞋踏在碎石小路上，吧嗒吧嗒响。这是四周唯一的声响，就连鸟儿似乎都屏住了呼吸。

我停在第一扇窗户前，将脸靠近玻璃。

蒂丽在房子的转角处向这边看。"你看到克里希太太了吗？"她小声说，"她是不是被绑起来了？她死了吗？"

房间看上去很陈旧，死气沉沉的。

耀眼的午后阳光照射在窗户上，然而沃尔特·毕晓普的房子里却很幽暗。木餐具柜是深色的，地毯是铁锈色的，有些部分褪色成了紫红色，显得很是破旧，还有一张苔藓绿色的长沙发，看着就令人发痒。这里就好像一个被人遗忘的山洞，摆满了织锦和威尔顿绒毯。

蒂丽的脸出现在我旁边。

"空的。"我说，"看来好像里面连空气都没有。"

就在我要转身离开的时候，我注意到了一个东西。

"快看，蒂丽。"我轻轻敲着玻璃。

屋里有个十字架，是个很大的黄铜十字架，就在壁炉上方的一个架子上，除此之外，架子上没有其他东西。没有照片，没有装饰品，没有任何东西可以告诉你住在这里的是个什么样的人，因此，壁炉架显得有点像圣坛。

"我说得对。"我盯着那个十字架，"我们以前都找错了地方。"

"不过我倒是觉得这并不代表上帝在这里。"蒂丽说，"我妈妈有好多菜谱，可她从来都不做菜。"

就在我们看着的当儿，阳光拂过十字架的边缘，将一束光折射到了房间对面。阳光爬上那个看着就发痒的长沙发，扫过老旧的地毯，照射到窗台上，并从我们所站位置的窗户反射回去。

"哇。"蒂丽说，"看起来就好像上帝在指着什么东西似的。"

"有什么事吗？"

我们吓了一大跳，过了一会儿，我们才意识到身边还站着一个人。

沃尔特·毕晓普比我印象中要矮一些，或者说，我比在小吃店那会儿长高了。他也瘦了，皮肤很光滑，这个夏天让他的皮肤变成了古铜色。

"你们是在找人吗？"他说。

"我们在找上帝。"蒂丽说。

"还有克里希太太。"我补充道，以免他觉得我们精神不太正常。

"知道了。"他缓缓地笑了，眼周有很多皱纹。

"你家是我们找的最后一个地方。"蒂丽说，"其他人家我们都去过了。"

"知道了。"他又说，"你们都找过哪里了？"

"都找过了。"我说，"《圣经》里说上帝无处不在，可我们找不到他。我开始觉得这都是牧师编出来的。"

沃尔特·毕晓普在一张靠着后墙的旧长凳上坐下来，并指指对面的木椅子。

"上帝是个有意思的话题。"他说，"你们觉得克里希太太发生了什么事？"

我们坐了下来。

"我们都觉得她可能在苏格兰。"蒂丽说，"也可能被人杀死了。"

"你们难道不觉得如果她被杀了，会来更多的警察吗？"

我想了想，说："警察有时候也会出错。"

"这话不假。"他低下头，开始摘掉长凳上的漆皮，不过坦率地讲，也没剩下多少漆皮让他摘了。

蒂丽脱掉开衫，叠好放在膝盖上，"我们都很喜欢克里希太太，是吧，格蕾丝？"

"非常喜欢。"我说，"你认识她吗，毕晓普先生？"

"是的，她常到我家来。"沃尔特抬起头笑了，跟着又开始摘漆皮，"我和她很熟。"

"你为什么觉得她只是离家出走了？"蒂丽说。

有那么一会儿，沃尔特没说话。时间久到我甚至都以为他没听到这个问题。

"我肯定她会回来告诉我们一切。"他终于说道。

"你觉得她会回来吗?"我说。

"噢。"他说,"如果她回来了,一定有很多话要说。"

良久,他抬起头,将眼镜戴回到鼻梁上。

我感觉木椅子的热度传到了我的腿上。"这个椅子真舒服。"我说。

"这种椅子叫高背长椅。"

我向后靠去,感觉椅背勒进了我的肩胛骨,"高背长椅这名字挺不错。"

他笑了,"的确是。"

我们就这么默默地坐着。我一上来就知道,沃尔特是那种可以和你一起默默坐着的人。我发现这种人并不多见。大部分成年人都喜欢说这说那,来填补沉默。而且说的全都是不重要的事,毫无必要,只是漫无目地胡扯,来填补沉寂。但和沃尔特·毕晓普在一起,不说话也很舒服,在这个炎热七月的一天,我们坐在一起,我唯一听到的便是一棵树上有只林鸽在焦急地呼唤伴侣。我抬头看遍了所有树枝,却没有找到它。

他顺着我的目光看过去。

"它在那里。"沃尔特说着一指那棵树的树梢,我随之看到树叶之间有灰色一闪。

"你觉得那只林鸽身上有上帝吗?"我说。

沃尔特抬起头,"当然了。"

"上帝也在那些雪松里。"我说。

沃尔特又笑了,"我肯定他在。我同意你认识的那位牧师说的话。上帝无处不在,或者说,至少某些人是这么认为的。"

我皱着眉头看着他,"我从未见你去过教堂。"

"我和人们相处得不太好。"他低下头，两只脚在碎石小路上动来动去。

"我们也是。"蒂丽说。

"做个格格不入的人，"我说，"会不会让你觉得很烦恼？"

"我觉得对于大部分事情而言，都是久而久之就习惯了。"

沃尔特说起话来慢条斯理，他把那些话含在嘴里，就跟食物一样。他的声音很柔和，让人感觉他是经过了仔细推敲才把话说出来。

他望着我。"我不了解别人。"他说，"他们会让人摸不着头脑。"

"住在这条路上的人尤为如此。"蒂丽说。

"你和我们很合得来，是不是？"我说，"你能读懂我们的心思吗？"

"我一向都和孩子处得好。"他又摘起了漆皮。

我这才知道为什么漆皮都不见了。

我们再次沉默下来。树那边有说话声传来，听来像是谢拉·戴金或福布斯太太。我也说不好，因为闷热的天气似乎覆盖了所有声响，感觉好像在这酷暑之中，所有的一切都被从我身边带走了。

"重要的是，"过了一会儿，我说道，"这里好像没人理会上帝。"

他不再剥漆皮。沃尔特将指甲下面的漆皮弄掉。"他们不会理会，"他说，"除非他们有所求。"

"若是以前都没和上帝好好说过话，你觉得他会听你的要求吗？"蒂丽说。

"我觉得不会。"我抬起双腿，盘坐在高背长椅上，"这样很不礼貌。"

"你对上帝有什么要求？"沃尔特说。他摘掉眼镜，用一块手帕擦拭起来，只是他的手帕看起来不怎么干净。

我考虑了这个问题很久。听到林鸽在那棵雪松上叫唤的时候，我在琢磨；呼吸着夏天的气息的时候，我在琢磨；感受到腿下木头温暖的时候，我也在琢磨。"我希望他能让这条路上的所有人都平平安安的。"我终于说道，"就像个牧人一样。"

"不过只保护绵羊。"蒂丽说，"上帝不喜欢山羊。他把它们赶到荒野里，再也不理它们了。"

沃尔特抬起头，"山羊？"

"是呀。"我说，"这个世界充满了山羊和绵羊，必须试着分清这二者。"

"明白了。"沃尔特戴好一只镜腿包裹着透明胶带却还是歪向一边的眼镜。"你认为这条路上的所有人是山羊，"他说，"还是绵羊？"

我正要回答，却突然住口，想了一会儿才说："我还没想好。"

沃尔特站起来，"我们进屋喝点柠檬水，好吗？到了里面我们可以继续讨论。里面还凉快。"

蒂丽看着我，我则抬头看着沃尔特。

也许这是因为他的衬衫上掉了颗扣子，或是他那满脸的须茬，又或许是因为他那头发黄的头发垂在衣领边上；或者并不是因为这些，而只是因为莫顿太太说的那些话，这会儿，她的话依旧在我耳边回荡。反正我也说不清到底是为了什么。

"在这里喝好吗，毕晓普先生？"我说。

他向后门走去，"那可不行。不行不行，看看你们的手吧，得洗一洗啦。"

我低下头，看见手上都是我摸墙摸的砖红色的尘土。我赶紧在裙子上蹭了蹭，但那颜色还是没掉，连我的手指纹路里都是灰尘。

他打开通往厨房的门。"你们的父母知道你们来这里了吗？"他说。

一开始，我没回答。我站起来，看着蒂丽，她也瞪着我，眼神里充满了迟疑不决。

"不知道。"我说，"没人知道我们来这里。"

即便是我和蒂丽走进房门的时候，我依旧不肯定我的回答对不对。

20
chapter

第二十章
戴金太太的质问

社区小路十二号

1976 年 7 月 15 日

———

"没什么事。"布莱恩的目光在昨天的报纸和他的左脚鞋尖之间来回逡巡。

"你和玛格丽特·克里希约好了见面，怎么可能没什么事？"谢拉·戴金说。

是她把他叫到帆布躺椅边上的。

他本来在忙活自己的事情，在车库里找旧密纹唱片，她就是在这时候看到他的，尖叫着喊他名字的声音在整条社区小路上都能听到，活像是一只猛禽。这会儿，他站在十二号的前花园里，手里拿着汉克·马尔文和影子乐队的唱片，尽量不去直视她的眼睛。

"说说看呀！"她道。

他把唱片抱在胸前，说："这是我的私事。"

"布莱恩·罗珀，别用这副趾高气扬的样子对我。"

他看着另一只运动鞋。他不能告诉她，对谁都不能说。

就算他能解释他和玛格丽特·克里希之间的关系，也没人能理解，只会引来更多问题，到时候，他光是回答他们，就会把自己困在死结里，而人们只会指责他，一向都是如此。

"我说的话你听到了吗？"谢拉·戴金在躺椅上动了动，帆布发出嘎吱嘎吱的响声，以示抗议。

他不再看运动鞋，而是斜睨了她一眼。她穿着比基尼泳衣坐在帆布躺椅上。

"布莱恩，关于这条路上发生的事，你都对玛格丽特·克里希说了什么？"

"没说什么。"

"那场大火呢？"

"我什么都没说。"他壮起胆子又看了一眼，"她早就知道所有的一切了。"

"她知道了。那肯定是有人走漏了风声。"

"不见得是有人说的。"布莱恩下意识地把手伸进牛仔裤后面的衣袋，"她常去图书馆，那里有过去很多年里的《公报》。"

他现在走到哪里都带着那张借书证。他很肯定他母亲会翻他的衣兜。每次她觉得自己的生活无聊了，就会去别人的生活中翻找有意思的东西，借此打发时间。他曾想过偷偷把这张卡还回去，去一趟约翰家，把卡片夹在一本书中，或是放在餐垫下面，但他肯定会被当场发现。一向都是如此。

"你的手在后衣兜里干什么？"谢拉问。

他干什么都会露馅。"没什么。"他说。

"该死的《公报》。"谢拉说，"她都知道了，所以她才会失踪，必然有人叫她闭紧嘴巴。"

“她和所有人都说过话，不止我一个。”布莱恩本想再把手伸进后衣兜里，但克制住了。

“问题就在这儿了，布莱恩。她真的和所有人都说过话。我们每个人的事，她都知道得清清楚楚。”

他把唱片搂得更紧了一些。“有什么事可让人家知道的呢。”他说，“这条路和其他社区都一样，不是吗？”

谢拉噘起嘴，眯上眼睛，只要是她脸上能皱缩在一起的，都同时皱缩了起来，“若是有人管不住自己的嘴巴，我打赌那个人一定是你。”

他盯着她。

谢拉伸出手，笨拙地在草地里摸索着，在撞翻了一个玻璃杯，将一包薯片弄撒在小路上后，终于摸到了报纸。“看看吧。”她说，“看呀！”

他的口很渴。他又感受到了那种熟悉的感觉——喉咙深处那种缓慢且干巴巴的爆裂感，还有耳边的嗡嗡声。“我不想看。”他说。

“磨蹭什么？”谢拉在他面前挥动着报纸，“看呀！”

“用不着。”他道。

“那好吧，我来读。”她用力戴上眼镜，“我来看看吧。”

“那位当地妇女依然下落不明，”她读道，“当地妇女玛格丽特·克里希太太于6月21日从位于社区小路的家中走失，警方正急于寻找她的下落。”

谢拉一边用手指沿字迹滑行，一边读道：“不符合性格、没有联系、没有理由失踪等。”她将报纸又往眼前举了举。“我们瞧瞧，”她说，“就是这个。家住社区小路的布莱恩·罗珀先生（43岁），”她从眼镜上方看看布莱恩，又低下头接着读道：“他还说道：‘我们都很担心她已经遇害，这个地方确实有很多怪人。’”

谢拉摘掉眼镜，注视着布莱恩：“你怎么会和记者乱说，你到底在干什么？”

“我觉得他们很友好。”他说。

"你说记者？很友好？"她用眼镜腿戳戳那篇文章，"你都四十三岁了，布莱恩。"

他擦擦鼻尖。他母亲老是把这句话挂在嘴边。

"你得管住你的大嘴巴，什么报纸记者、玛格丽特·克里希，还有格蕾丝和蒂丽，你说话可得小心点。"

"我对格蕾丝和蒂丽什么都没说。"

"别再蹭你的鼻子了。"

"你要是乐意，就自己去问问她们好了，她们就在那儿。"他扭头看向社区小路，却发现路上很荒凉，就连福布斯太太都没拿着扫帚在扫地，艾瑞克·兰姆也没有用割草机在除草。只有七月下午的阳光炙烤着大地，四下里一片沉寂。"怎么不见了？"他说。

谢拉坐在躺椅上向前探身，"谁不见了？"

"格蕾丝和蒂丽呀。一分钟之前她们还在那里。"

谢拉放下报纸和眼镜，"在哪里？"

"路尽头。"他回头看着，指着那个方向。

"老天，布莱恩。路尽头的什么地方？"

"就在十一号的外面。"

他扭头去看谢拉，可她早已站了起来。

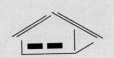

第二十一章
永远都要做个明智的人

社区小路十一号

1976 年 7 月 15 日

————

　　沃尔特·毕晓普的肥皂是绿色的，满布裂纹地死死地粘在水盆的一角，我用指甲撬了半天，才把它抠下来。

　　我和蒂丽并排站在一起洗手。我晓得蒂丽在瞧着我，我却只是看着水槽上那道长长的橙色痕迹，因为我的眼睛尚未决定要对她流露出怎样的眼神。

　　"这就对了。"沃尔特站在我们身后，"女士们，一定要把手洗干净。"

　　这话没把我们逗笑。不知怎的，这话的效果和谢拉·戴金说出来的并不一样。

　　他递给我们一条茶巾，我们把手擦干，跟着，我把茶巾折叠好，放到滴水板上。

"噢，不不不。"他啧啧说着，"我们一向都不折叠茶巾。"

"为什么？"我说。

"得把茶巾晾干，不然的话就会滋生细菌。我们一直把茶巾挂在那边那个小钉子上。"

我顺着他的目光看过去，然后把茶巾挂在了橱柜一侧的钩子上。

"这就好多了。"他说，"在这栋房子里，我们从不折叠茶巾。这是我母亲定的规矩。"

"她有很多规矩吗，毕晓普先生？"我坐在厨房里的一把椅子上，蒂丽把开衫放在膝盖上，在我身边坐下，不过每隔几秒钟我都能看到她向后门张望。

"噢，是的。规矩多着呢。"沃尔特说，"像什么不能在黑暗中吹口哨；桌子上不能摆新鞋；站在圆圈里辟邪。"

他把两个玻璃杯放到桌上，杯子里早已落了一层灰。

"一代表悲伤，二代表快乐。"他笑着说，"要不要来点柠檬水？"

"我们该走了。"蒂丽在开衫下面向椅子边缘挪了挪，"快到下午茶时间了。"

"还早呢。你们才刚来而已。"沃尔特把柠檬水倒到杯子里，"自从玛格丽特·克里希走了，就没人到我家来了。"

他扭头看向橱柜，我则看着蒂丽，耸耸肩。

"就待几分钟，不会有事的。"我小声说。

我环顾厨房。这里很暗，充满悲伤，就算是在炎热的午后，也异常阴凉。橱柜漆成绿色，厨房角落里的油毡地毯都卷了起来，下面的地板隐约可见。

"你现在还遵守你母亲的规矩吗？"我说。

　　沃尔特坐在我们对面。他的手指交缠在一起，仿佛是准备祈祷。"有些吧。"他说，"但不是全部。"

　　"即便那是你母亲定的规矩？"蒂丽说。

　　沃尔特向前探身，手指缠得更紧了。"即便是我母亲定的规矩。"他说，"睿智的人该自己做决定。记住这一点很重要，特别是在寻找上帝的时候。"

　　"什么意思？"我说。

　　"一般而言，人们会相信一件事，只是因为其他人都相信。"沃尔特看着他的手，开始咬指甲边上的硬皮。"他们不会去寻找证明，只要别人的认同。"

　　为了思考，我只好向后一靠。有时候成年人说的话挺有道理，虽然你并不明白那是些什么道理。

　　"所以，你们要寻找上帝的话，"他说，"首先要做的就是确定你们要找的是什么。"

　　我也不确定。我一直以为要是看到了上帝，我就能认出他，可现在我唯一能确定的就是，即便所有人都说上帝是存在的，但上帝似乎并不在这条路上。

　　"就算人们不确定事情是不是真的，他们也会相信。"我说。

　　"所有人都相信同一件事，会使他们感觉他们很合得来。"沃尔特说。

　　"就像是一群绵羊。"蒂丽拿起盛着柠檬水的杯子，随即又放下，"或许这才是人们唯一真正需要的：一个可以让他们都相信的东西。"

　　沃尔特不再咬指甲，而是抬起头看着我们，"而这个东西并不总是上帝，所以我们才要做个聪明人。"

　　"而且，还要自己做决定。"我说。

　　沃尔特笑了，"说得对。"

　　我有很多问题要问沃尔特，正当我要问出第一个的时候，有脚步声搅乱了我的思绪。外面的砾石小路上传来吧嗒吧嗒的脚步声，我们都走到窗边，去看是谁来了。

是谢拉·戴金。她那双粉红色拖鞋踢飞了小鹅卵石。

片刻之后，她就来到了门口，累得直喘粗气，比基尼胸罩上下起伏着。我们像几座雕塑一样，站在窗台边上。

"你们以为你们这是在干什么呀？"她将双臂抱在胸前气冲冲地说，有些上气不接下气。

沃尔特·毕晓普说了什么，只是前言不搭后语。我看到他那古铜色的额头上渗出了汗珠。随即是一片沉寂，这可与之前的沉默不一样。

"我们只是在聊天。"我说。

"哪里有这么简单？"谢拉·戴金走过来想抓我们的衣领，可惜我们的衣服没有衣领，她便抓住了我们的红木翼章。

"我们又没干坏事。"我说。

"是呀，你们是没有。"她回答我，眼睛却盯着沃尔特。

"我们在寻找上帝。"我说。

"在这里自然找不到上帝。"

我想要沃尔特解释一下，解释说上帝无处不在，在林鸽身上，在雪松上，在壁炉架上方的黄铜十字架上，但沃尔特被谢拉·戴金的瞪视震慑住了，好像她给他戴上了手铐。

"我们要走了。"戴金太太说完，拉着我们走出厨房，沿砾石车道向外走去。

我扭头看着沃尔特。

他就站在门口望着我们离开，古铜色的手臂垂在身体两侧，可看到我转过头的时候，他冲我喊道："格蕾丝，别忘了这个。"

是蒂丽的开衫。我挣脱开谢拉·戴金，走了回去。

"记住了，"他在把开衫塞进我手里时说道，"永远都要做个明智的人。"

我笑着点点头，他也冲我笑着点点头。

在那一刻，我很想知道，有时候，是不是其实只需要两个人去相信同一件事，就感觉你们两个很合得来。

谢拉·戴金拽着我们大步走回社区小路，一路上还向其余人表示我们现在安全了，他们好像是听到她的拖鞋啪啪响，才对现在的问题产生了警觉。

"你是怎么知道我们在那里的？"我说。

"瘦子布莱恩看到你们在十一号外面晃荡，就告诉了我。"瞧谢拉·戴金说话的语气，仿佛她突然成了警察，"他这人在很多方面就是个废物，但至少还有点用处。"

艾瑞克·兰姆在我们经过的时候点了点头。他站在他家前院，一手拿着一把耙子，另一只手拿着一把小泥铲，像极了巨大的花园小矮人。多萝西·福布斯停在她家的碎石路上，一只手捂着嘴；瘦子布莱恩站在他家车库门口，手在牛仔裤的后袋中摸索着什么。

"你妈妈呢？"我们来到社区小路的另一端后，谢拉·戴金问道。

我抬头看到卧室挂着窗帘，"我想她是在小睡吧。"

"那我看你们最好还是去我家吧。"

蒂丽看看我，叹了口气。

就连谢拉·戴金也没问起蒂丽的母亲。

我们坐在椅子上，又看到了猫王钟表和烫衣板，戴金太太家的厨房俨然变成了法庭。

"你妈妈就没跟你说过什么吗？"

"你觉得你在干什么？"

"他有没有说什么使你不舒服的话？"

"他有吗？"

"我们只是谈到了上帝和林鸽。"我说。

"还有信仰。"蒂丽补充道。

戴金太太看着我们，等待我们透露更多信息。我们只是默默地看着她。

"没啦？"她最后说道。

"没啦。"我说。不过我并不知道她还想要我说什么，只好等她给我提示。

她的肩膀微微下垂了一点。

"为什么所有人都这么讨厌他？"我说，"他做了什么错事？"

"没什么。"她说，"表面上是这样的。"

"那为什么不许我们和他说话？"

她坐了下来。我能看到她眼中的沮丧。谢拉·戴金通常都是有什么说什么的，这会儿却像个孩子似的结巴起来。

"人们说他干了一件很坏的事。"她一边说，一边把一包烟移来移去。

"那他真的干了吗？"我说。

"警察说他没干，但无风不起浪呀。"

"有时候人们就喜欢捕风捉影。"蒂丽说。

我点点头，和蒂丽一块儿盯着戴金太太。

"有一次，别人说我抄作业。"我道，"但是，他们是在撒谎，我母亲还让内斯比特先生给我道歉了呢。"

我看到蒂丽瞥了我一眼。"你这个例子可不怎么样。"她轻声说。

"例子还有很多呢。"我说，"你家的丽莎总是被人指责干了这个干了那个，不过她不可能干过所有那些事。"

戴金太太蹙起眉头，点了根烟。

"沃尔特·毕晓普干了什么？"我说，"噢，不，应该说他没干的那件事是什么？"

"那不重要，一点也不重要。"

可事实上那是我从出生到现在遇到的最重要的事。

"重要的是，"她说，"你们必须离他远点。不管他干没干过，他都和我们不一样。"她把烟吸进肺里，有那么一会儿并没有呼出来，"他是个坏蛋。"

我张开嘴想说话，却又改变了主意。戴金太太看来不喜欢听别人讲有意思的观点。

"是和他妈妈有关吗？"蒂丽说。

戴金太太一下子愣住了。

她就像音乐木头人游戏里的木头人一样，只是这会儿没有音乐。她既不眨眼也不喘气，唯一没有静止的就是香烟，一直在她的唇间晃动着。

"你这话是什么意思？"她叼着烟，用很轻的声音问道。

"毕晓普先生给我们讲了他母亲的事。"我说，这会儿香烟摆动得更厉害了，"事实上，关于他母亲，我们聊了很久。"

那根烟剧烈地摇晃着，我真想知道烟会不会从她嘴里掉下来，可戴金太太是个老烟枪，一直都没让烟掉下来。

"不管沃尔特·毕晓普跟你们说了什么，都不能当真。"她说，"他跟他妈一样疯疯癫癫。"

"她有很多规矩。"蒂丽说。

"比如呢？"

"桌子上不能放鞋，绝对不能把茶巾折叠。"我说。

戴金太太把香烟从嘴里拿出来，烟灰飘向餐桌。"茶巾？"

"沃尔特从来不折叠茶巾。"我看着烟灰落在餐具垫上，"折叠茶巾会滋生细菌。"

戴金太太有些出神，眉头皱成了一个疙瘩。等她的眉头舒展开的时候，她看着我们，说："是吗？"

我们点点头。

"是的。"我说。

谢拉·戴金把烟头在烟灰缸里捻灭，马上又点了一根烟。

"沃尔特·毕晓普有没有提起玛格丽特·克里希？"

"事实上没有。"蒂丽说。

我看着蒂丽，说："其实说了很多。"

戴金太太的目光在我们之间来回移动。"他知道她的下落吗？他知道她回不回来吗？"

"他说等她回来了，就会向所有人说出一切。"蒂丽想在桌子底下摇晃双腿，只可惜她的腿被一个洗衣篮和一大堆凯西的玩具夹在中间，动弹不得，"他说她肯定有很多话要说。"

谢拉·戴金张大嘴巴，她的烟落到了地板上。

"当心点，戴金太太。"我把香烟还给她，"这样会引起火灾的。"

戴金太太突然感觉不舒服，想要一个人待会儿，正在此时，我母亲卧室的窗帘拉开了，还真是谢天谢地呢。

我们沿戴金太太家那条拼接图案的小径向外走，路过了几把展开的帆布躺椅和一堆丽莎的杂志。

"我挺喜欢毕晓普先生的。"我说。

"我也是。"蒂丽说。

"你们招我妈妈生气啦？"凯西站在花园门边，用靴尖颠球。

"没有。"我们两个同时回答道。

"你们去那个该死的怪胎家里了？"

"他才不是怪胎。"我说，"他只是不合群而已。"

"你们早晚会知道的。"凯西说。

我们看着他沿着社区小路颠球，结果球撞到路缘石上，弹到福布斯太太家花园围墙的另一边不见了。

"那我们现在该怎么办？"蒂丽说，"不能再去沃尔特·毕晓普家了，那样我们会被禁足，一辈子都不能出门了。"

我看看十一号，"是呀，我也觉得不能再去了。"

"那我们怎么才能知道上帝在不在这里呢？"

我们走过我家房子侧面的小径，我能看到我母亲在厨房水槽边打发着下午时光。

"我们可以按照沃尔特·毕晓普教我们的去做。"我说，"我们去调查证据。我们要做个明智的人。"

我们走进后门，蒂丽摘掉防雨帽，咚咚地磕掉她凉鞋上的灰尘，"就像婴儿耶稣出生时去看望他的智者们一样聪明吗？"

"是的。"我说，"和他们一样聪明。"

22
chapter

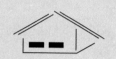

第二十二章
戴金太太的过去

社区小路十二号

1976 年 7 月 15 日

———

　　谢拉·戴金从厨房窗户看着格蕾丝和蒂丽走进四号的后门。

　　看着孩子们已经成为她的习惯了。即便是那场火之后，也是如此；即便他们都认为沃尔特·毕晓普受到了足够的惩罚，用不着再理会他了，她依旧会注意孩子们的一举一动。

　　格蕾丝和蒂丽一进屋，她就去了食品室。丽莎和凯西不在旁边，但她没有开灯。看不到自己，看不到双手在哆嗦，看不到冰凉的液体倒进玻璃杯，她会感觉好一点。

　　以前不是这样的。

　　她还记得……隐约记得，有那么一段时间，事情还有得选择。她对玛格丽特·克里希说过，要是她能回到那个时候，该有多好。不是放弃，而是接受或丢开不管。但或许玛格丽特是对的。或许那些能选择接受或丢开不管的日子早已一去不复返了。她可以拿着酒瓶站在水槽边，却没有勇气面对往事。真有意思，谢拉·戴金原本一直以为她这辈子没什么优点，却从不缺少勇气。

她又喝了一口。酒滑过喉咙，她像是得到了一个拥抱。

那扇前门太普通了。

她对玛格丽特说，从外面是无法想象门里面的情形的。工作中认识的一个女孩给了她这个地址。不是你以为的那种女孩子。她面色苍白，瘦得皮包骨，很安静，常常用连体工作服的袖子擦鼻子。她在食堂里把地址写在餐巾纸上，一句话没说就塞进了谢拉的衣袋。在那之前，或者从那以后，她都没和那个女孩子说过话。

她又倒了一杯。食品室的地板很凉，踩上去很不舒服，但她将双腿蜷缩起来，向后靠到架子上，过了一会儿，就感觉不那么糟糕了。

那张餐巾纸在她的内裤抽屉里放了整整三个礼拜。

这并不是说她害怕被别人看到。他父亲活在自己的世界里，母亲很早就去世了。她的兄弟们都把她当男孩子看，只是饭由她做，房子由她打扫，也是她每天早晨为他们拿出干净的衬衫。但她就是忍不住担心。她担心失去工作。如果那个脸色苍白的瘦女孩注意到了，工厂里的其他人早晚也会看出来。

她花了三个小时，才走过去敲那扇普普通通的前门。她之前一直在街上闲逛，等着女人们不再迈上台阶，等着孩子们不再玩跳格子游戏。那是十一月末的一个周六下午，天寒地冻，足球比赛正在进行，人们还会外出购物，寒风凛凛，将人们的脸吹得通红。不过谢拉的脸除外。谢拉一直面色惨白，双眼含泪，失魂落魄。

　　她敲着门，想象着门后的女人是什么样子。她希望她有点胖，为人和蔼，能够理解她的处境，她还希望她留着一头卷发，扎着一条宽大的印花围裙，就和她母亲的那条围裙一样。可惜开门的女人很瘦，表情很严肃。她居高临下地看着谢拉，跟着不发一言地把路让出来。

　　这个女人只问了她三个问题：姓名、地址、年龄。而她全部撒了谎。

　　谢拉对这个女人说话的声音连她自己听来都觉得陌生。"二十一岁。"她说，因为她很担心年龄的事会导致变故。

　　她的眼睛适应了食品室的光线。她能看到手上玻璃杯的弯曲边缘，也能看到酒瓶倾斜时的瓶颈。不妨再来一杯。

　　那时候，她躺在一张床上，那个板着脸的瘦女人站在她边上。阳光从窗帘的缝隙照射进屋内，虽然隔着玻璃，外面的声音依然听得清楚。有孩子们在人行道上奔跑的脚步声，还有人们从下面的街道上走过时的交谈声。她当时还不抽烟，只好通过说话来让自己不紧张。她什么都说，天气、圣诞节，甚至是壁纸的颜色。

　　那个瘦小的女人并不搭话。谢拉都不肯定她是不是在听。

　　"你知道的，我可不是那种女孩子。"一开始，谢拉这么说。

　　几个礼拜之前，她对那个男人说过同样的话。

　　"那就别穿得像那种女孩子。"他这么回答她。

　　谢拉抬起头看着那个瘦女人，"有时候不反击的话，会更容易一点，不是吗？有时候，人们其实并没有选择，对不对？"

　　现在是她获得救赎的最后一次机会。她只有这一次机会来拯救她的后半辈子。

　　那个女人任由她滔滔不绝地说着。

　　她从来不回答。

　　谢拉只得告诉父亲她把工资袋弄丢了。

　　他咆哮一通，把她狠狠批评了一顿，之后，她来到前厅，喝了好几口他的白兰地。酒到嘴里很辣，满口苦涩，几分钟后，她到卫生间的水槽边把酒都吐了出来。但她又去喝了几口。这一次没吐。白兰地影响了她的思绪，不让它们在她的脑海里乱转，酒让她的痛苦进入了沉睡，即便只能睡上几个钟头。

玛格丽特·克里希说这是应对策略。当你应对的是攸关你整个人生的大事时，唯一的问题是，有朝一日你回首往事，会发现这个策略早已成了一种生活方式。

"妈妈？"

是丽莎。谢拉能听到她一边在厨房里走动，一边冲着客厅叫喊。谢拉费力地从食品室的地上站起来，但她肯定是起得太快了，因为所有的一切都开始左摇右晃，她必须靠在一个架子上才能稳住自己。

"我在这里。"她喊道，"我找点吃的，喝下午茶的时候吃。"

她的两只手紧紧抓住她能找到的第一个罐头，随即扶着墙往前走，摸索到门把手。

从黑咕隆咚的食品室出来，厨房显得那么亮，那么不友好。

"桃片？"丽莎就站在她面前。

谢拉低头看着罐头。"喝完茶吃。"她说。

丽莎蹙着眉看了她一眼，便转过身去。在剩下的对话中，谢拉只能看到丽莎的后背，而在她低头脱靴子的时候，头发垂下来，遮住了她的脸。

"我听说那两个小女孩的事了。"丽莎去拉靴子上的搭扣，"你救了她们，妈妈。你是个大英雄。大伙儿都在议论这件事呢。"

"那两个小淘气真是疯了，才敢到那种地方去。"谢拉说。

她的嘴里依旧留有白兰地的味道。口香糖就放在一个抽屉里，只是她没找到，好像一切都乱了套。

"就该给那家伙点颜色看看。学校里的人也都这样觉得。恶心的浑蛋。"

"丽莎，不要说'浑蛋'这两个字。至少不要常说这种话。"

"可这么说一点也没冤枉他呀。"丽莎道，"他是个变态，该死的变态。"

谢拉转身冲着卧室，可她依旧死死抓着水槽边缘。墙壁是倾斜的，在她周围变换移动，而且，这里这么亮，她的脑袋又疼了起来。

"我是说，"丽莎将她的靴子踢到房间一角，"他这人得有多丧失人性，才会对一个小孩子下手？"

"我不知道，丽莎。"

谢拉看着她女儿。她现在长大了，有了本事，不再是乖乖听话不口吐秽语的小女孩了。

"不过呢，有时候，"谢拉道，"有时候，事情并不总是清楚明白的，对吗？有时候人们压根儿就没有选择。"

"当然有。"丽莎头一次扭过头来，注视着她，"人们一向都有很多选择。"

谢拉低头看着她的手。它们苍白，打战，长满了因为这一生的堕落而留下的肝斑。

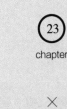

23

chapter

第二十三章
社区里来了印度人

社区小路四号

1976 年 7 月 18 日

———

搬家卡车停在社区小路上，柴油发动机发动起来，直往外冒黑烟，此外，四周静悄悄的，弥漫着警惕的意味。驾驶室传来朦胧的音乐声，香烟的烟雾从敞开的车窗飘出来。

就在我们睡觉的时候，闷热的七月夜晚已经过去，此时已是早晨，一点风也没有。远处的天空中飘着几朵很小的云，在我们的头顶上方，一只画眉鸟唱着歌，歌声悦耳动听，我真不明白为什么整个世界都没有停下来听它歌唱。

我和蒂丽坐在我家外面的围墙上，如同电影院里的观众，手里拿着冰冻果子露蘸酱，满怀期待。阳光炙烤着我们裸露在外的双腿，我们把腿伸得远远的。

"你看到什么了吗？"她说。

"没有。"我用甘草糖蘸了蘸酱，冰冻果子露在我的舌头上嘶嘶直响，"不过快了。"

搬家卡车在十四号外面停了四十五分钟了，这期间，我母亲一直站在厨房窗边，假装是在洗碗。

我问她要不要和我们一起到外面的围墙上坐着，她却说："我太忙了，哪有那闲工夫？"然后便继续假装刷碗。

"你觉得那家人有孩子吗？"蒂丽说。

我都说过四遍我不知道了，所以这次我只是吸吮着甘草糖，用脚后跟踢着砖墙。戴金太太在眍着眼睛晒日光浴，福布斯先生在过去的半个小时里去了六趟垃圾桶。整条社区小路都激动起来了。

那辆小轿车来的时候是 11:08 或 11:09，我的手表缺了一部分，所以说不好准确时间。那辆车挺豪华的，很大，试了两次才开到十四号的车道上。乘客门先打开，驾驶室的门随即也开了，跟着是后面的一扇车门。我只顾着看，都忘了嘴里还含着一块甘草糖呢。

一开始，我还以为是一个金色、绿色和宝石蓝色的东西被人抬了起来，跟着我才意识到那是布料，但又不仅仅是布料，而且是某个人的衣服。而这些衣服就穿在一个我见过的最漂亮的女人身上。她冲我们笑笑，还挥了挥手，从驾驶室下来的那个男人（穿着一件白衬衫和普通的裤子），也笑着对我们摆摆手，一个小男孩就跟一枚子弹似的，从后座冲了出来，开始在前草坪上乱跑。

"噢，老天。"蒂丽说，"他们是印度人！"

我把甘草糖从嘴里拿出来。"真是太妙了，不是吗？"

在栅栏另一边，福布斯先生的垃圾箱翻倒在他家的车道上，而我身后传来了餐具坠落的声音。

"不是那样的。"我母亲说。(我真想告诉你她把这话说了多少遍,只可惜连我自己都数不过来了。)

"那是怎么回事呢?"我说。

"他们没准不希望我们过去拜访。人家兴许有自己的生活方式。"

"就因为他们是印度人?"

"不是那样的。"

"可你在烤蛋糕。"我说。

"噢,那个呀。给谁吃都行呀。"

"那上边明明用蓝色糖霜写着'欢迎'两个字呢。"

此时,我母亲突然对《电视时代》产生了很大的兴趣。

"那我自己去好了。"我说。

"不行!"母亲把《电视时代》放回到椅子一边,"你跟她说,德里克。"

我父亲一直坐在长沙发的边缘看书,没有参与我们的谈话,我们也没搭理他。他闻言哼哼着说了什么,跟着便安静下来。

我母亲瞪着他,手里还弄出了噼里啪啦的响声。

谢天谢地,这时候有人按了前门铃,母亲这才收回目光。我们从来都不用前门,它就跟个摆设一样,都没人知道那扇门还能不能用,有那么一会儿,我们只是面面相觑。

我父亲猛地站起来,我们也和他一起站了起来。他使劲儿拉前门,还叫我们后退,我们等了一会儿,前门终于颤抖着打开了。那位美丽的女士、她那位衣着普通的丈夫,以及那个跑起来跟子弹似的男孩都站在我家的门阶上。

"你们好!"我说。

我母亲抚抚头发和裤子,我父亲只是咧开嘴笑。

"你们也好！"大美女说道。

"我真高兴你们是印度人。"我说。（我本想说"请进"，可我的话在途中自己变了样。）大美女和她的丈夫哈哈笑了起来，五分钟后，他们在我家的长沙发上坐成一排。

美妇人名叫阿妮莎·卡普尔，她老公叫阿密特·卡普尔，小男孩叫沙希德。他们的名字奇异而珍贵，就像珠宝，我默念了很多遍。

"噢，你们真是太客气了。"我母亲说。她得到了人家的一罐糖果。阿妮莎·卡普尔说那是糖果，其实更像是饼干，有趣的饼干。

"我给你们烤了一个蛋糕。"我母亲又说。

"可那是给大家吃的。"我说。

我母亲狠狠瞪了我一眼。

"你们还特意跑一趟，真周到，我们正要去探望你们呢。"

我也瞪了她一眼。

"我们希望能认识每一个人。"阿密特说，"建立社区意识很重要，你们说是吗？"

"是，是。"我父母说。

"还要和邻居搞好关系，大家都亲如一家。"阿密特说。

"这是当然，这是当然。"我父母道。

我不知道所谓的社区意识体现在哪里。它是不是在谢拉·戴金的食品室深处等着，或是隐藏在艾瑞克·兰姆那充满孤独气息的小屋里。我很想知道它是不是和梅·罗珀一起坐在那张摆满钩针编织品的长沙发上，或是将它自己刻在沃尔特·毕晓普家那腐烂窗户的漆皮里。

或许这地方的确有社区意识，只是我尚未发现而已。

"你们成了我们的邻居，真是太好了。"我母亲说，"你们为这个地方增添了一点色彩呢。"

我父亲正吃着饼干，听了这话呛了一口。

"我不是那个意思。"我母亲赶紧说，"我是说，你们来了，这个地方就更五光十色了。我是说——"

阿妮莎哈哈笑了起来，说："我知道你的意思了。"

我父亲去厨房泡茶了，我依然能听到他在猛咳嗽。

他用一个托盘把茶端过来，牛奶装在奶罐里。我甚至都不知道我家有奶罐。大家开始摆放杯子、小盘子和叉子，我母亲一刀切进了蛋糕上"欢迎"的"欢"字。

"你们是从哪里搬来的？"我母亲问道。

阿密特坐在长沙发一端，手臂贴着身体两侧，活像个军人。

"伯明翰。"他说着用叉子插进蛋糕，叉子碰到盘子，发出乒乓声。

我母亲向前探身，显得很神秘的样子。"我不是说那里，我是问你们真正来自什么地方？"她说。

阿密特也探身向前，"艾琪巴斯顿区。"他说完所有人都笑了起来。

我母亲的笑比别人晚了几秒钟。

"你尝尝这个吧。"阿妮莎说着把糖递过来，"这种糖名叫米泰。"

"叫什么？"我母亲问道。

"米泰，西尔维娅。"我父亲说。他用手肘捅了阿密特一下，还眨巴眨巴眼睛，"你以前没听说过吗？"

我母亲皱起眉头看着那盒子糖。"没有。"她说，"从没听过。"

"我可是差一点就去了印度呢。"我父亲说。

我们全都望着他，特别是我母亲。我父亲甚至不愿意搭107路巴士去诺丁汉，他这话一出，听了真叫人恶心。

"真的吗？"阿密特说。

"真的。"我父亲说道，"只不过到头来我还是打消了这个念头。印度的排水系统真叫人受不了。"他拍了拍肚子，"当然了，那里也很穷。"

"是呀。"阿密特说，"的确很穷。"

"不过我们都很喜欢吃美味的咖喱，还听你们的音乐。"我父亲又打开一瓶麦酒，"比如杰米斯·鲁索斯，我们就很喜欢，对吧，西尔维娅？"

我们全都望着他。

"德里克，我想他是位希腊歌手吧。"我母亲说。

"希腊人，印度人，又有什么不同呢？现今整个世界都是一体的了。"

阿妮莎·卡普尔看着我笑了笑。然后，她冲我轻轻一眨眼睛，只有我和她两个人知道她做了这个动作。我看她大概明白，我真想找个地缝钻进去算了。

我父亲又伸手去拿饼干。"阿密特，来杯啤酒吧。"他说，"不用不好意思，伙计，你要去的人家还多着呢。"

他们走后，我坐在厨房里，看着我的父母一面争论不休，一面收拾茶盘。

"这下可好了。"我父亲说。

"是吗？"我母亲注视着那些饼干，"我还是不晓得他们怎么能融入我们这里。"

"你得学着与时俱进才行。"我父亲说，"松树新月街也搬来了一家印度人。现在你或许该问问你自己，需要与别人建立良好关系的是不是你自己了。"

我母亲仔细看了看一块甜点，便改变主意，把它放了回去。

我父亲向走廊走去，途中拿起了一份报纸。他的声音飘回到厨房："猫王说得好，世界是个大舞台，每个人都必须演好自己的角色。"

他关上客厅门，打开电视，看起了晚间新闻。

"我觉得我早就忘记自己的角色应该是什么了。"我母亲道。

她把那些糖果放到饼干桶的最下面——上面有一包无花果酱夹心卷和半包牙买加姜饼。

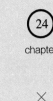

24
chapter

第二十四章
装满真相的盒子

社区小路六号

1976 年 7 月 18 日

———

"他们在干什么？"哈罗德坐在长沙发上指挥着，"你把窗帘拉开一点，那样看得清楚些。"

"他们去隔壁了，还拿着一罐糖，是格蕾丝开门让他们进去的。哈罗德，他们现在进去了，就算我把窗帘拉得再大，也什么都看不到了。"

"真是难以置信啊！"他说，"还以为他们会提前提醒我们一下呢。"

"谁？"多萝西放下窗帘。

"镇议会呀。我还以为他们会告诉我们这些人都准备好了。"

"准备什么？"

"适应我们的习俗。"哈罗德拉着鞋带，"学习一点我们的语言之类的。"

"他们说的是英语，这一点我百分百肯定，哈罗德。"

"这还多亏了英国对印度的统治呀。你总不能一到别人的国家，就盼着人家守你的规矩吧。"

"你说印度？"多萝西说。

"不，是英国。"哈罗德啧啧两声，开始系另一只脚的鞋带，"这又不是打板球。"

哈罗德站了起来。多萝西拿不出证明，可她发誓他整个人像是缩小了。

"我去退伍军人协会喝一杯，经过时去仔细看看。"

"你又要去？"多萝西说，"你昨晚才去过。"

"我答应克莱夫去打个照面。看看他需不需要帮忙。"

她盯着他，目光灼灼，他只好低头去看已经系好的鞋带。

多萝西从客厅窗户向外张望。哈罗德眯起眼睛望望四号，又瞥了一眼十一号，跟着，他把两只手插进短裤的裤袋，拐过弯不见了。

每每哈罗德不在家，这栋房子就感觉轻松了很多。就好像墙壁终于可以喘口气，地板和天花板伸展四肢，打了个哈欠，一切都更为自在了。也是在这个时候，她最想威士吉——在这样的时候，她和猫咪就可以坐在一起，度过沉寂的时光。

她坐在哈罗德的椅子上。几个钟头前，她就干完了今天清单上的所有事项，这会儿，清单折叠着放在她的围裙口袋里，一条条项目都被划掉了，表示已经完成，她感觉很满意。哈罗德若是知道了，一定会添上几项。"女人的活是永远都干不完的"，他肯定会这么说。一个游手好闲，只会做白日梦，什么都弄得乱七八糟的女人更是如此。但她需要把下午的时间留给自己。她必须好好想一想。

那个盒子还在原地，隐秘地藏在哈罗德的柜子深处，它前面堆着很多文件夹、一捆捆银行结单以及其他非常重要的文件。哈罗德说多萝西颠三倒四，便不让她碰这些东西。

而她是在无意中发现那个盒子的。

那是在大火之后。多萝西一直在琢磨他们家的房屋保险，以及若是六号也不明不白地起火会怎么样，结果弄得整夜都睡不着。哈罗德很反感她庸人自扰，所以她不能把这些话对他说。那样的话，他一定会大发脾气，眼白变得更白，于是她决定自己去看看保险单。她这次采取了主动，而哈罗德说过她从不是个主动的人。

她就是这样发现它的。

多年以来，她常常等到哈罗德出门后，就把那个小盒子拿出来，取出里面的所有东西，静静地一个人焦虑不安。

今天一天她都忧心忡忡的。她觉得这都怪玛格丽特·克里希和这没完没了的暑热，昨天她还看到谢拉·戴金拉着两个小女孩匆匆从社区小路上走过。

她坐在厨房中，将盒子里的东西都摆在桌上。窗户和门都开着，却没有一丝风吹进来。感觉好像所有的一切都停止了，就连天气也是一样，仿佛整个世界在这最后一次抽抽噎噎的停顿中渐渐消失了。

她轻抚着硬纸板，寻找烧焦的痕迹，只见到了一道烟痕，这正应了她多年以来的担心。她深深地沉浸在自己的思绪中，所以没听到脚步声，也没注意到门口有人影闪过。在听到那人的声音之前，她对外界一无所知。

"多萝西，你在干什么？"

是艾瑞克·兰姆。

他走到桌边，瞪着眼睛。"你拿沃尔特·毕晓普的照相机干什么？"他说。

多萝西装满水壶，打开煤气灶。

"肯定是着火后哈罗德拿回来的。"她说，"就是你们去十一号看的时候拿回来的。"

艾瑞克用手捋捋头发，任由头发胡乱竖着，满是静电。

"我们没拿任何东西。"他说。

"他肯定是趁你不注意的时候干的。趁你背对他的时候。"

他抬头看着多萝西。"我们没拿任何东西。"他又说了一遍。

"或许是你忘了呢。人们老是脑袋发昏，不是吗？哈罗德说我一直都糊里糊涂的。"

"我记得一切。"艾瑞克双臂抱怀地坐下，深深吸了一口气。"烟的味道，焦黑的墙壁。厨房丝毫没有受损，钟表嘀嘀嗒嗒地走着，茶巾折叠着放在滴水板上。我什么都没忘记。"

他拿起照相机，在手里翻转着，"哈罗德拿它做什么？"

"妥善保管吧。"多萝西说，"以防被人抢走？"

"那他为什么不还回去？"

他们默默地坐着，只有水壶在角落里呜呜向外喷水。

"水开了。"艾瑞克说着向炉灶一点头。

多萝西手抚脖颈。"是你烧的水吗？"她说。

"不是我，多特，是你。"

艾瑞克伸手关掉煤气灶，拿起一个信封。

"没什么有意思的。"多萝西说，"我都看过了，鸽子、云、落在奶瓶上的画眉鸟。"

"他拍了很多照片。"艾瑞克拿起另一个信封，"这里面装的是什么照片？"

多萝西瞥了一眼，"不记得了。大概是布莱恩去垃圾桶倒烟灰缸吧。要不就是比阿特丽斯·莫顿系鞋带。没什么有趣的内容。"

"我从退伍军人协会回来的时候常看到他。"艾瑞克说，"拿着相机在黑暗中游荡。"

多萝西坐在那里一动不动，说："我知道。"

艾瑞克翻着那些照片，"天知道他都看到了什么。"

"我知道。"她又说。

他不再翻照片，而是抬起头来。有那么一刻，他们的目光碰触在一起，彼此默默无语。

"多特，把这些东西放回原处吧。"

"我只是想要答案而已。"多萝西从开衫袖子里拿出一张纸巾，"我只是想知道为什么这东西会在这里。我不明白这到底是怎么一回事。"

"有些时候，答案只会带来更多问题。反正事情都过了那么久了，就让它过去吧。"

"但玛格丽特·克里希将一切都带回来了，不是吗？我发誓她是知道底细的，艾瑞克。我敢保证，她晓得我们所有的秘密。"

多萝西将纸巾叠成方块，叠了一折又一折，直到变得很小，再也不能折叠了。

艾瑞克·兰姆将手覆在她的手上，"算了吧，多萝西。别再胡思乱想那些你改变不了的事情了。把东西放回去，藏起来。"

"我只能这么办，不是吗？"她把照片整理好，塞回信封，"我只是想弄清楚哈罗德偷这些有什么目的。"

"知道了又能怎么样呢，多特？有什么要紧吗？"

"非常要紧。"她说。

艾瑞克站起来，把椅子推回桌子下面。

"听我的劝吧，"他说，"忘记你曾见过这些。"

"我做不到。"她紧紧握住盒子，感觉它是那么沉重，举着都很困难，"你也不能忘记所见到的一切，不是吗？你甚至都不需要照片就能记住。只要用得上，就能把那些画面从脑海里找出来。"

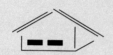

第二十五章
丽莎事件

社区小路十号

1976 年 7 月 18 日

——

　　艾瑞克·兰姆走过冷清的社区小路，但也可能是他只顾着想事情，没注意到是不是有人站在他前面的人行道上。

　　他晓得他就在十一号外面。他们曾来这里查看过火灾带来的损害。他本不想来，但哈罗德看到了他，非要他一块儿来。

　　"只是去看看那个地方安不安全。"他当时这么说，"我可不希望屋子塌下来砸到我们身上。"

　　十二个消防员和六个警察早已检查过了，不过没必要和哈罗德争论。一开始就同意他的意见反倒来得容易得多，不然的话，在接下来的几天，他都会和你纠缠不休。

他们双手插兜地在十一号里转了一圈，然后盯着墙壁和天花板，不断地告诉自己此情此景真是太可怕了。

他们并没有拿屋里的东西。他们甚至都没碰任何东西。

然后，他们离开那里，并且将发现告诉了社区小路上的每一个人。

但多特说对了一件事。她时常糊里糊涂，精神紧张，失去理性，有时候，她胡思乱想起来，会把你逼得发狂，可这一次她完全正确。只要有需要，回忆就会从脑海中浮现出来。唯一的问题是，有时候那些记忆会自动出现。而对于回忆中的事，你宁愿忘得一干二净，它们改变了你的观点，让你做什么都犹犹豫豫，不管你怎么回避它们，都无法躲开。

1967 年 11 月 23 日

艾尔希在二楼的床上。最近她老是睡觉，艾瑞克尽量不去想她睡了多久，因为深究的话，他知道他一定会找出让她如此疲倦的缘由，但绝对不会想到是她的健康出了问题。现在天气越发冷了。严寒的天气会使人变得更加疲倦，不是吗？还有可能是因为白天变短了，又或者是因为他们最近频繁往来于医院。他似乎整天都在寻找解释和证据，以及一份安慰。对艾尔希的生活穷根究底也是为了找到一根可以让他紧紧抓住的稻草。

在艾尔希睡着的时候，他做了一顿悄无声息的午饭，这会儿，他在悄无声息的客厅中坐在悄无声息的桌边，望着外面的社区小路，试图分散自己的注意力。

他们同意轮流监视沃尔特。自从那个孩子失踪之后，无声的恐慌便在这条路上蔓延开来，他从人们的眼中就能看出来，还有他们返回屋中时匆匆的脚步也透露了这一点。白天，再也没有人能泰然享受时光了。不再有人站在拐角，或是靠在花园的栅栏上。他每次看到别人，他们总是在匆忙去往其他地方的途中。虽然是他们在监视沃尔特，却感觉好像他们这些人变成了囚徒。

谢拉的小女儿站在社区小路中央，正在解溜冰鞋的鞋带。他很肯定谢拉和他一样，正从她家的窗户向外望。那孩子之前一直穿着溜冰鞋在人行道上滑行，为免摔倒，会扶着栅栏和墙壁，后来她信心大增，便围着她丢在柏油碎石路中间的那件外套滑了起来。他听到轮子缓慢而稳当地滑过混凝土路面。这会儿她坐到路缘石边缘，把双脚从轮子还在兀自转个不停的溜冰鞋中抽出来后，拿过外套，费力地披在了肩上。

这时候，楼上有动静。他不知道是不是艾尔希醒了，便想赶快上楼去帮她。把她拉起来，找到拖鞋，为她系上开衫的扣子。但在他内心深处的一个角落里，他知道未来还有很多日子要做这些事情。到时候，他肯定不会主动这么做，也不会充满好奇，只是不得不做，而如果他现在开始做这些，就会破坏艾尔希的最后一点自尊。

正在此时，艾瑞克回头看了一眼社区小路，便看到了他。

他肯定是刚刚过来的——沃尔特·毕晓普。

他拉着那孩子的手臂。他使劲儿拉着她的手臂，孩子则吓得直往后退。

丽莎又是哭又是叫，奋力想要摆脱他。

艾瑞克猛地拉开前门，他听到他的杯子掉落在客厅的地板上，摔碎了。

"你在干什么？"哈罗德出现了，他打掉沃尔特·毕晓普的手，把小女孩拉到自己身边。

孩子这会儿尖叫不止："你是个坏人，大坏蛋。我妈妈说你偷小孩。"

沃尔特连忙向后退，结果一个没站稳，跌倒在了路边。艾瑞克适时阻止了自己过去帮忙的打算。

"误会，误会。就这么简单。"沃尔特的声音几乎都被孩子的哭闹声盖过去了，"我只是想帮把手而已。"

"帮把手？"艾瑞克听到他自己喊道，"你帮哪门子的忙？"

"帮她穿外套呀。"沃尔特说，"她穿了半天都穿不上，太紧了，你也看到了。我停下来就是想帮帮她。"

他指指那件丢在路缘石一边的粉红色连帽粗呢外套。哈罗德一把抄起外套，仿佛也需要保护它远离沃尔特的迫害。这会儿工夫，十二号的门开了，谢拉·戴金快步穿过社区小路而来，她摆动着两只手臂，恨不得一步就能走到。

谢拉来到跟前，丽莎一头扎进母亲怀里，把脸埋在她的毛衣里，大哭起来。

"你真是胆大包天。"谢拉说，"你真是太猖狂了。"

那孩子此时就像一个盾牌，艾瑞克心想，因为若不是她，他很肯定谢拉会扑过去对沃尔特拳打脚踢。

"我就是想帮忙而已。我从没伤害过孩子，我喜欢孩子们。"

"走开，滚远点。"哈罗德愤愤地说，"让我们清静清静。"

沃尔特走了。他从路边捡起他的背包，快步走远了。他低着头，头发都垂进外套的衣领里了。即使他已经在跑了，却依然看上去拖拖拉拉、慢慢吞吞。他缩起肩膀，双臂垂在身体两侧，仿佛这样可以尽可能少地占据这世上的空间。

艾瑞克扭头面对谢拉，问她还好吗，她则费了很大力才回答出来。

"我很好，只是感觉不太舒服。今天糟透了。"她有些迟疑，赶紧靠在丽莎身上稳住自己。

"糟透了？"他说。

"今天是周年纪念日。"

他能闻到她嘴里的白兰地味。

"你还是回家吧。"哈罗德道，"休息一会儿。"

"我怎么能休息呢？"谢拉将丽莎抱得更紧了，"那个怪物离我的孩子这么近，我怎么休息得了？"

他们都看向十一号。沃尔特不见了，回到了十一号的四壁之中。

"我们必须把他赶走,哈罗德。"谢拉道,"这种日子没法过了。见鬼,那个浑蛋是要逼着我搬家呀。"

她转身离开,艾瑞克看着她和丽莎一起向十二号走去,她们勾着手臂,支撑着彼此。

而他不明白她们两个是谁最需要支撑。

自那天后,沃尔特就没好日子过了。他再次掳小孩未遂的消息很快就传得沸沸扬扬。每经过一个人的嘴,这个消息就增添了一分怒气,扩大了一分影响力,一时间,社区里的人全都义愤填膺。

艾瑞克冷眼旁观,不做任何评论。人们问他当时是怎么一回事,他们希望他说说他的看法,好借此大做文章,但他拒绝沦为别人的工具。他们想要处死沃尔特,那就去好了,但他不会为他们提供子弹。然而,哈罗德·福布斯似乎很高兴助他们一臂之力。

"光天化日之下呀,"他听到他这么说,"噢,是呀,抓着她的胳膊,把她往他家里拽。只要这个人在,孩子们全都有危险。"

子弹已经射出,艾瑞克看到了迹象。每天早晨,沃尔特家的垃圾箱都会翻倒在地,里面的垃圾散落在他家的花园里;他家晾衣绳上的衣服被扯下来,蹭满了泥。每个人都看着,等着,哪怕是最微小的错误,都可以叫他们出手。

丽莎事件发生的几天后,艾瑞克去了街角小店。他希望能找到让艾尔希有胃口的食物,或许是仕达酱双层饼干,或许是水果罐头。她似乎对食物完全失去了兴趣,而这也很正常。天气变了,夜晚漫长而痛苦。这种天气对食欲没好处。大伙儿都这么说。他的目光扫过货架。西里尔商店里的东西称不上琳琅满目，但通常都可以在一罐罐蛋糊粉和一盒盒玉米片之间找到一些特别的东西。在一摆摆成金字塔形状的蔬菜汤后面，艾瑞克听到有几个人在柜台边说话。他听出了谢拉·戴金和哈罗德·福布斯的声音，不过其他声音他就不认得了。

他们在讨论沃尔特。艾瑞克很想知道，在沃尔特来之前，人们会怎么说他。

"当然了，要我说，这一切开始时就该轰他走，那他就没有机会干别的坏事了。"

是哈罗德在散装茶叶边上高谈阔论。

"警察都是废物。要是他敢再碰我的丽莎，我一定会做出让警察不得不把我抓起来的事。"

这是谢拉·戴金。

艾瑞克走到结账的地方。另外的两个男人，他在英国退伍军人协会见过他们，还有就是丽莎，她穿着外套，看来他们在这里讨论沃尔特已经有段时间了，因为那孩子正坐在地板上，安安静静地咬指甲。

"我们在说毕晓普。"哈罗德说。

"我听到了。"艾瑞克放下他的饼干，冲柜台后面的西里尔点头致意。

"太可怕了，是不是？"谢拉说。

艾瑞克知道这是在发出邀请。"的确。"他说。

"我们在说要起草一份请愿书。"哈罗德说，"然后递交给镇议会。"这话说得像是在提问。

艾瑞克数硬币结账。

"依我看，光是请愿书还不足以让那家伙搬走。"谢拉说，"唯有来点硬的，才能让他离开这里。"

那孩子听到这话，看了看艾瑞克，他低头对她笑笑。

在谢拉说着要使用暴力并在心里琢磨各种形式的暴力有什么作用之际，

门口的小铃铛响起，打断了她。他们立刻回头看去，显而易见，他们原以为会看到一个与他们持相同观点的人，这个人会支持使用暴力手段和书写社区请愿书，但站在街角小店门口的却是沃尔特。他的外套被雨淋湿了，眼镜表面笼罩着一层蒸汽。他们立马住了口。

谢拉将丽莎从地上拉起来，只是力气太大了，掐得孩子都喘不过气来了。

沃尔特走进商店。他的鞋子踏在油毡地毯上，吱吱直响，背包则撞到了底层货架上的罐头。他来到柜台边，摘掉眼镜，用一块布满污渍的灰色手帕擦了擦。艾瑞克看到他的手在抖，粗糙的皮肤上凝结着水珠。

"打扰一下，"沃尔特说，"我想买一品托牛奶，可以吗？"

没有人说话。

西里尔在柜台后面双臂抱怀，下巴收得紧紧的，一副要打架的样子。

沃尔特等待着。他的脸上挂着笑，但笑容惨淡。这出于乐观而不是快乐的笑，仍然是一个微笑。艾瑞克看不懂沃尔特是有些窘迫，还是愚蠢至极。

"这里不卖牛奶。"西里尔说。

其他几个人默默地看着，彼此交换眼神。

"只要一品托而已。"沃尔特指着柜台后面冰箱里的一排奶瓶。

"这里不卖牛奶。"西里尔重复了一遍刚才的话，"事实上，此时此刻，店里连一件可卖的东西都没有了。"

沃尔特看着店主的眼睛，他的笑容虽还挂在嘴边，却开始慢慢褪去，直至消失不见。看他的表情，似是正在为自己寻找一个摆脱困境的方法、一个自救的途径。

沃尔特犹豫起来。艾瑞克能听到哈罗德抱起双臂，谢拉用手指敲着柜台。

"还有事吗？"西里尔说。

　　沃尔特黯然转身。他低声道了歉，还说了几句谢谢。他用那么小的声音表达着情绪，艾瑞克甚至都无法肯定他是真的在说话，抑或那只是一个人内心挫败的声音。店门关上了，小铃铛也不再响，他们则默默地站着。

　　谢拉突然一拳砸在柜台上。

　　"我们就要这样。"她说，"就该有人让沃尔特·毕晓普看看，什么叫文明礼貌。"

　　他们一起走回社区。哈罗德滔滔不绝地说着，谢拉一边附和着他的话，一边抽着公园车道牌香烟。

　　艾瑞克尽量不去听他们都说了什么。

　　他们讨论各种计划，该怎么写请愿书，还说要在退伍军人协会开个会，以及怎么给镇议会打电话。艾瑞克有更重要的事情要去琢磨，他要操心的事情可比这严重多了。

　　他目视前方。丽莎爬上人行道边的围墙，伸手去够低矮的树枝，却总是失败，指尖每次都离那嫩枝一两英寸远。他看着她。说来也怪，她的个子很高，够到树枝应该不成问题。

　　这时候，他才意识到她为什么会这么费劲，为什么够不到。粉红色外套紧紧绷在她的肩膀上，使她的后背难以做出动作，手臂难以完全伸展开，这才抓不到树枝。

　　她费力也够不到就是因为这个，都是那件粗呢大衣惹的祸，它太紧了。

第二十六章
虚伪的种族主义者

社区小路十四号

1976 年 7 月 20 日

——

"我觉得对你没影响吧？"福布斯先生说。

我们都在看卡普尔先生擦他那辆巨大的汽车。我坐在草坪上，边上是福布斯先生的脚。

戴着软布帽的卡普尔先生抬起头来。

"什么对我没影响？"他问。

"这鬼天气呀，这么热。"福布斯先生指指天空，我看到他的脚后跟离开凉鞋，踮了起来，"我们都被这种天气搞得头昏脑涨，我看你就没事。"

卡普尔先生蹙起眉头，用他的抹布去擦一块鸟粪。他没用水，不然的话，莫顿太太马上就会来制止他。

"哈罗德的意思是，你们以前住的地方一直都是这么热。"梅·罗珀一直靠在我身后的栅栏上。每次她一说话，我都能听到木栅栏被她的胸部挤得嘎吱嘎吱响。

"伯明翰吗？"卡普尔先生说。

"巴基斯坦也有个叫伯明翰的地方？"福布斯太太道。

福布斯先生看着他妻子，不禁皱起了眉头，随即回头面对卡普尔先生，"不过这都深入骨髓了，对吧？他们就是耐热，印度人。习惯吃苦的民族，历经了很多磨难。"

"你说得不错。"卡普尔先生说。他依旧在用力地擦拭那块鸟粪，不过我已经看不到任何痕迹了。

"这可不是说我是个种族主义者。"福布斯先生将穿着凉鞋的脚来回踢踏，"完全不是。"

"绝不是。"福布斯太太说。

"我只是个爱国主义者。"他说最后几个字的时候很慢，"我希望能让英国强大，就像个高等俱乐部一样，不是吗？不是随便什么人都能进的。"

"说得太对了，哈罗德。"福布斯太太说。

卡普尔蹲下来，开始擦车牌。天这么热，所有地方都尘土飞扬，尘土落在车上、人行道上，以及房子上，甚至飘进了皮肤和头发里。人们根本躲不开它，不管洗多少次，不管多么用力地擦洗，也无济于事。所有的一切都脏兮兮的，如同戴上了伪装。

"事实上，我是个掌握多元文化的人。"福布斯先生说。

卡普尔从号码牌上抬起头来，"多元文化？"

"噢，是呀。"福布斯先生的脚开始来摆去，"绝对的多元文化。比如说吧，我是西德尼·波蒂埃的超级粉丝。"

"他说的是真话。"福布斯太太说。

"还有路易斯·阿姆斯特朗。有色人种的节奏感棒极了。"

卡普尔先生说了什么，但我没听清。

"不过呀，当个爱国主义者并不意味着不能接受新思想。我们只要记得'大不列颠是海洋的主宰'这句话就行了。"福布斯先生笑笑，觉得自己说得很有道理。

"那你们明年会庆祝大赦年吗？"卡普尔先生说。

"庆祝？"福布斯先生兴奋地用脚趾打着拍子，"社区会举行最棒的社区街头派对。我还组建了一个委员会，对吧，多萝西？"

"没错，亲爱的。"福布斯太太说。她笑着看看卡普尔先生，"我是秘书。"

"我们还有些事尚未最后敲定下来。"福布斯先生轻拍了一下脑袋一侧，冲卡普尔先生眨眨眼睛，"但我们的风头一定会盖过其他街区。"

"我听说松树新月街租了个充气城堡。"梅·罗珀说，"是红白蓝三色的。"栅栏又开始吱嘎乱响，"白杨路请来了一位魔术师。"

"是吗？"福布斯先生转过身看着罗珀太太，他的嘴角粘着唾沫，"他们从哪儿弄来的钱？我们的预算有限，这你们是知道的。"

罗珀太太耸了耸肩，栅栏随之响了起来。

卡普尔先生站起来，抖掉抹布上的土，说："需不需要我帮忙？"

"我看不成吧。"福布斯先生扭过头来，"这事你干不来的。"

"但我有个朋友是承办酒席的。我和他打声招呼，他接你们的宴会，一定会给个大折扣。"

"真的吗？"福布斯先生说。

"是的。给其他街区看看我们多有本事。"

"太棒了。"福布斯先生笑了，连牙龈上都是唾沫，"你能这么做，实在是太好了。"

"你真是个大好人。"福布斯太太说。

"这一切都是为了我们的女王。"罗珀太太道。

"我现在就去联系他。"卡普尔先生打开他家的前门，"布拉德福德的这片区域里，他做的咖喱是数一数二的，绝对的多元文化。你们一定会喜欢的，哈罗德。"

前门关上了。

卡普尔太太肯定是说了什么有意思的事，因为卡普尔先生一进屋，我就听到他笑了起来。

我低头看着福布斯先生的脚。

他的脚趾在凉鞋里轻轻地动来动去，像是钢琴的琴键。

27

chapter

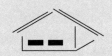

第二十七章
克里希太太的鞋子找到了

社区小路四号

1976 年 7 月 26 日

———

　　要我说，希斯洛普探长可比格林警官或海伊警官的官大多了，不然的话，他怎么每次都坐在车后面，而且，他们还允许他穿便服。

　　"他肯定是重案组的。"莫顿太太说。

　　"难道不是所有犯罪都很严重吗？"蒂丽说，只是我们都没回答她。

　　他没说到《今天是周六，边看边笑吧》，身上没有衣料味，膝盖处的裤子也没嘎吱嘎吱响。他只是在紧紧关闭的门后与人谈话，声音很轻，而且说了很久，当人们和他谈完话，一个个全都显得疲倦且不知所措。轮到我父亲去和他谈话的时候，我母亲把手臂抱在胸前，在房子里来回踱步，她泡了三杯茶，但两个小时后，它们依然放在滴水板上。我和蒂丽趴在楼梯平台的栏杆上，看着我母亲的头顶在走廊里来回移动。

父亲刚谈完话回来，我母亲便张开嘴想把一肚子的问题一股脑儿问出来，但还没来得及说，我父亲就举起手，摇摇头，走进了前厅。我上床睡觉时他依然坐在那里。我母亲则耷拉着脑袋、抱着膝盖在楼梯底部坐了很久。我都要怀疑她再也不会动了，可跟着她更紧地搂住膝盖，抬起头大声喊道："我不知道你怎么样，德里克，但我再也受不了这么热的天气了。"

她说完后，这些话似乎依然悬在空中，仿佛它们不愿意就此离去。我扭头看蒂丽，因为我感觉自己需要有人对我笑笑，但蒂丽没有笑。她只是低着头，咬着嘴唇，没看我的眼睛。

周一早晨，希斯洛普探长决定上电视发出呼吁，看能不能找到克里希太太。

这就表示要进行实况转播。莫顿太太说会在室外进行拍摄（她忽然对这些事情在行起来）。我和蒂丽决定为此穿上我们最好的衣服，毕竟谁也说不好会不会在最后一刻被叫去，在当地新闻里露面。谢拉·戴金把躺椅拉到她家草坪的最前面，好看得清楚些，福布斯太太则摘掉围裙，还涂上了口红。所有人都涌到了社区小路上，我父母也不例外（只是他们分别站在围墙的两端）。现在只缺克里希先生了。他又和希斯洛普探长谈了一次话，谈完就很不舒服，这会儿正躺在谢拉·戴金的长沙发上，窗帘拉着，脑袋上还敷了一块冰凉的绒布。

社区小路被新闻车和电缆填满了，人们走来走去，不是拿着写字夹板，就是双手叉腰。当地的报社来了两个记者，他们看到希斯洛普探长在克里希先生家的前面走来走去，手里拿着一张纸——他这是在背台词。

"能上当地的报纸倒是挺不错的，我喜欢。"蒂丽说。

我们坐在福布斯太太家的围墙上。一般而言，福布斯太太肯定会让我们下去，但她这会儿只顾着和一个手拿写字夹板的工作人员套话。

"上当地报纸有什么好？"我说。

蒂丽的两只手压在屁股下面。她把腿伸直，在阳光下摆来荡去。"那样别人就能看到我了。"她说。

我等她说下去。

她摆腿摆得更起劲儿了。

"有没有特指的人？"我说。

"有呀。"她继续摆腿，"我要是上了当地的报纸，我爸爸兴许就能看到。他会为我骄傲的，然后就会联系我，因为他想和我聊聊这件事。"

"你爸爸住在伯恩茅斯。"我说，"要我看，伯恩茅斯看不到我们这里的地方报纸。"

她不再摆腿，而是瞧着我，说："也许会有意外呢，不是吗？"

我这才意识到她是在教训我。于是我有一会儿没说话，跟着，我反击道："意外？压根儿就不可能。"

她只是笑笑，双腿又摆了起来。

希斯洛普探长准备好了，格林警官和海伊警官就让大家安静下来，保持礼貌行为，并让所有人都明白不能跑到摄像机前面，或是撞到那个手拿大型毛茸茸麦克风的男人。然后，他们并没有扭头去看希斯洛普探长，而是一直面对着我们，很像足球比赛场上的警察。

站在摄像机后面的男人用手指倒数了几个数，跟着一指希斯洛普探长，后者马上开始说话。

我们都仔细听着。

"人们越来越关心一位当地女性的安危，"他说道，"玛格丽特·克里希太太最后一次出现是于 6 月 20 日晚在她的家中。"

他一指身后克里希先生家，我们也都望过去，仿佛此前从未注意到那栋房子。

"克里希太太的家人和朋友都说她不是会玩失踪的那种人。"

他低头看看稿子。等他再抬起头来时，眉头皱成了一个疙瘩，脸上的表情更加阴郁了。

"除此之外，由于最近的一个发现，警方越发急于找到克里希太太的下落，望所有知道她行踪的人士与我们联系。"

社区小路上每个人的身体似乎都挺直了一些。

福布斯太太放下了钩针编织材料，伸长脖子听着。谢拉·戴金坐在躺椅上向前挪了点。我父亲站得更直了，而我母亲把手放在脑后，手指交缠在一起。就连蒂丽都不再摆腿了。

希斯洛普探长继续说道："昨天上午十一点左右，一个很有警惕心的公众发现了一双鞋，经辨认，这双鞋属于玛格丽特·克里希太太。"

四处不约而同地响起吸气声。那气从闷热的空气中进入我们的肺里，悬停了片刻才出来。有时候在生活中就会遇到这样的时刻，我心想。它经常会在你意想不到的时候出现。

"那双鞋是在运河边上发现的。"他说。

沉默只持续了一秒钟，整个社区小路便沸腾了起来。

福布斯太太第一个发声："我知道，有人把她杀死了。我知道，我清楚得很。"她开始在人行道上走来走去，就像一个节拍器。就连一直抓着她肩膀的福布斯先生都无法阻止她在焦虑下使劲儿跺水泥地面。他厉声对他妻子说着什么，希望能叫她安静下来，可所有看到这一幕的人都知道他纯属是在浪费时间。

谢拉·戴金猛地从帆布躺椅上站起来。"是毕晓普。"她说，"一定是他干的。不然还会有谁干得出这种事呢？"

"看在上帝的分上，谢拉，我们都还不知道她是不是真死了。"这话是我父亲说的。

自打希斯洛普探长讲完话，我父亲就一直靠在墙上，用手捂着脸。此时，他在社区小路对面大声喊出这句话，力量如此之大，弄得我母亲放在后脖颈的手指纠缠得更紧了，开始通过嘴巴非常急促地呼吸。

"她肯定死了。"谢拉走到人行道上。她本想走到路对面，只是双腿不听使唤，结果在路缘石上绊了一跤，"不然她现在怎么样了？"

"她可能跳下去了。"梅·罗珀正摇摇晃晃地走过她家的草坪。布莱恩想拉住她，但一下子撞在了晾衣绳上，被三条茶巾和一条特别长的背心挡住了去路，"她大概是投河了。如果我们要举行葬礼，他们就得派人去打捞。"

"上帝，梅，别说得这么恐怖好不好？"我父亲说。

"但她说得对。"福布斯先生不再管福布斯太太，任由她盯着人行道不停地跺脚，"他们得派蛙人下水。"

"就是这个下场呀。"福布斯太太从他身边擦身而过时说道，"对别人的事知道太多，就是这个结局。"

所有人都在同一时间大喊起来。他们的声音汇聚成巨大的噪声，根本听不清每个人说的是什么。我看到希斯洛普探长依旧站在摄像机前面，稿纸折叠着放在衣兜里，脸上露出满意的表情。我看到他非常缓慢地冲格林警官和海伊警官点点头，他们两个也慢慢地点了点头。

我扭头看向蒂丽，想确认一下她是不是也注意到了，但她正望着谢拉·戴金家的草坪。我也看过去，但过了一会儿，我才看见他。

克里希先生躺在草坪上，看来好像蜷缩着身体睡着了，但他眼睛是睁着的，手臂横在胸前，像是在数着什么。

"真没意思。"蒂丽说,"我们回屋吧!"

我说我也觉得挺没意思(其实认为很有趣)。从一定程度上而言,我很想留下来看看接下来会怎么样,但我还是从福布斯太太家的围墙上滑下来,站在人行道上。

进屋之前,我回头看了一眼十一号。有一间卧室的窗帘被拉开了一条缝,沃尔特·毕晓普的脸出现在玻璃后面。

我不能绝对肯定,但我几乎可以确定我看到他笑了。

希斯洛普探长说出鞋子的消息后,整个社区小路都变得异常安静。这就好像所有人一次都喊够了,这礼拜剩下的日子就没得可说了。就连我父母都变得沉默寡言,他们不再用力关橱柜门、尖叫和走来走去,只是在房子里彼此避不见面。

我问了几个人克里希太太是不是死了,可惜没人能给我一个明确的答案。当我向母亲问出这个问题时,她打开了电视机;询问父亲时,他说着"噢,那个,那个",然后突然在前厅中找到了一件重要的事要去做;而莫顿太太在被问到时,只说了句"没人知道",便开始呆呆地出神。

如果他们真的什么都不知道,为什么会表现得如此奇怪?

28
chapter

×

第二十八章
耶稣藏在社区小路的尽头

社区小路四号

1976 年 7 月 30 日

———

　　现在是周五上午。我和蒂丽坐在前厅，我们面前摆着一本《凯斯公司邮购目录》和一瓶蒲公英和牛蒡汽水。窗帘是拉着的，好抵御外面的热气，但热气还是钻进了屋里，每次我翻过一页，闪光的纸页就会粘在我的手指上，很难甩掉。

　　"我喜欢这个。"我说着指了指一件牛仔外套。

　　蒂丽双手托腮。我知道她在等我翻到陶瓷玩偶那一页。

　　"这个也不错。"我指着一双拖鞋说。

　　我用绿色粗签字笔将这两件商品圈了出来。我打算把这本目录和我画上的所有圈圈放在一个有用的地方，留给那些有兴趣的人看。

"真够贵的。"蒂丽在幽暗的光线下瞥了一眼书页。

"可以分期付款，分为四十八个礼拜，一个礼拜只要二十五便士，超轻松。"我说着在超轻松几个字下面画了一道线。

"你一个礼拜去哪里弄二十五便士呢？"

"我可以去送报。丽莎·戴金就有一双。"

"丽莎·戴金比我们大好几岁呢，格蕾西。我们太小，还不能去送报。"

我圈出一条格子呢围巾。有时候，蒂丽还没说出口，我就晓得她想说什么。

"她比我们大不了多少。"我说。

"你想玩大富翁吗？"

"不想。"

"那你想去莫顿太太家吗？"

"不想。"

我们默默坐着，我画了一个又一个圈圈。

"为什么你画的都是丽莎·戴金穿的衣服？"

我不再在丽莎·戴金穿过的衣服上画圈。"我才没有。"我说。

"明明就有呀。你为什么这么希望她喜欢你？"

我看着我画出来的那些圈圈。有时候蒂丽会提出你早已想到却又不愿回答的问题。

"丽莎·戴金喜欢我的话，学校里的其他人或许也会喜欢我。"我说。

蒂丽不再用手托着下巴，"要我说，那样的人根本不重要，格蕾西。我们有彼此了，不是吗？"

"他们当然重要了。人人都希望自己人缘好。所有人都需要别人喜欢自己，难道不是吗？"我翻着目录，看着双手叉腰、冲着对方笑的模特的图片，"这很正常，不是吗？"

"我只需要你、莫顿太太还有我爸妈喜欢我。"蒂丽说，"若是还有其他人喜欢我，都是额外的惊喜。"

"那你就是个不正常的人，对不对？"我又拿起笔，"你跟丽莎·戴金不一样。"

我知道蒂丽在盯着我看，但我没看她。要是我看了，就不得不看她的脸，如果我看她的脸，我知道我肯定会向她道歉。

"我回家去了。"她说。

我听到她站起来，离开房间，但我一直看着那些圈圈。

"再见！"我喊道。

可惜她已经走远了。

房间里静悄悄的。我能听到我的粗签字笔画过目录的声音，不过也没有什么可供我画圈的了。

我走进客厅，但那里也很安静，厨房里唯一的声响是雷明顿制造出来的——它在桌子下面打呼噜。说来也怪，此时此刻，我唯一想做的就是玩大富翁。

我需要蒂丽回来。

我知道，她最终一定会回来的。或许一半的问题正在于此。

我把脑袋探进冰箱，让自己冷静下来。

那响声出现的时间比我以为的晚了几分钟，但在冰箱的嗡嗡声之外，我还是听到了——是蒂丽的凉鞋吧嗒吧嗒走在我家房子一侧的小路上的声音。

凉鞋移动的速度很快，弄出了很大的响声，我还没来得及把脑袋从冰箱里缩回来，她就猛地打开了后门，力道很大，弄得玻璃在窗框里直颤。

"格蕾西！"她喊道。

蒂丽从来都不喊。有一次她被黄蜂蜇了，过了十分钟我们才注意到。

"你喊什么呀？"我的脑袋又回到了厨房，我能感觉到热气向我的脸扑过来。

"你快来。"她说。她的脸红得像番茄，上气不接下气，说话都很困难，"快跟我走。"她又说。

"怎么啦？"

我双臂抱怀地靠在冰箱门上，摆出一副不感兴趣的样子。

"你绝想不到谁在社区小路尽头，绝想不到的。"

她又说了好几遍"你绝想不到"，以防我会异想天开，以为自己能想到。

我靠在冰箱上不动。"谁呀？"我看着我的手指甲说。

蒂丽又深吸一口气，当她再开口时，用尽浑身力气说出了下面两个字："耶稣！"

29
chapter

第二十九章
排水管上的耶稣

排水管

1976 年 7 月 30 日

———

我好像记得我们没关后门，不过我也不太肯定。

我们一边讨论着很多问题，一边走出厨房，蒂丽的开衫还挂在门把手上。雷明顿惊醒过来，看看是谁弄出的动静，而我们尚未走到外面，它差不多又睡着了。

"不明白你说的是什么意思。"我说。

走到屋外的小径上时，我这才意识到自己没穿鞋，但不要紧，混凝土路面就跟地毯一样暖和。

"待会儿你就知道了。"她说，她兴奋地拽着我从房子侧面走到社区小路。

我们从福布斯先生身边走过，他就站在他家的草坪上看着我们。

"耶稣来了。"我向他解释道。他依然盯着我们看，眉头却紧紧皱了起来。

谢拉·戴金正在接受阳光的炙烤，她用手托着下巴，抬起头来。她向太阳的方向望了一眼，跟着看看我们，冲我们挥挥手，我慢下来，也冲她挥挥手。

"快点。"蒂丽说，"不然他就走了！"

我们来到社区小路的远端，那里有一小片草地，草地的另一边是碎石路。蒂丽猛地收住脚步，拉住我的手肘。镇议会在这里设了两个车库，但里面空空如也，滑门早就不见了。凉爽黑暗的混凝土外壳与我们对面而立，却不见耶稣，只有一汪汪溅出来的汽油，表面呈现出彩虹色，树叶沙沙拂过布满灰尘的角落。

"耶稣去哪里了？"我说。

蒂丽发出一声怪异的尖叫声，然后冲着最近的那个车库点点头。我向前走了几步，蒂丽跟在我后面，依然拉着我的手肘。

白色小石头扎到了我的脚。

"那里那里。"她说，"看呀。"

我看了过去，但什么都没有。"什么都没有呀。"我说。

我原以为会有这样一个耶稣在等着我，他穿着一件干净的白色长袍，袖子又宽又大，留着整齐的胡子，可能还面带宽厚的笑容。可我只看到了一个扯破的垃圾袋和一个腐烂的轮胎，而在我原以为耶稣所站的地方，只有几行发黄的杂草，可知那里曾经铺有铺路石板。

"那儿。"蒂丽说，还冲虚空点了点头。

我没动。她轻轻叹了一口气，拽着我向车库的外墙走去。"这里。"她说。

我又看了看，还是什么都没有呀，"我只看到一根排水管。"

"格蕾丝，你好好看看那个排水管！"

我看着排水管，它是用陶瓷做成的，我估摸它以前肯定是白色的，现在釉面斑驳，在快到底部的地方有一大块棕色污斑，肯定是什么东西喷在上面留下的。

我又看看那片污渍。

"看到了吗？"蒂丽问。

我蹲下来仔细看了看。排水管上有旋涡状的油漆，也可能是木馏油。斑驳的棕色痕迹肯定是有人用扫帚拂过排水管留下的。但那块污渍很奇怪，而且看来十分眼熟。

我向后坐在地上，眯起眼睛。

跟着，我看到了他——简直是显而易见嘛。太明显了，我真无法想象为什么一开始没注意到。

"耶稣！"我叫道。

蒂丽尖厉地叫了起来。

蒂丽这一叫，把福布斯先生从花园里吸引了过来，谢拉·戴金看到他出来，觉得自己也该出来，生怕错过一个需要她在的场合。

他们蹲到我们身边，面冲着排水管。我能闻到防晒霜和香烟的味道。

福布斯先生把头扭来扭去。他摘下眼镜，将它在他的双眼和排水管之间来回挪动。

"看到了吗？"我说。

他又把眼镜移动了几次，跟着，穿着短裤的他忽然一屁股坐在了地上。

"耶稣基督！"他说。

"没错！"蒂丽说。

与此同时，谢拉·戴金也看到了他，她说了句"上帝"后，便喷了救世主一身兰伯特－巴特勒牌香烟的烟雾。

福布斯先生让她当心，接着，我们全都猛挥着手咳嗽起来（戴金太太除外，她在来的路上好像已经咳嗽够了）。

"我去叫多萝西。"福布斯先生说，"她看了一定会高兴起来的。"

谢拉·戴金把香烟扔到碎石路上，用拖鞋鞋尖捻灭了。她凝视着基督。

"不过，他看起来很痛苦，是吧？"她说。

"我一直都觉得，在我遇到耶稣的时候，他会非常开心。"蒂丽说，"我认为他会穿着宽松长袍，注视着人们的眼睛。"

"我也是。"我说。

我们都凝视着排水管。

我把脑袋歪向一边，"没准儿他今天休息。"

"哈罗德，清单上的事我还没做完呢。"

我听到福布斯太太被拉着走过人行道。当她出现的时候，围裙腰带上还插着一个掸子，福布斯先生搂着她的肩膀，活像是在牵着盲人穿行于车流之中。

"哈罗德，你说得我糊里糊涂的。"

"睁大眼睛，好好看一看。"他说。

她站在那儿一动不动地注视着车库，跟着，她用手捂住了嘴。

我很好奇她会说出什么。

"耶稣。"她说，"耶稣在……"

"排水管上。"福布斯先生说。

"真想不到。"

她直勾勾地望着耶稣。

到了午饭时间，排水管上的耶稣已经引起了不小的轰动。

福布斯先生拿来好几把帆布躺椅，福布斯太太坚持尽可能地坐在距离耶稣最近的地方，同时还不至于挡住别人的视线。她从袖子里拿出一张纸巾，用它擦着鼻子。

她时不时说一句："这是一个启示。"

"哪方面的启示？"我小声说。

可惜没人回答。

有一次谢拉·戴金小声说了句"上帝知道"，但她悄悄回家拿了件 T 恤衫披在身上，以防万一。

"毕竟是这么个情况。"她说。

半个小时后，艾瑞克·兰姆出现了，他穿着很厚的惠灵顿雨靴，上面粘着泥土。他一路留下泥土的痕迹，来到耶稣面前，俯下身，盯着耶稣的眼睛。

"没看出来。"他说。

"怎么能看不出来呢？"福布斯太太不再擦鼻子，"这简直是显而……显而……"

"显而易见。"福布斯先生大声说道。

"那不过是木馏油污渍而已，多特。"艾瑞克向后两步，把双臂抱在胸前，"普普通通的木馏油污渍。天这么热，它就晕开了。"

福布斯太太的两只眼睛瞪得老大，双眉挑起。"我觉得这是信仰问题，艾瑞克，你说对吗？"她道。

说来也怪，当艾瑞克·兰姆后退两步，眯起眼睛从不同的角度看过那根排水管后，终于发现那的确是耶稣。"我的上帝！"他说。

福布斯太太只是点点头，并且让福布斯先生去为大家拿柠檬水。

谢拉·戴金说："来杯雪莉酒吧！"不过没人理她。

福布斯先生端着柠檬水回来了，还拿来了几把躺椅，我们都坐在车库的阴影下，与腐烂的轮胎、布满尘土的落叶和耶稣为伴。

"你们觉得这是什么意思呢？"谢拉·戴金道。

瘦子布莱恩穿着他那件塑料夹克坐在草地上。他本来是坐在躺椅上的，只是每次他一动，躺椅就会折叠起来，几乎将他包在里面，他只好作罢。

"我觉得这是一个警告。"他说，"就好像见到了喜鹊或打碎了镜子。要我说，这表示噩运将至。"

"别胡说了，伙计。"哈罗德·福布斯拿出烟斗，"你说的都是迷信。这可是宗教。"

"他来这里肯定是要告诉我们什么。"福布斯太太把纸巾鼓捣没了，开始喝柠檬水，"他绝对是带来了一个信息。"

"什么信息？"蒂丽说。

"说不清。"福布斯太太咬着上嘴唇，"但这就是耶稣会做的事呀。他总会送来信息。"

人们在帆布躺椅上动了动，蒂丽将膝盖抱在胸前。"耶稣要对我们说什么呢？"她小声说。

哈罗德·福布斯咳嗽了一声，而其他人只是把脚在碎石路上拖来拖去。

"你们觉得，耶稣是不是要告诉我们玛格丽特·克里希还活着？"戴金太太说，"还有，她并没有掉进运河里？"

"别胡言乱语了，谢拉。她肯定是死了。"哈罗德·福布斯坐在躺椅上整理了一下短裤，"鞋子出现在运河边上，通常都没好事。"

福布斯太太在胸前画了个十字，用眼角余光看着排水管。

"我们需要找个牧师来解读一番。"她用口型说。

大约三点半的时候，莫顿太太来了。她在播完《阿彻一家》时接到的电话，特地戴了老花镜过来。

"我都不知道他有多高呢。"她说。

她仔细端详了一番后，和其他人一样皱起眉头，跟着，福布斯太太让她后退一点，她照做了，看到耶稣后她惊讶得一屁股坐在了躺椅上。

"很刺激吧？"我说。

"是谁发现的？"莫顿太太问道。

蒂丽搬着躺椅走过草坪，与莫顿太太平坐在一起。"是我。"她说，"我本来在这里溜达，琢磨着是该回家，还是该回格蕾丝家给她道歉。"

莫顿太太看看我，没有发表任何评论。"那你应该很骄傲吧？"她对蒂丽说，"要见到他可不容易。这显然是注定的。"

蒂丽扭头看着我。"没准儿报社要来采访我们呢。"她说，"或许所有人都能看到我们，也包括伯恩茅斯的人。"

"也许吧。"我说。

"不知道我是不是该穿裙子。"她摩擦着开衫袖子上的一块污渍，"不过呀，要是我不穿开衫，人们八成就认不出我了。我得让人们认识我，你说对吗，格蕾西？"

"很对。"我说。

"可发现耶稣的人是你，不是格蕾丝。"莫顿太太说。

"但我们是好朋友呀。"蒂丽看着我，"我们两个不管做什么事都形影不离。看耶稣也不例外。"

我们都看着排水管笑了。

30

chapter

第三十章
必须由我负责耶稣的事务

社区小路二号

1976 年 7 月 30 日

———

"你说什么？耶稣？"梅·罗珀将好多钩针编织物往腿上又拉了一点。

"就在排水管上。我亲眼看到的。"

"你又到太阳底下去了，布莱恩？"

"谢拉·戴金觉得这是个启示。"

"喝雪莉酒的启示吗？"

布莱恩转身面对窗户。现在水管那里已经聚集了很多人，他看到身着短裤的哈罗德·福布斯在人群中穿行，"妈妈，人们都出去了。他们都觉得这与玛格丽特·克里希的失踪有关。"

"不用成为耶稣也能知道发生了什么事，只要去十一号搜查一番就明白了。"

布莱恩皱起眉头，却没说什么。"他们估摸圣安东尼教堂的牧师就快来了。"他说。

"牧师？"

"八成会来一位主教呢。你知道，赐予绿光，将之封为奇迹。"

"全能的上帝为什么要让奇迹出现在这条路上呢？"他母亲说，"我都怀疑牧师会不会承认那是耶稣。"

"我想他会的。"布莱恩又看了一眼，跟着拉好窗帘，"多萝西·福布斯负责这事。"

"多萝西·福布斯吗？她负责？"

"是呀，全权负责。"他不再面对窗户，"你干什么？"

她母亲掀开钩针编织物，站了起来。"当然是过去看看了。"她说，"如果真要有人来负责关于耶稣的事务，那必须是我。"

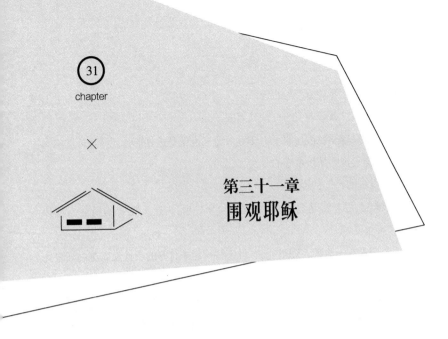

第三十一章
围观耶稣

排水管

1976 年 7 月 30 日

———

　　我们做着各自的事情，一个下午就这么过去了。

　　福布斯太太拒绝离开救世主一步，生怕他会离我们而去，梅·罗珀则缠着福布斯太太不放。艾瑞克·兰姆说晒晒太阳真是太放松了，谢拉·戴金一直在打盹儿，就这样，我们坐在一起，用手扇着凉，有一句没一句地闲聊天。别的人则来来去去——就是不住在社区小路上的人，他们只是在街角商店或到晾衣绳晾衣服时听说耶稣现世，便赶过来看看。他们站在安全距离外赞美耶稣——福布斯太太规定人们必须站在谢拉·戴金的左脚后面看。她说不能心存侥幸。那些人闯入偌大世界里我们的这个小角落，好在这在我们能忍受的范围内。我们都是同类，因为耶稣而聚在一起，围着他坐成一圈，如同拼图的碎片，等待着严丝合缝。

我喝完茶，就带着父母一块儿返回了。

我母亲很容易就被说服了，毕竟对她来说就是选择耶稣还是选择洗碗的问题，但我父亲则是块难啃的骨头。

"你说真的？"他说。

我就说："当然是真的。"他则剔着牙，说："这天把我们所有人都热晕了。"

"至少去看一眼吧，德里克。"母亲将一包未打开的小仙女牌洗碗液放到窗台上，"又没坏处。"

于是我们等他剔完所有牙齿、拉下衬衫袖子、系上袖扣、给雷明顿戴上狗链（其实雷明顿不需要狗链，可所有人都这么做），随后，我们在强烈的傍晚的阳光中向社区小路尽头走去，一路上碰到了一群群蚊子，我父亲则长吁短叹，咧嘴傻笑，说整个世界都疯狂了。

福布斯夫妇听了大家的劝告，回家吃晚饭去了，临走时，福布斯太太委任了莫顿太太留下来照管耶稣。莫顿太太坐在福布斯太太留下来的空躺椅上，在对一切事情都严阵以待的同时，还不忘抽空织织毛衣。艾瑞克·兰姆坐在她旁边的躺椅上，为她从一大团蓝色毛线中把线抽出来。

我父亲扬起眉毛，说："忙着呢？"

艾瑞克·兰姆笑了。"改变一下嘛。"他说，"这勾起了我很多美好的回忆。"

我父亲试着将视线越过他们。"耶稣在哪儿？"他上上下下地看着车库墙壁，"格蕾丝说你们把耶稣钉在排水管上了。"

这时候，我母亲紧握双手，把身体往前探到了极致——再往前一点肯定会摔倒。

"他在这里。"莫顿太太用 7 号编织针一指，"但当心点，别把你的气息喷到他身上，我们都还不晓得他的适应性强不强呢。"

我父母前进几步，站在了救世主和正一行高一行低织毛衣的莫顿太太之间。

我看得出母亲认出了耶稣，因为她轻轻尖叫了一声，并纵身向后一跃。"他看来很不高兴，是吧？"她说着又往前探身。

我父亲又向前一步，眯眼看着，所有牙齿都露了出来。他把脑袋歪向左边，跟着歪向右边，然后，他向后一步，蹙起眉头。"我倒觉得更像布莱恩·克拉夫。"他说。

莫顿太太惊讶地倒抽一口气。

我父亲又开始扭动脑袋，"不是吗？你们都没看到那里吗？（他想指出来，不过莫顿太太的编织针干扰了他。）这里是眼眉。"

"不对，绝对是耶稣。"莫顿太太说，"那里是鼻子。不可能是别人。"

"真遗憾！"谢拉·戴金向后靠到躺椅上，"我家凯西要是知道克拉夫在这里，一定会撒丫子跑来的。"

chapter

第三十二章
布莱恩的暗恋

社区小路八号

1976 年 7 月 30 日

———

现在有十一个人了。

约翰从前厅的窗口看得清清楚楚，不过信件和照片堆得很高，他只得从它们之间挤过去，才能透过玻璃向外看。很多人来来往往：谢拉穿着一件 T 恤衫到处乱跑，哈罗德取来了好几把折叠躺椅。几个小时前，他还看到梅·罗珀卷起衣袖，快步走到那里，像是要投入一场战斗。

他很想过去看看发生了什么事，但他无法面对别人的问题。自打他们发现玛格丽特的鞋子后，他就一直在避开人群。谢拉来敲过几次门，他还看到布莱恩躲躲闪闪地在外面走来走去，从窗外往里张望，但他藏得相当成功。

格林警官比较执着，警察都是这个样子的。他敲完了前门又去敲后门，在他透过信箱喊话的时候，约翰醒觉自己最好给予回应，不然格林警官这么大呼小叫，会把整个街区的人都招来。

格林警官想知道约翰是否需要一名联络官。

约翰解释（他觉得他说得非常礼貌）说他不会联络任何人，更别说警察了。

格林警官让他保持冷静，约翰就说，希斯洛普探长到处就玛格丽特的处境散布荒谬的话，他怎么能冷静呢？明摆着嘛，等到她准备好了，就会回来。再说了，就快到他们的结婚纪念日了，她一定会回来庆祝这个日子的，他才不在乎格林警官、海伊警官甚至是希斯洛普探长说什么。

格林警官只是注视着他，大口大口地呼吸，而正如约翰向他指出的那样，这可是口臭的主要原因，经证明还会大幅增加患上各种口腔疾病的风险。

从那以后，格林警官就不再管他了。他知道他应该给希斯洛普探长打电话，把真相和盘托出，但他们绝不可能理解，只会让自己陷入一大堆麻烦中。

就算他不打电话也无妨。约翰并不寄希望于警察。他其实对任何人都不抱希望。因为他总是管不住自己的嘴巴。到最后，他总会说出原本不希望透露的信息，如果他十二岁那年没对布莱恩说过那番话，现在也就不会麻烦缠身了。

1967 年 11 月 16 日

社区小路上漆黑一片。

长长的影子爬上沉寂、结满冰霜的草坪，乌云密布的天空压向瓦灰色的屋顶。约翰·克里希站在窗边向外看。他非常小心地搅拌着茶水，不让勺子边缘碰到瓷杯，唯恐这声音会吵醒黑暗，使得它肆无忌惮地游荡。

茶很烫，也很甜。从他父亲死后，他母亲便用淀粉和糖填满了他的生活。他很想知道这是不是留住他的一个办法，用大量黄油和奶油来使他放松，好让他吃得饱饱的，总是昏昏欲睡，也就想不到要离开她了。

"我们必须保存力量。"她如是说。

他却不明白为什么要保存力量。

他此时能听到她的动静，她正将恬淡寡欲揉进油酥点心，掂量着该放几勺隐忍到和面缸。

他用一条干净的手帕擦了擦杯子边缘，又望向窗外。

自打上周开始，社区小路就变了。他眼睁睁看着它发生。他看到艾瑞克·兰姆竖起外套衣领，谢拉·戴金拉紧开衫，用羊毛帽遮住满脑子的想法。他看到人们匆匆从门阶上拿走奶瓶，十一月的夜晚刚出现一点点黑暗，人们就拉紧窗帘。他看到沉寂越来越浓，笼罩着社区小路的每一个角落，现在，整条路都进入了漫长的静寂中，人们见面只是点头致意，瞪着眼睛无言地看看彼此。

他看着布莱恩穿过街道，站到十一号前面。他经常看到布莱恩这么做。

有时候哈罗德·福布斯会走到布莱恩身边，将双臂抱在胸前，目光落在沃尔特·毕晓普家那扇落满尘土又安静的前门上。约翰看到谢拉也会这么做。他见过她将购物袋放到路中间后，抬头望十一号的窗户，嘴巴抿成一条线，透着厌恶之情。

他们好像是轮流着这么做，约翰心想。布莱恩、哈罗德、谢拉，还有德里克。他们轮流监视，试图将沃尔特·毕晓普拉到一个明亮的场地上，在那里指责他，审判他，评定他。

可惜他们拼尽了全力，沃尔特依然待在黑影中，没人看得见他。

约翰不知道沃尔特是不是只在晚上出来，是否在黑暗中找到了慰藉，从漆黑人行道上的脚步声中听到了抚慰。约翰虽绝不会向布莱恩、哈罗德或谢拉坦白，但他的确能理解那种感觉。

他又擦擦茶杯，将它放到远离桌子边缘的中央，不然被疏忽大意的手肘一碰，或是报纸一拂，就可能掉下去。他这一动，便引起了布莱恩的注意，约翰发现自己在窗户里面冲布莱恩挥手，他明明已经尽量躲在他母亲放在窗台中央的一瓶假天堂棕榈盆栽后了，却还是露了踪迹。

真实得难以置信——没人能看出来！——写有这句宣传语的假花标签依然挂在枝杈上。

约翰绕开一片假叶子，走到外面。

布莱恩后退几步，靠在了哈罗德·福布斯家和班尼特家之间的栅栏上。约翰也靠在栅栏上。他甚至都不愿意去想那里有多少细菌，多年以来他发现，做别人希望做的事，麻烦会少一点。

他问布莱恩出了什么事，布莱恩的回答则是冲沃尔特家点点头。

约翰也注视着沃尔特的家，因为布莱恩就是这么做的，而且布莱恩好像盼着他也这么干。从学生时代开始，约翰就一直观察和模仿布莱恩。布莱恩就是他的勘察目标，想知道这个世界最终对他有何要求，唯一的观察模板就是布莱恩。

他们一直注视着十一号，只是约翰不知道这有什么用。

"他一定会有报应的。"终于，布莱恩说道。

靠在栅栏上的感觉很不舒服。约翰感到木栅栏刮擦着他的腿，即使穿着裤子也没能幸免。

"你真认为是沃尔特偷走了那个孩子？"他说。

布莱恩把手臂横抱在胸前，"不然还能有谁呢？"

约翰四下看了看社区小路，没有说话。

　　谢拉·戴金家的花园围墙上一共有四十七块砖，若是算上半块的，就更多了，但它们会歪曲结果，于是他决定忽略它们。

　　西尔维娅·班尼特提着购物袋从社区小路走了过来，他们把腿挪开，让她过去。她注意到了，却还是低着头。就在她从他们身边走过的时候，约翰闻到了她身上的香水味。香味浓而神秘，她都进屋了，香水味依然在空中久久不散。布莱恩依旧凝视着她刚刚走过的路线。

　　"你到现在还很喜欢她吧？"约翰说。

　　布莱恩脸上一红。"别傻了。"他说，"她已经结婚了。"

　　"在上学的时候，她就是你的心上人。"

　　约翰知道布莱恩常常站在学校走廊里，就是为了笨手笨脚地偷偷看上佳人一眼。那样无知的童年，充满了无声的绝望和手足无措。面对女孩子，他们两个都有些不知所措。现在依然如此。

　　约翰冲四号一扬下巴，"她长得有点像朱莉·克里斯蒂。"

　　"朱莉·克里斯蒂连她的一根头发都不如。"布莱恩说。

　　他们继续盯着沃尔特的家。下午一点点过去了，树木陷入阴影中，远处潮湿、带有灰白条纹的屋顶也只剩下了剪影。路灯亮了，嗡嗡响着开始闪烁着粉红色的灯光。

　　"你还要看多久？"约翰说。

　　"直到逼他现身。哈罗德四点来替我。"

　　"然后呢？看到他，你们打算怎么做？"

　　布莱恩只是盯着看。

　　"你不会是认真的吧？"

　　"约翰，他是个强奸犯，是个该死的变态。他不属于这条街道。所有人都希望他滚蛋。"

　　布莱恩靠在栅栏上动了动，"我一向都认为你是最希望看到他离开的人。"

　　约翰感觉焦虑爬到了他的喉咙深处，说："我不明白你这话的意思。"

"你知道的。就是因为你父亲。"

此时此刻，约翰很高兴他靠在栅栏上，因为他感觉双腿开始发软，"我听不懂你的话。"他说。

布莱恩看了看他，随即又将目光移回到十一号上，"你听得懂。"

是的，他的确听得懂。

他至今依然记得所有人都走后在学校更衣室里发生的那次简短的对话。他只是在寻找另一个模板，寻找安慰——他希望找到一个人告诉他，人人都会遇到这种事。他应该按照父亲说的去做，并且不对任何人说起。

他说话的时候没有看布莱恩。"你弄错了。我都糊涂了。"他说，"就是个误会而已。"

布莱恩的目光依然牢牢定格在沃尔特的房子上，"不，不是的，约翰。"

若是算上半块的砖，一共有六十块。一分钟有六十秒，一小时有六十分钟。六十是个很好的数字——安全而可信。六十是绝不会出毛病的。

这时候，一栋房子的前门响了一声，他们都望向社区小路对面。哈罗德正沿人行道走来，路灯将橙色的光芒投射在他身上，他双手背在身后，虽然这个年纪了，脊背依然挺直。他看来如同一个老兵，不过约翰知道哈罗德从不曾为他的祖国服役哪怕是一分钟。

显然，他的祖国并不需要他。只要有人提到这件事，多萝西总说这是个敏感话题。

"十六点整，前来报到。"哈罗德走到他们跟前说，"有动静吗？"

布莱恩不再靠着栅栏。"没有。"他说，"我和约翰正在说我们做梦都希望那个变态滚出这里，对吧，约翰？"

布莱恩注视着约翰，但后者没有说话。

谢拉·戴金的围墙顶部有十三块瓷砖。

约翰往回走去，远离了别人的瞪视和责问，往事却慢慢浮上心头。

　　在他看来，十三一直是个不吉利的数字。台阶有十三级，但若不算走到楼上的那一级，就是十二级，那一级更像一个小楼梯平台。

　　他关上花园门，沿花园小路往里走。

　　他糊涂了。那不过是个误会而已，他母亲就是这么说的。

33
chapter

第三十三章
牧师的鉴定

排水管

1976 年 7 月 31 日

——

还不到十点，耶稣就吸引了一大帮人。

福布斯夫妇坐在一张折叠牌桌边，这桌子是福布斯先生从他家车库拿来的，他们正在教谢拉·戴金和艾瑞克·兰姆玩凯钠斯特纸牌游戏。

"不对，是十一张牌，谢拉。那堆牌现在处于冻结中，看到了吗？"

很多蚂蚁爬进了福布斯太太丢在她脚边草地上的麦片粥碗中，一只凶猛的黄蜂懒洋洋地围着艾瑞克·兰姆的脑袋飞。

"但我不明白我为什么不能拿一张牌。你都拿了。"

莫顿太太站在耶稣面前，手里捧着一杯橙汁，胳膊下面夹着一份《每日电讯报》。

"有件事我不明白，"她并没有对某个特定的人说这话，"为什么我们一开始没注意到耶稣？"

艾瑞克·兰姆向后靠在躺椅上，压得躺椅发出痛苦的嘎吱声。"不过，我们并不总是能看到各种事物的，不是吗？"他说，"我们每天都从相同的地方经过，甚至连看都不会看上一眼。"

"我想也是。"她向左边走了几步，看着耶稣，又喝了几口橙汁，"可这也太明显了，不是吗？"

艾瑞克·兰姆的躺椅又开始吱嘎乱响，"最明显的往往是最容易被忽略的。"

"再说了，"福布斯先生道，"天又这么热。"

莫顿太太转过身，鞋子在碎石路上蹭来蹭去，"天这么热？"

"天这么热，耶稣才会显现出来。"福布斯先生说，"天一热就容易出怪事。"

谢拉·戴金整了整T恤衫，莫顿太太绕过掸子，前一天，它从福布斯太太的腰带里掉了下来，却一直没人把它拾起来。

"的确是这样的。"她说。

"妈妈，你就是因为天热才匆匆出门的吧？"瘦子布莱恩说。

"是吗？"梅·罗珀仰面冲着天空笑了，"我怎么不觉得热呢。"

十点多了。莫顿太太决定去小睡片刻，艾瑞克·兰姆把裤腿又向上卷了一点，福布斯太太去拿饼干，以便让所有人坚持下去。我父亲坐在那里看报纸，我母亲则坐在那里看我父亲，戴金太太让凯西待在安全距离之外。我能听到他先是对着车库远端的墙壁练踢球，几分钟后，去树篱底部找球了。

蒂丽拿着盒饭回来了，还换了一件干净的开衫，以防报社记者出现，我们坐在草坪上看我从长沙发下面找到的一本旧《杰基》杂志。蒂丽看得比我慢，每隔几分钟，我就不得不盯着书页，一边假装看，一边吃盒饭，等她看完。有时候，我还让她等等我，所以她一直没对我起疑。

就在我假装在看的时候，传来了脚步声。

"真想不到呀。"脚步声的主人说，"原来你们都在这里。"

是卡普尔先生。他向排水管走来，俯下身，望着它，"这里怎么了？"

福布斯先生从躺椅上站起来，走到他身边。"这是耶稣。"他说着用手指指了指墙壁的方向，"《圣经》里的耶稣。"

蒂丽抬起头，说："卡普尔先生是聋子吗？"

我皱起眉头，"我看不是。"

我父亲也站了起来，他们三个一起站在排水管前。

"他是救世主。"我父亲笑着冲卡普尔先生一点头，"我明白，对局外人来说，是有点不好理解。"他一直笑着点头，都把话说完了仍在点头。

卡普尔先生又向下猫了点腰，眯起眼睛。他在排水管周围绕了一圈后站定，又微微向前探身，跟着，他直起身体，扭过头面对我父亲，说："老实说，我觉得更像布莱恩·克拉夫。"

我父亲说了句"哈"，便笑了起来，还拍了拍卡普尔先生的后背。

说来真是可悲，但平心而论，我父亲一向都不晓得他的力气有多大。

四点，牧师来了，正好赶上吃杏仁饼干，福布斯先生除了发饼干，还拿来了奶茶和半包麦乳精。福布斯太太从躺椅上站起来，好让牧师看得更清楚。牧师则双手背后，围着耶稣踱步。他时不时脚后跟着地，向后晃几下，还不住地点头。他穿了一条普普通通的裤子和一件普普通通的衬衫。我依旧可以闻到他身上的蜡烛气味。

"他的斗篷呢？"蒂丽小声问道。

我耸了耸肩。"不知道。"我说，"或许他只会为了上帝才穿斗篷吧。"

有人咳嗽了一声，我听到碎石在人们的脚下动来动去。福布斯太太说了句："怎么了？"

牧师的眉头拧成一个疙瘩，倒抽口气。"我想耶稣以前从未降临过东密德兰。"他终于开口说道。

梅·罗珀咧开嘴笑了，仿佛是她安排了耶稣显圣。

"但你看到耶稣了，对吧？"谢拉·戴金向前走了一步。牧师又开始倒抽气，她又退了回去。

"问题是……"他开口说道。跟着，他住了口，看着所有人。

福布斯先生在分发杏仁饼干。艾瑞克·兰姆早就脱掉了惠灵顿雨靴，这会儿躺在草坪上，裤腿卷着。谢拉·戴金又给他倒了一杯柠檬水。卡普尔先生和我父亲在玩凯钠斯特纸牌游戏，福布斯太太在微笑。所有人都在微笑。

牧师却蹙着眉头，但他的表情逐渐缓和了下来。"我认为这是个非常特别的东西。"他最后说道。

福布斯太太鼓起掌来。

几秒钟之后，她突然停了下来。"我真心希望朝圣者不会泛滥成灾。"她说，"他们准会把这里搞得一团糟。"

去看耶稣成了我们的日常生活。

福布斯太太永远都是第一个到的，到了就把躺椅放在排水管边上。不过在有一天差点被罗珀太太取而代之后，就有了她们俩常常穿着拖鞋在人行道上竞走的盛况。卡普尔太太教会我母亲做印度饼干，谢拉·戴金成了凯钠斯特纸牌游戏的高手。艾瑞克·兰姆将他花园里种出的番茄和香豌豆都拿来给我们吃，英国退伍军人协会的克莱夫会牵着狗过来，把凉拌猪肉发给大家吃。凯西和沙希德一起踢足球。这其实对他来说是件好事。他再也不会把球踢飞了，因为不管什么时候他把球踢出去，总有人把球踢回给他。我父亲下班回家后，就会坐到一角的躺椅上，听卡普尔先生讲印度的奇闻逸事。不过卡普尔说的不是贫穷和肮脏，而是那里的寺庙和花园，他口中的那个国家色彩丰富，阳光明媚，到处都是音乐。我们都说有朝一日一定得去见识一番。当然了，大家都知道我们是不可能去的，不过重点不在于此。

蒂丽说大家这么开心，全都是天气的缘故。她说这是因为阳光照在脸上暖融融的，微风拂过赤杨树的树叶，沙沙作响。她说这是因为夏天的气息从花朵、绿草和艾瑞克·兰姆那些装在袋子里的番茄中飘散出来，叫人们面露微笑。但我并不这么认为。我觉得是其他原因。我更愿意认为是沃尔特说得对，因为所有人都找到了他们可以相信的东西。我不时看看他们，当他们以为没人注意到的时候，就会看一眼排水管，并且笑笑，仿佛他们与耶稣有个约会，仿佛他们突然找到了另一种看待万事万物的方式。

回首往事，我记不清事情是从什么时候开始出问题的。很难说得清，但我知道可以嗅到空气中的那种味道，如同暴雨将至时的气味。

34

chapter

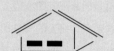

第三十四章
鞋子是克里希先生放的

排水管

1976 年 8 月 2 日

——

"已经六个礼拜了。"谢拉·戴金说。

福布斯太太从一本益智书中抬起头来，说："什么六个礼拜了？"

"玛格丽特·克里希失踪六个礼拜了。"

我和蒂丽躺在赤杨树下的草地上，我用空闲的手肘捅了捅她。

福布斯太太没有回答，又看起了益智书。就那些总一副糊涂样子的人来说，她似乎并没有总是困惑不解。

"我是说，你肯定会好奇的，不是吗？"戴金太太说。

"好奇什么？"福布斯太太说。

"好奇她会不会回来。"

"她当然是回不来了。"哈罗德·福布斯从躺椅上站起来，开始沿着排水管所在的那面墙走来走去，"那个女人现在就躺在运河底。这一点是毫无疑问的。"

戴金太太看了我和蒂丽一眼。

我们早就料到了这一点，便假装在睡觉。

"那他们为什么还不派人去打捞，哈罗德？"谢拉·戴金摘掉太阳镜，眯缝着眼睛瞧着他，"我还以为他们会派蛙人下去呢。"

"都是为了这个。"福布斯先生用手笔画出钱的符号，"他们不愿意花钱。"

"他说得对。"梅·罗珀说，"现如今一切都向钱看。"

罗珀太太和福布斯先生冲着对方点头，表示赞同。

"我敢保证，她就在河底。"福布斯先生不再踱步。他双手背后，跷着脚，左摇右晃地凝视着耶稣，"在运河的河底，没有丝毫生气。"

"她没死。"

我们全都扭过头。

是约翰·克里希，他正站在人行道边缘。我能看到他的衬衫从裤子里滑了出来，眼神沉郁，充满了不确定。

"约翰！"福布斯先生拍了拍双手，站直了，"我们都好奇你会在什么时候出现呢。过来坐下吧，来见见耶稣。"

福布斯先生带他从排水管边走过，让他坐到躺椅上。

"她没死。"约翰·克里希在走过时望着耶稣，"她真的没死。"

福布斯先生说："没死，没死，当然没死。"又说，"坐下吧，约翰，喝一杯多萝西做的柠檬水。"

克里希先生被动地接过杯子，说："她真没死，哈罗德。"

福布斯先生蹲到他的躺椅边。"我想我们该学学出色的水手，约翰。抱最好的愿望，做最坏的打算。你也知道的，他们找到了鞋子，确确实实的鞋子。"

"鞋子根本无关紧要。"克里希先生依旧紧紧握着那杯柠檬水,"真的不重要。"

哈罗德·福布斯看看戴金太太,我看到他挑起眉毛,以寻找支持。

"但是,如果玛格丽特安然无恙,"她说,"那她的鞋就不会出现在运河边,你说是吗?"

"我告诉过你们了。"克里希先生用力放下杯子,弄得柠檬水都从杯子边缘溅出来,洒到了草地上,"那双鞋不代表什么。"

戴金太太蹙着眉看着他。"约翰,你怎么如此肯定?"她说。

他交叉起手臂,抬头看着她,"因为是我把它们放在那里的。"

"你放的,这话到底是什么意思?"哈罗德·福布斯站起来,拂去手上的碎屑。

"你知道的,她忘记穿鞋了。"克里希先生坐在躺椅上向前探身,搂住他自己,"她走的时候没穿鞋。"

他开始非常缓慢地摇晃。

"噢,上帝。"谢拉·戴金捏着鼻尖向后一靠。

我环顾每一个人。他们一个个都目瞪口呆,梅·罗珀手里拿着一块花街巧克力,现在那块巧克力就停在巧克力盒和她的脸之间,动也不动。

"我还是不明白。"福布斯先生道,"看在上帝的分上,你为什么要把鞋放在运河边上?"

"玛格丽特一直都很喜欢沿着拉船纤道散步。她常坐在那里吃午饭,所以我把鞋子放在一个小座位边上,方便她看到。出走这么久,不能连双鞋都没有。"

"就好像放在你家门边的手套,还有楼梯底部的雨伞。"戴金太太道,她依旧在捏鼻尖。

"是呀!"克里希先生笑了,"你明白的,是吧?"

"见鬼,约翰。"戴金太太用手捂住脸,"你怎么不说清楚?"

"我没想到会有人注意。我也没想到鞋底还粘着制鞋匠的标签。"

"我的天啊，约翰。"福布斯先生说。

福布斯太太瞥了一眼排水管。

"所以，她一定会回来的。"克里希先生说，"她很快就会回来了，因为我们的结婚纪念日快到了。"

大家都沉默不语。我好想听到有人在吞口水。莫顿太太醒了，露出困惑的表情。

"你们的结婚纪念日是哪一天，约翰？"罗珀太太问。她的声音细若蚊呐。

"二十一号。"约翰·克里希笑了，"玛格丽特绝对不会错过。"

戴金太太在手袋里翻了翻，交给他一枚两便士铜币。

"干什么？"他说。

她用手捧着脸，叹口气，"给警察打电话。"

两个小时后，克里希先生坐着警察巡逻车回来了。福布斯先生说，他够幸运，不然肯定会因为浪费警察的时间而被控告。我真不知道浪费某人的时间竟然是个罪名，还会因此遭到逮捕，但莫顿太太说这只适用于警察，这倒是说得通。

大家依然守在耶稣身边，看着克里希先生沿着他家的花园小路走进了八号的前门。

蒂丽拉拉我的衣袖。"这是不是表示克里希太太还活着？"她小声说。

"我想是的。"我说。

我们环视大家的脸。

"那为什么他们看起来还这么担心？"

35

chapter

第三十五章
格蕾丝家破产了

社区小路四号

1976 年 8 月 2 日

———

"依我看，你很高兴吧？"

我在楼梯栏杆后面望着母亲。她站在厨房，双手叉腰。

我父亲坐在桌边，皱缩成一团，如同有人吸走了他身体里的气体。"高兴？什么意思？高兴什么？"他说。

"高兴她还活着呀！"

"她还活着，我当然高兴。你怎么这么问？"

"你为你的情妇高兴。"我母亲说。她的声音比平时至少高出了一个八度。

"看在老天的分上，西尔维娅。我都说多少次了，她不是我的情妇。"

我母亲拿起一个杯子，为的就是使劲儿把杯子放下。"约翰·克里希说是他放的那双鞋，我看到你当时的表情了。你看起来松了一口气。德里克，松了一口气呢。"

仅此一次，我很高兴蒂丽没和我在一起，楼梯上只有我和雷明顿。雷明顿和我一样不喜欢我父母吵架。它把尾巴缠在我的脚趾上，抬头用拉布拉多特有的困惑眼神看着我。

"别告诉我你没感觉如释重负，我从你的脸上都看出来了。"我母亲道。

"我自然是放心的。一个正派的人听到邻居没有坠入运河底，不该长舒一口气吗？"

"特别是你还是最后一个见到她的人。"

我听到轻轻一声咳嗽，"的确是这样的。"

"这么说你承认了？你承认她去你的办公室了，而你还撒谎说你去英国退伍军人协会参加圆桌会议了。"

我父亲沉默片刻，等他再说话的时候，声音是那么疲倦与沮丧："是的，西尔维娅，我承认。"

"你总算是承认了。"我母亲说。她不再双手叉腰，而是两只手来回摆动。听她的语气，好像她赢得了一场她从一开始就没打算参加的比赛。

"不是你想的那样。"我父亲说。

"噢，不，德里克，不是的，绝不是的。"我母亲开始在厨房里踱步，我时不时能看到她的身影，她的手依旧在晃动，"永远都不是人们以为的那样。"

"我说真的，西尔维娅。真不是你以为的那样。"

父亲在母亲经过的时候伸手抓住她的手臂，让她停了下来，"坐下吧。我把一切都说给你听，但你必须坐下。"

母亲坐了下来。

"她在帮我。"他说，"玛格丽特·克里希在帮我的忙。"

"帮你？她能帮你什么？"

父亲向后靠到椅子上——我听到椅子刮擦油毡地毯的声音，把手放到桌上。

"她在嫁给约翰之前干过会计工作。"他说。

父亲停顿了一下，但母亲没有说话。

"她在帮我整理账目，西尔维娅。她在帮我处理财务问题。"

"什么财务问题？我不明白。"

我听到父亲吸了一口气，"我们破产了，西尔维娅。现在的处境糟透了。我连工资都付不出来，更何况是支付办公室的房租了。"

他又吸了一口气。"我们破产了。"他说。

良久都没人说话。我肯定是弄出动静了，因为我感觉到雷明顿在我的脚边拍打它的尾巴。

"为什么不早告诉我？"母亲的声音越来越低，渐渐消失了。

"我只是想保护你，保护你和格蕾丝。"

我好像听到父亲啜泣了起来，但父亲从没哭过，所以我肯定是听错了。

"我该怎么办呢，西尔维娅？我是个商人，我很成功。我不能让别人知道真相。"

"我们一定可以渡过难关的，德里克。我们经历了这么多事，还不都熬过来了。"

"可这太丢脸了。"我父亲说，"我承受不了。我不能让人们知道我其实什么都不是，我丢不起这个面子。"

我感觉雷明顿把脑袋贴在了我的腿上。它想要我别停下，一直挠它的耳朵，不过我并没有意识到我在这么做。

"不要紧的，雷明顿，别担心。"我说，"不会有任何改变。一切都会维持原本的样子。"

狗狗有时候就是这样，它们需要安慰。

36

chapter

第三十六章
我每天都很关心你

山梨树园路三号

1976年8月3日

——

"她怎么没来？"

莫顿太太关上后门。

蒂丽母亲的香水味依然盘旋不去，闻起来与潮湿的土壤一样。

"她母亲觉得今天最好让她休息一天。她看起来有点憔悴。"

"憔悴？"

"蒂丽是个很娇弱的孩子，格蕾丝。这你是知道的。"

我想到有一次我打不开果酱罐子，但蒂丽一下子就打开了，还有，在我母亲一个人拿不动的时候，她就帮忙拿购物袋。

"她才不娇弱呢。"我说。

莫顿太太皱起眉头，在一块茶巾上擦擦手。"她母亲真好，还来通知我们一声。"她说，"她看起来很担心。"

蒂丽的母亲永远都是一副忧心忡忡的样子。我一早就知道用不着为此费神，因为她走到哪里，忧虑就跟到哪里，活像一件备用开衫。

"蒂丽的母亲永远都是神色焦虑的模样。"我说，"她就擅长这样。"

莫顿太太坐到餐桌边，与我面对面。"在你关心别人的时候，就会这样。"她抚平塑料桌布，"就会很担心。"

我的手肘一蹭，在桌布上弄出了一个褶皱，"是不是就像去年夏天雷明顿不舒服，我担心它那样？"

"我想是的。不过我觉得你把蒂丽和一条黄色的拉布拉多犬相比，有点不太合适。"

"用不着想这么多，这样再恰当不过了。"我说。

我瞧着莫顿太太的眼睛，只是她正在出神。

"不过，她会好的，你说是吗？"

"当然。"

"她一直都很好，不是吗？"

"是的。"

有时候，面对成年人，他们给的答案和你的问题之间差距大到能放下你所有的担忧。

我挺失望，本来还想和蒂丽谈谈昨天晚上我无意中听到的对话呢。莫顿太太说我什么事都可以对她说，只是莫顿太太的生活风平浪静，家里铺着地毯，时钟永远都走得很准。我想她对过穷日子一点概念也没有。而另一方面，蒂丽以前住在一家旅店里，与别人共用一个卫生间，所有装饰品都是粘在窗台上的，所以她或许更能了解情况。

我和莫顿太太决定玩大富翁。蒂丽永远选靴子，我永远选赛车，于是莫顿太太决定选大礼帽。我掷出骰子，沿着方块移动。

"难道不是要投出一个六，才能开始吗？"莫顿太太说。

"只有蒂丽会遵守那种狗屁规矩。"我说着走到白教堂上。

"要买吗？"她说。

我看着棋盘。蒂丽玩的时候常买白教堂和老肯特路。她说她很为这两个地方遗憾，因为它们是棕色的，索然无味，住在那里的人八成都很穷。

"你觉得住在老肯特路上的人快乐吗？"我说。

"我想是的。"莫顿太太不再移动社区福利基金，而是蹙起眉头，"或者说，他们至少和其他人一样快乐。"

我看着棋盘，"和住在伦敦上流住宅区或公园巷的人一样快乐？"

"当然。"

"和蓓尔美尔街的人也一样吗？"

"这是自然。"

"你觉得老肯特路上有很多人离婚吗？"

莫顿太太放下手里的卡片，"格蕾丝，你到底要说什么？"

"我只是想聊点有意思的事。"我说，"到底怎么样吗？"

"我不这么看。那里离婚的人不会比别的地方多。"

"即便他们是穷人？"

莫顿太太正要买下国王十字车站，过了一分钟，她才回答。"在我看来，没钱是会让人有压力，但这不能阻止他们相爱。"她说。

"也不能阻止他们彼此关心或是担心吗？"

她笑了。

"你担心我吗？"我说。

"一向如此。"她放下骰子，直视我的眼睛，"从你还是个小婴儿的时候，我每天都很关心你。"

37
chapter

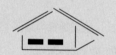

第三十七章
耶稣才是终极山羊

排水管

1976 年 8 月 6 日

——

　　我的父母坐在一起，旁边就是耶稣。母亲时不时握握父亲的手，对他笑笑，我在去看牙医的路上，她也是这么对我笑的。父亲只是盯着他自己的鞋。福布斯先生坐在帆布躺椅上，双臂交叉。角落里，克莱夫正用剩下的凉拌猪肉喂狗，结束后在裤子上擦了擦手。

　　纸牌静悄悄地摆在折叠牌桌上，只有红心老 K 除外，因为艾瑞克·兰姆正一边沉浸在自己的思绪中，一边在手里转动着那张牌。梅·罗珀揉着脚，等着布莱恩取来她的药膏。我躺在草地上，唯一能听到的声响便是莫顿太太的编织针碰撞在一起的嗒嗒声，以示很不满意。

　　蒂丽把她的裙子抚平。

"你现在感觉不那么虚弱了吧？"我说。

"好多了，谢谢你！我想是我妈妈太担心我了。"

"担心是好事。"我说，"担心表示有人关心你，在乎你。"

"那我想我母亲肯定非常关心我。"

我看着我的父母。母亲依旧握着父亲的手，只是我看不出他有没有回握着她。

"你觉得今天会有报社的人来吗？"蒂丽问。

我看看每个人的脸，"就算报社的人来了，我看他们也没法接受采访。"

"我倒是希望他们能来。"蒂丽说，"若是都不给耶稣拍张照片，那也太遗憾了。"

坐在躺椅上的福布斯太太抬起头。"我们可以自己拍呀——只要有照相机就成。"她看着福布斯先生，跟着看看克莱夫，"你说行吗，艾瑞克？"她道。

艾瑞克·兰姆看看他们所有人，跟着把干了的泥巴从惠灵顿雨靴上挑掉。

"大家怎么这么安静呀？"蒂丽又抚抚她的裙子，"戴金太太去哪儿了？"

"她回家拿东西去了。"我说，"她都回去好几次了。"

我们又陷入了沉默的无边海洋中，这时候福布斯太太突然站起来一拍手，红心老 K 掉到了草坪上，梅·罗珀也不再揉脚，而是抬起头来。

"我知道大家需要的是什么了。"福布斯太太说，"我们都需要点提神的东西。我去拿一副棋来，再拿点卡仕达酱双层饼干。"

大家的目光又回到地面上。

我指着排水管。"快看耶稣。"我对蒂丽说，"就连他都好像比以前更不开心了。"

"八成是因为天太热了。"蒂丽说。

七月的天气已经炎热无比了，到了八月，就更像是进了一个大火炉。热浪席卷了整个国家，吞没了河流湖泊，蒸干了水库，炙烤着树林。"人都被热干了。"我们看新闻的时候，我母亲说，"人类天生就受不了这种酷暑。这天气太不正常了，德里克。"这话说得好像我父亲能控制天气似的。那天早晨，我盯着挂在卧室房门后面的外套，觉得这辈子再也穿不上这件衣服了。

几分钟后，福布斯太太拿着三包饼干和一盒填字游戏回来了。在她离开的这会儿工夫，罗珀太太悄悄坐到了福布斯太太的躺椅上，膝盖上放着一盒吉百利牌玫瑰巧克力礼盒，眼睛闭着坐在耶稣身边。

"啊！"福布斯太太说。

她的声音很小，但从我母亲那里，我得知用不着把话说得很大声，也能给人们留下好印象。

"我想现在该变了。"罗珀太太说。

"明白了。"福布斯太太放下饼干和填字游戏，站到躺椅边上，她的影子笼罩着罗珀太太和我父亲的大部分左腿。

一阵沉默压下来，我们都瞪着眼睛，等待着。

"你显然还没弄明白，"福布斯太太说，"我才是坐在耶稣旁边那张躺椅上的人。"

罗珀太太连眼睛都没睁开。"这是谁家的规矩？我怎么不知道。"她说。

福布斯太太轻轻咳嗽一声。"我是最合理的人选。我不光负责圣坛的鲜花，每隔一周的周四，我还要擦拭铜器。在我们这些人里，我是最接近上帝的人。"

罗珀太太睁开一只眼睛，"想用一个掸子和一罐碧丽珠清洁剂，就得到尊重，真是异想天开。"她说完又闭上了眼睛。

福布斯太太噘着嘴，直喘大气，我们坐在躺椅上，全都向前倾着身体。

"在在座的所有人里，"她说，"我是最有资格坐在耶稣旁边的。"

罗珀太太这下张开两只眼睛，挺直脊背，"我想你会发现，若是要找一个有资格坐在耶稣身边的人，那一定是我。"

"我想你该知道，"福布斯太太说，"最早就是我坐在耶稣身边的。"

"如果你有两件外套，就该与一件都没有的人分享。"梅·罗珀双臂交叉，置于胸前。

"这话出自《路加福音》，第三章，第十一节。"福布斯太太说完，再次交叉起双臂。

戴金太太摇摇晃晃地从路边走过来，身子一歪，瘫坐在我身边的一把躺椅上，"她们两个吵什么呢？"

"谁更有资格陪在耶稣身边。"我说。

蒂丽坐起来，抬起防雨帽的边缘，"我觉得上帝应该让人们和平相处。"

"我才没有'偷'你的座位。打一开始，这个位置就不是你的。"罗珀太太说。

"当一个小偷被抓住时，他会因为羞愧而否认。"福布斯太太说。

"你这句出自《耶利米书》，第二章，第二十六节。你为什么不说，你从一开始就谎话连篇，多萝西·福布斯？你们每个人都必须抛弃谎言，对邻居讲真话。"

"《以弗所书》，第四章，第二十五节。"

约翰·克里希开始在角落里晃荡起来。"这么多数字，搞得我头都大了。"他说。

"我来这里是为了寻找平和安宁。"艾瑞克·兰姆说，"我不想听你们吵个没完，争论谁是最受尊敬的人。"他开始穿惠灵顿雨靴。

"不，多萝西。耶稣·基督被钉死在十字架上，不是为了让你选择你自己的躺椅。"梅·罗珀的声音更高了，"他被钉死，是为了我们可以自己决定我们想要坐在哪里。"

我这边正乐滋滋地听福布斯太太和罗珀太太吵架，却发现所有人都扭过头去，瞪大了眼睛。甚至连架都不吵了，福布斯太太只是轻轻拍了拍罗珀太太的手肘，指了指人行道。

沃尔特·毕晓普来了。

他站在路缘石边缘看着我们，一只手里拿着一块面包，另一只手里拿着两盒炸鱼条。

"我刚从商店回来。"他说，"我听说耶稣的事了，所以我想知道能不能看看。"

"我看不行。"罗珀太太从躺椅上一跃而起，与福布斯太太并肩站在排水管前面，"这是私人财产。"

沃尔特看了看镇议会车库，说："是吗？"

福布斯先生大步走到赤杨树和碎石路之间的一小块地方，沃尔特拿着东西就站在那儿。

"这里没什么可看的。"他说，"没有让你感兴趣的东西。我要是你，就会乖乖回家去。"

他颤抖着手指一指路尽头。

我很想知道毕晓普先生会不会争辩几句，或起码说他有权和其他人一样去看，但他没有。他只是冲福布斯先生点点头，跟着转过身，举步离开了。

罗珀太太摊开手臂，遮住排水管，喊道："耶稣来这里，不是谁都能看的。"

毕晓普先生走远了，艾瑞克·兰姆扭头看着我和蒂丽，笑了笑。

"别听他们的。"他说，"大人有时候说出的话会把人搞糊涂。"

蒂丽叹了口气。我知道她这是要问问题了，因为每次她想问问题时，都会重重地叹口气，作为准备。

"我能问个问题吗？"她说。

艾瑞克·兰姆说可以，我们便等着她问。

"罗珀太太刚才说了耶稣被钉死的原因,是什么意思呀?"

我们都看着沃尔特沿着人行道走到光明处。

"蒂丽,他不是为了躺椅的问题才被钉死的。"我说。

"这我知道。"她又叹了一口气,"但他被钉死在十字架上的真正原因是什么,兰姆先生?为什么他们非要对他下毒手?"

沃尔特停在福布斯太太家的围墙外面,向社区小路这边看过来。

"原因很复杂。"艾瑞克·兰姆说,"因为他怀有不同的信仰,不同的人生观。在那个时候,对异教徒,人们不会手下留情。"

我能听到沃尔特的鞋子踏在他家车道碎石上的声音。

"耶稣是个外人,蒂丽。"艾瑞克·兰姆低头看着我们两个,"与其余人格格不入,所以他们才会把他钉在十字架上。"

"若是这样说起来,"蒂丽道,"那耶稣也是山羊了,对吗?"

"我想是的。"艾瑞克·兰姆说。

"事实上,"蒂丽说,"可以说他是终极山羊。"

我们看向社区小路,看到沃尔特走进十一号,消失不见了。

"也许你说得对。"艾瑞克·兰姆说,"耶稣或许真的是终极山羊。"

沃尔特的出现和争吵这两件事过去后,我们都安静了下来。蒂丽又抚了好几次她的裙子,莫顿太太则在拆解蒂丽的圆头绳。艾瑞克·兰姆听从大家的劝告,又脱下了惠灵顿雨靴,福布斯太太则夺回了她的躺椅,不过每隔半个钟头,罗珀太太就会在耶稣前面走来走去,挡住所有人的路。

就在我琢磨要不要小睡一会儿的时候,丽莎·戴金穿着拖鞋吧嗒吧嗒地沿碎石路走了过来。

"你总算来了。"戴金太太说,"你终于决定来看看耶稣了。是不是好奇心占了上风？"

丽莎·戴金像只黄蜂似的围着她母亲转。"我不是来看耶稣的。"她说着瞥了一眼排水管，"我是来告诉你，家里没有牛奶了。"

戴金太太开始找钱包。其实钱包就在草地上，位于她的双脚之间，但她愣是看不见，我只好把钱包递给她。

"你来都来了，丽莎，过去看一眼吧。"她母亲说。

我看着丽莎·戴金穿过草坪。她站到排水管前面，一边双手叉腰地轻轻喷两声，一边用拖鞋把脚下的碎石踢开。

"我什么都没看出来。"她说，"不过就是车库墙壁上的一块污渍，你们哪来这么大兴趣？"

蒂丽看着我，用指尖在草地上画了一个图案。

我假装没注意到。

丽莎又踢走了几块碎石，"我是说，你们费这个力气有什么用呢？"

我站起来，走到排水管边上。"你后退一点，再眯起眼睛，"我道，"就能看到他了。"

"我才不想看到他。"这话说得像是出自另一个人口中，"那只不过是一块木馏油渍，格蕾丝。只是个玩笑而已。"

"是呀。"我说，"我也觉得它只是一块木馏油渍。"我的声音渐渐小了下去，因为我对这话也不确定。

"这些天耶稣就是在这里待着的？"

这个声音响亮而陌生，元音发音很平，仿佛很想发出美式英语的发音，但是对如何发音还摸不准。

我们转过身，看到一个小个子男人，他穿的西装倒是很宽大，松松垮垮地挂在身体上，皱皱巴巴的，边缘都开线了，蹭了很多土。他脖子上挂着一架有很粗的带子的巨大相机，相机太沉，坠得他的脖子向前倾，这使他整个人显得有点别扭。

"地方报纸安迪·基尔纳。"他说得很快，仿佛这都是他的名字。他笼统地冲大伙儿点点头，跟着对我和丽莎·戴金笑笑。"你们就是发现耶稣的两个女孩子吧。太棒了。你们就站在原地不要动，我现在就给你们照几张相片，好吗？太棒了，很好，不错。"

我看到蒂丽不再用手指画来画去，而是看着我的脸。莫顿太太向前坐了点，说了什么，但看到那个记者皱起了眉头，她便没有说下去，只是瞪眼瞧着。

当目光再次落到蒂丽身上的时候，我发现她脸色苍白，是那么孤独，尽管我们相隔只有几英尺远，她却显得那么遥远。

我想去抓住她，让她和我在一起，但她消失在了丽莎·戴金的微笑中。

安迪·基尔纳指挥着我和丽莎·戴金在耶稣周围摆出了各种造型，不知说了多少遍"太棒了，很好，不错"。

蒂丽一直坐在草地上看着我们。

"真是个重大发现呢，你说是吧？"安迪·基尔纳说。

"是呀。"丽莎·戴金轻轻一甩奎特罗式的头发，还往嘴唇上涂了涂俏唇润唇膏，"重大发现。"

丽莎·戴金的笑容随着相机的咔嚓声闪现。她一手叉腰，双膝并拢，得到了很多"太棒了，很好，不错"。

我只是盯着坐在草地上的蒂丽。

后来，我只看过那些照片一次。我母亲总是将当地报纸上的重要内容剪下来——狂欢节彩车上我的上半部分脑袋，转年我在大赦年庆祝活动上的半边脸。她甚至还把警察因为我父亲超速驾驶而叫他停车的照片剪了下来。但她没有保留我在排水管边的照片。几个礼拜后，我在当地报纸办公室的橱窗里看到了那些照片。丽莎·戴金笑靥如花，耶稣在我们两个之间，看来很是失望，我则盯着远处，寻找着蒂丽，她却失去了踪影。

报纸还引用了艾瑞克·兰姆和福布斯太太的话，却拼错了他们两个的名字。报纸上说："丽莎·戴金（15 岁），和她的朋友格蕾丝·班尼特（10 岁）一道，发现了耶稣，她说这是个'重大发现'。"而标题则是《管子上的再度降临》。

等到安迪·基尔纳照完相的时候，蒂丽已经不见了。我的目光扫过一张张脸，却没看到她，于是我看向莫顿太太。

她也看着我，但她的眼中少了什么。

38
chapter

第三十八章
老好人艾瑞克

社区小路十号

1976 年 8 月 6 日

———

哈罗德和克莱夫站在社区小路的远端。

艾瑞克·兰姆用眼角余光看到了他们，但他错误地以为只要他们和他对不上眼，他就不必停下来和他们说话。

"老好人艾瑞克！"

和哈罗德在一起，生活永远都不会轻轻松松。

"真是怪事呀，是吧？"哈罗德冲社区小路尽头一点头。

艾瑞克不肯定哈罗德说的是耶稣、沃尔特·毕晓普，还是多萝西因为那张躺椅而做出的夸张行径，于是只好泛泛一笑，算是包括了这三件事。

"我们都不晓得为什么会这样，是吧，克莱夫？"哈罗德说。

克莱夫没回答，只是咕哝一声，像是在说"是"，但也可能只是在清喉咙。

"新搬来的那家人看来还不错吧？"哈罗德说。

艾瑞克说："的确如此。"

"这种鬼天气还是没个完。"

艾瑞克说："是这样。"

"你家的花园摆弄得真不赖。"

艾瑞克说："是呀，"他还说，"快到下午茶时间了，所以要向哈罗德和克莱夫告辞，好去——"

"有件事很重要。"哈罗德向前一步，压低声调说，"多萝西说到了相片。她是什么意思？"

哈罗德和克莱夫直视着艾瑞克的眼睛。他们觉得哪怕是再小的谎言也逃不开这样的目光。

"我看你还是去问问多萝西吧，问我有什么用？"他说，"这不关我的事。"

艾瑞克想要走开，但哈罗德用眼神制止了他。哈罗德弯着背，苍白的皮肤上长满了老人才有的花白毛发，从他的衬衫开口处露出来，但他的固执和怒气就像个十几岁的孩子。

"她发现那架相机了，是吗？"哈罗德说。

艾瑞克没有回答。答案不言自明。

"老天。"克莱夫说着向后靠在围墙上。

哈罗德举起一只手，"用不着慌，克莱夫。我们没做任何错事。"

艾瑞克扬起一边眉毛。

"我们没做错事，艾瑞克。那是公共设施。我们有权把它拿走。"哈罗德斜睨了克莱夫一眼，"只有天知道他拍了什么。"

"落在奶瓶上的画眉鸟？"艾瑞克能听到他自己的声音越来越大，却无法控制自己，"比特阿丽斯·莫顿系鞋带？"

"多萝西该不会以为我们和那场火有关吧？"克莱夫说，"我们是在着火的几个钟头前把照相机拿出来的。"

"我不晓得她是怎么以为的，但她不像你认为的那么愚蠢，哈罗德。"

"她八成以为我们是从赃物中捡出来的。"哈罗德说。

"赃物？"艾瑞克捋捋头发，"你是说闯进别人的空房子，偷来的东西吗？"

克莱夫沿着林荫道走来走去，步伐固定，节奏轻快。走一走，似乎能让他远离抱怨和指责。

"你该知道。"哈罗德转过头来，不再看克莱夫，"我们不知道那里有什么。我们必须去确认一下，再说毕晓普出去度假了。那是个再好不过的机会了。"

"你不能因为自己想要，就拿走别人的东西，哈罗德。"

"不然的话相机也会被大火烧毁的。"哈罗德说，"要是我们早知道，倒省了一番麻烦，就让它留在那里好了。"

艾瑞克没回答。

"我们不能冒险，艾瑞克。"忽然之间，哈罗德显得苍老而疲惫，"要是人们发现了，"他说，"要是他们什么都知道了，"哈罗德的声音小了下来，"我可丢不起那个面子。"

艾瑞克关上后门，拉下门闩。他走到厨房的窗边，将窗帘拉得严丝合缝，连一丝阳光都照不进来。

如果他是个酒鬼，那他早就把自己灌醉了。可惜不是，所以他只好望着艾尔希的椅子，那里很平整，空空荡荡的，他试着想象如果她在的话，会对他说什么。

可惜椅子一直保持沉默。

说来也怪，往事竟然常常像一个入侵者，闯进当下的生活，它们充满危险，不受欢迎。然而，每次你主动回想过去的事，想要确认它们存在过，却总是遍寻不获，让你不禁怀疑，那些事是否真的发生过。

一切都是由往事而起。一切的源头都是沃尔特·毕晓普偷走了那个孩子，后来发生的所有事都是源于此。即便到了现在，对那一刻的记忆依然弥漫在社区小路上。不管他们多想逃离，不管他们用多少其他回忆来替代，它依然在那里。它悄悄地来到当下，为那之后发生的一切都蒙上了阴影，使之歪曲，到最后，当下的生活会被那段往事搅得一团糟，没人能肯定哪里是过去，哪里是现在。

艾瑞克瘫坐在椅子上，咬着指甲。自孩提时代起，他从未咬过指甲。或许往事也被蒙上了阴影，他心想。或许影响是双向的。所有人都很肯定过去发生的事，但或许是当下悄然进入了回忆，把回忆搅得乱七八糟，也许过去并不如我们以为的那样确定。

1967 年 11 月 7 日

要转乘三趟巴士才能到医院，而且都是短程，感觉很不舒服。不光短，路线还弯弯绕绕，净是红绿灯、环状交叉路口和急转弯。艾瑞克·兰姆坐在车上，膝盖上放了一个小箱子，他的身体左摇右晃的，却要尽力保持不撞到身边的人，或是摔到过道里，还不能让自己的脚挡住别人的路。就这样，到达医院的时候，光是为了费力不招人讨厌，他就已然累得筋疲力尽了。

他通过观察在巴士上上上下下的乘客，来窥探他们生活的一二：那对夫妇勾肩搭背，小声说着什么；母亲们既要推婴儿车，还要拿购物袋，像是打仗一般；小伙子拿着书，柏油碎石路向哪边转弯，书页就歪向哪边。巴士快行驶到医院时，会有穿制服的人上来，护工穿灰色制服，护士则穿蓝色的，都穿着适宜在走廊里走路的轻便的鞋子。他们揉搓着脚踝，伸长脖子，制服掩藏在厚夹克和长外套里，被开衫遮了个严严实实，但制服时不时就会露出来，仿佛穿着它们的人永远都无法摆脱他们的身份，不管他们在外面加了多少层另一种生活，都于事无补。

他是去看望艾尔希。每天下午和晚上他都要去一趟，不去医院的时候，他就回家，盯着墙壁和地板，以及艾尔希过去常坐、现在则空无一人的座位。盯着座位，使得她的缺席带来的影响更大了，仿佛不仅椅子是空的，就连整栋房子都显得空空荡荡的。

"做检查，"他们这么说。"我们需要做几项检查，由此确定你为什么总是感觉疲倦，面色苍白和消瘦。"

"那是因为我老了。"她说完干笑几声，但医生没有和她一起大笑。医生只是微微一笑，写了张单子，钢笔尖摩擦纸张的沙沙声是诊室里唯一的声响。一个礼拜后，医院派人来接她，她带上了最好的睡衣和一双拖鞋，还拿了她正在看的书和装着薰衣草的小香囊，艾瑞克一直不明白那东西有什么用，因为他每次闻，都会打喷嚏。

"因为它能帮我放松下来。"她这么说。

他试着探听出她为什么想放松，但她只是摇摇头，握握他的手，说只是因为现在要躺在一张奇怪的床上，吃不一样的食物，一整天干坐着等医生出现。

"冷静点。别看起来这么忧虑，艾瑞克。"

他已经尽全力不露出忧心的表情，但越是努力，就越是担心。

今天，从昏暗的长走廊里走过的时候，他一直在尽力将焦虑隐藏起来。走廊里总是挤满了等待开门的家属，他走得很慢，一路上经过了产科、儿科、整形外科、装有沉重转门的剧场、肃静且很重要的心脏科套房。这就好像一条生命之路在他面前延伸，他能看到远处的肿瘤科病房和姑息治疗部。走廊尽头的人最多，他们一秒一秒地数着，等待两点的到来。

艾尔希的病房在走廊的四分之三处。蓝色大门上方有"11 号手术女病房"几个字。

"住在手术病房的人到最后并不是都需要做手术。"为艾尔希安排入院的护士看出他们两个都很心焦，便安慰道，"没必要焦虑。"

事实上是太有担心的必要了，只是艾瑞克越来越善于不面露忧色。

今天，艾尔希看起来非常瘦小。医院、病房和病床似乎将她吞没了，她紧紧抓着床单，仿佛很害怕她会陷进硬挺的白色枕头里。他们聊她正在看的那本书、怎么打理花园、天气什么时候会变——都是琐碎的小事，平常在吃早餐的时候，他们会不假思索地说起这些话题，但在医院的病床边，这些话题显得那么不自然。她说"医生来查过房了，那么多人都穿着白大褂"，她说"医生看起来就好像一群面包师。没准儿他们会给她一块面包和六块茶点甜饼"，说着还哈哈大笑起来。不，她并没有问起检查结果。他们很忙，她不想给他们添麻烦。她明天会问问看。艾瑞克盯着自己的手。她问他有没有好好吃饭，是不是只喝了番茄汤，跟着，他们又开始退避三舍，说起了不疼不痒的话题。

回家的路上，他在巴士上摇摇晃晃，力图从他的思想中筛选出安慰。水彩画一样的街道在车窗外闪过，没有鲜明的色彩吸引他，所有的一切都很不清晰，不足以分散他的注意力。他周围的座位有的是空的，有的坐了人，但他只看到了他们的轮廓，那些形状在他的焦虑边缘移动，眉眼都很模糊。只有在巴士行驶到社区，看到屋顶上的图案，听到熟悉的有节奏的嘶嘶刹车声的一刻，他才会不再惦记艾尔希，不再想她已经瘦得皮包骨，结婚戒指在她的手指上都松动了。

他缓缓地在人行道上走着。四个小时后，他又将重复这个行程，而在这四个小时里，他只会呆呆出神，胡思乱想，试图找到一张地图，来指引当下的生活。他一开始并没有看到西尔维娅。她似乎是从某个地方突然出现在他面前的，她面色苍白，十分焦急，虽然她没说话，但她的嘴唇在哆嗦。他已经二十五年没见过有人如此恐惧了。自从收到电报之后，还没有过。那电报上写的"我们非常遗憾地通知你"。

艾瑞克将小手提箱放到人行道上，伸手握住她的肩膀。恐惧已然深入她的骨髓，她几乎连动都动不了。他慢慢地问她出了什么事，他问了一遍又一遍，到最后，她终于开始直视他的眼睛。她一开始说话很小声，他几乎都听不到，只好向前探身，这才听清。跟着，她的声音越来越大，也越来越急切。她站在社区小路上一遍又一遍地大叫，声音大得艾瑞克觉得这世上的每一个人都听到了。

"格蕾丝不见了。"跟着，她用手捂住满是泪水的脸，像是无法忍受听到这句话。

39
chapter

×

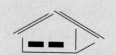

第三十九章
九年前的儿童失踪案

社区小路四号

1976 年 8 月 7 日

———

  转天，蒂丽也没有出现在排水管边。

  一般情况下，她十点就会到，但从克里希先生去等差五分十一点的巴士到双手插在口袋里沿社区小路走回来的时候，她都没有出现。来的人只有福布斯太太，她在大声念出填字游戏的提示；还有谢拉·戴金，她在晒日光浴，假装什么都没听到。

  我决定回家去。没有了蒂丽，连耶稣也变得没意思了。

  我母亲坐在厨房，正在给我父亲缝衬衫扣子。我走进去，她抬头看我。

  "有人打电话来吗？"我说。

  她摇摇头，又忙活起来。

　　自打安迪·基尔纳拍了相片，我母亲就变得非常安静。那天，蒂丽连招呼都没打就走了，我以为母亲会给我一个哄我去看牙医的微笑，或是说蒂丽的举止有些可笑，但她没有。她只是时不时看看我，一句话也不说，然后继续忙活手里的工作。换作平时，我早就不抱希望，去莫顿太太家了，只是莫顿太太说她那天特别忙，没空照看我或是做快乐天使牌速溶奶昔。她还说我最好留在家里，好好想一想。

　　我回到自己的房间，尝试着去做些什么，好显得特别忙，并且一点也不关心蒂丽什么时候露面，只可惜我不晓得该做什么。我只是竖起耳朵，听是否有她的凉鞋声，但我能听到的只有被酷热包围的无边沉寂。天太热了，连鸟儿都放弃了歌唱。

　　三点，我家的电话响了。我坐在床上，把陶瓷玩偶变换了位置，跟着又把它们放回原位。我家的电话并不常响，所以，每次响的时候，我都感觉必须到楼梯平台上去听听。

　　"如果是蒂丽打来的，告诉她我很忙。"我透过楼梯栏杆喊道，随即坐了下来。

　　我又站起来，说："还没忙到不能接她的电话。不过我是真的很忙。"

　　我听到我母亲在等电话的提示声。

　　我竖起耳朵去听她在说什么，可她一开始说话，就扭头面对墙壁，声音很低，我根本听不到。她说完了，便把听筒轻轻放下，走到客厅，而我父亲正在那里处理日常文书工作，她进去后，关上了门。

　　我感觉我在楼梯平台上坐了很久。我的背都疼了，双腿也发麻了，但我还是情不自禁地看着客厅门，盼着它能打开。

　　当门真的打开了，我才意识到我其实并不希望它打开。

　　我母亲喊道："格蕾丝，下来一趟。我们要和你谈谈。"

我没回答。

过了一会儿，她的脸出现在楼梯底部。

"你知道的，我真的很忙。"我的声音很低。

"事情很重要。"她说完对我笑笑。

我只好站起来，双腿却直发软，我甚至都不肯定靠我的腿能不能走到走廊。

我坐在壁炉边的椅子上。

父亲搂着母亲坐在我对面的长沙发上，他们脸色苍白，局促不安，仿佛随时都会崩溃。

"我们需要和你谈谈。"我父亲说。

我站起来。"说真的，"我说，"我该去莫顿太太家了，还是以后再谈吧。要不明天？"

我父亲前倾身体，让我坐下。"格蕾丝，好好听我说。"他道，"我们有事告诉你。"

我母亲哭了起来。

我低头看着我的手，就见它们开始哆嗦。

1967 年 11 月 7 日

西尔维娅·班尼特又是哭又是喊，人们听见后纷纷从各自家里走出来。

先出来的是谢拉·戴金。她用一条茶巾擦了擦手，紧皱起眉头，满脸的怒容。她问："你们瞎嚷嚷什么？"拖鞋踏在她家的花园小路上，咚咚直响。

"格蕾丝出事了。"艾瑞克依旧握着西尔维娅的肩膀。他真担心一旦松开手，她就会瘫倒，"她说格蕾丝不见了。"

谢拉快步穿过花园门，来到街上。她的茶巾掉落在人行道上。

"不见了？"

西尔维娅紧紧抱住脑袋。

"人不会无缘无故失踪的。"谢拉把艾瑞克推到一边，抓住西尔维娅的手腕，把她的手从她的耳边拉下来。"听我说。"她说。

艾瑞克任由谢拉接手。他一向不善于安抚烦扰不安的人。他一向只会烧开水、接电话、指路。这并不是说他不关心，只是他一定会随别人一起心烦意乱，而这只会让别人更加烦恼。

西尔维娅开始呜咽，脚步也有些蹒跚，如同恐惧耗尽了她的所有精力。

"听我说。"谢拉又说了一遍，西尔维娅安静下来，像个孩子似的抬头看着她。

谢拉问了好几个问题，一个问题跟着另一个问题。她会停顿，让西尔维娅回答，但停顿时间很短，紧跟着就会问出下面的问题。西尔维娅回答得断断续续的，东一句西一句，恐惧让她失去了语言能力。

"格蕾丝在厨房，"她说，"就在婴儿车里。"她们马上要出门。西尔维娅去楼上换鞋，她回来就见格蕾丝和婴儿车都不见了。

"你到楼上去了多久？"谢拉说。西尔维娅看着人行道，谢拉要歪着脑袋，才能看到西尔维娅的眼睛，"多久？"

"不久。"她说，"不久。"

艾瑞克又握住西尔维娅的肩膀，"是呀，你去了多久，亲爱的？这很重要。"

西尔维娅捋了捋头发。这让她的眼睛看上去更大，眼白更加白了。"我坐在床上。我想我大概是睡着了。"她说，"没睡多久，只一会儿而已。我不知道。"

艾瑞克看着谢拉。他们的目光短暂地触碰在一起，但西尔维娅注意到了。

"那不是我的错！"她又开始喊，"没人知道这是怎么回事，没人知道。"

更多人来到街上。梅·罗珀站在她家花园边缘听着，眼睛瞪得大大的，写满了好奇。她在吃东西，在别人说话的时候，她的咀嚼动作也慢了下来，好像她需要整张脸都静止不动，才能集中注意力。布莱恩来到她左边，但她伸出一只手阻止了他，以免被阻挡视线。

"你把整栋房子都检查过了吗？"谢拉说，"每个房间都看了吗？"

西尔维娅点了点头，又开始号啕大哭，她痛苦地啜泣着，整个身体都跟着颤抖起来。

谢拉看看四周，目光落在梅身上。"去房子里再查一遍。"她说，"确认一下。"

梅把一只手按在胸口上。"我？"她用口型说道。

"快去吧，梅，动作快点。"

梅急促地跑过社区小路，如同一只没有活力的昆虫，谢拉扭过头看着西尔维娅。现在已经聚了很多人——哈罗德·福布斯和多萝西·福布斯、约翰·克里希、瘦子布莱恩，他们围在西尔维娅身边。这会儿，西尔维娅已经将歇斯底里的情绪控制在了一个范围内，仿佛它是一头必须抓住的野兽。

"告诉我们今天早晨发生了什么事。"谢拉说，"每一件事都要说。有没有见过什么人？有没有和什么不同寻常的人说过话？"

艾瑞克听西尔维娅讲述她这一天的经历，每件事都普普通通。说来也怪，生命中最糟糕的一天往往在开始时并没有什么不同。你甚至可能在心里向自己抱怨这一天太平淡，兴许还盼着能发生点比较有意思的事来打破常规，就在你觉得再也受不了单调的生活之际，就真的发生了一件事，让你的生活变得支离破碎，让你衷心盼望生活从不曾变得如此不同寻常。

"今天早晨，我们走到了街角商店。"西尔维娅双手抱头，仿佛思考太沉重了，她无法承受，"去买牛奶。"

"商店里有没有什么人？有没有你不得的人？"谢拉说，"有没有人跟着你？"

"我们谁都没看到。只遇到了邮递员。我们走出商店，路过松树新月街，还穿过了小巷。天很热，我告诉格蕾丝用不着穿开衫了。"她不再说话，而是抬起头看着谢拉。

"怎么了？你想起什么了？"

"我们见到了一个人。"西尔维娅说，"在回家的路上，有个人停下来和我们说了话。"

"那人是谁？"艾瑞克说，"是你认识的人吗？"

西尔维娅看了看周围每一个人的脸，这才开口说话。她的声音那么轻，轻得如同是在喘气。"是沃尔特·毕晓普。"她说。

"我们和沃尔特·毕晓普说过话。"

他们全都看向十一号，每个人的目光都在十一号逗留了一会儿，才扭回来看着西尔维娅。

"他对你说什么了？"谢拉道。

"他说——"西尔维娅又开始啜泣，在不均匀的喘息之间说出她要说的话，"——他说格蕾丝很漂亮。他说他很喜欢孩子。"

布莱恩又转向十一号。"好吧，"他说，"答案就在那个地方。"

"我们还是不要过早下结论。"艾瑞克感觉他应该尽力让大家冷静下来。现在人越来越多，有的人并不住在社区小路，却也像浮木似的，漂向了危机发生的地方。约翰·克里希正在组织大家分成几个小组，去搜索社区。有人报了警，有人去电话亭给德里克打电话。

"结论只有一个。"布莱恩盯着沃尔特的房子，"我们应该去那里问问他。"

"但不能直接走过去指责他偷走了孩子。"谢拉开口道。她背对西尔维娅，尽力不让她听到他们的话。

"警察就来了。"艾瑞克说，"让他们去处理吧。"

布莱恩用力把手插进衣兜，"你们都知道，他整天坐在公园里，就在露天音乐台边上，盯着孩子们看。他就是个变态。"

"布莱恩说得对，他的确是个变态。我就看到过。"多萝西·福布斯捡起谢拉的茶巾，一边把它叠好又展开，一边说话，"他经常坐在露天音乐台边上。他坐在那儿盯着孩子们看。"

不安的气氛席卷过来。艾瑞克感觉得到，这种情绪在人群中蔓延，让人嗓门变大，眼睛变亮。他尝试告诉他们冷静冷静，好好想一想，但哈罗德咚咚咚地穿过人群，像击鼓传花一样将焦躁不安的情绪传递了出去。

"我现在就过去一趟。"他说，"其他人留在这里，看看有什么可帮忙的。毕晓普呢？他在什么地方？"

哈罗德向十一号走去。布莱恩就跟在他后面。艾瑞克大喊着叫他们不要去，但他明白他只是白费力气。人们也开始移动，紧随故事的脉络，不愿错过一章一节。艾瑞克也去了。他能做的也只有这个了。

沃尔特·毕晓普家的那个前门看起来好像近十年都没打开过。门框上的油漆都已剥落，因为落了很厚的灰尘，黑色变成了单调和没有光泽的灰色。

哈罗德用手掌根部使劲儿砸那扇木门。

没反应。

他又砸了一遍，大喊了几声，还去拉信箱的把手，只是就连信箱的折页都生锈了。

他再次大叫。

透过门上的气泡玻璃，艾瑞克能看到屋里有人影在阳光下一晃。锁链晃了晃，向边上划开，门打开了一条缝，刚好能看到一张布满须茬的脸，脸色苍白，有几处雀斑。

"有事吗？"沃尔特·毕晓普的声音很轻，并不清楚。他说话有些口齿不清，因此说起话来细若蚊呐。

"有个孩子失踪了，是格蕾丝·班尼特。"相比之下，哈罗德的话就如同一根根针，"你知道吗？"

沃尔特摇摇头。艾瑞克能看到他的衣服边缘也是灰白色的。他整个人看起来像是被洗过很多次，都褪色了，仿佛早已放弃不再尝试在这个世界上留下任何印记。

"今天早晨，在松树新月街边上的小巷子，"哈罗德说，"你和她母亲说过话。"

"我有吗？"

"你有。你告诉她你很喜欢孩子。"哈罗德极力控制着怒火，只是他每发出一个音节，怒气都有脱缰的危险。

沃尔特在锁链后面动了动，艾瑞克看到门缝变窄了一点。

"我只是希望对话变得友好一点。"他说。

"友好？"

"人们不都是这样的吗？"沃尔特的额头上渗出了汗珠，"相互问好，夸赞别人家的孩子。"

"可你夸完了别人家的孩子，几个钟头后，孩子就失踪了。"

艾瑞克能感觉到他身后的人们释放出的压迫感。他能感觉到他们都很紧张。他背后的人们在窃窃私语，但艾瑞克知道，只要有一个人的声音加大，其他人便会群情激昂。

"你知道格蕾丝在哪里吗？"哈罗德说。他说得很缓慢，不慌不忙的。

"我真的说不清。"

沃尔特要关门，但哈罗德的脚更快。

"现在大家都在找她。你要不要和我们一起去？"

"我不晓得该从何处开始。"沃尔特的声音中有一丝颤抖，"我不知道她的下落。"

"那你介不介意我们去你家看看？"

哈罗德用一只脚卡着门，艾瑞克能把沃尔特的脸看得更清楚了。他的皮肤有点太苍白了，头发也很长。镜片边缘都是污渍，艾瑞克试图从他在镜片后面的眼睛中找到一丝忧虑，却遍寻不获。他的眼里只有不安和自我保护。

"这里是私人领地。"沃尔特说，"现在请你们离开。"

"除非找到格蕾丝，否则我们绝不走。你最好打开门，让我们进去找找。"

艾瑞克听到小路上传来靴子的踏步声。众人的说话声越来越大。他感觉有人的手肘抵在他的背上，推着他向前走。

"这不行。"沃尔特呼吸很急促，"我请你们离开。"

瘦子布莱恩站在艾瑞克边上。艾瑞克能感到从他身上散发出的年轻人的怒火，这团火闷烧着，噼里啪啦响，正在寻找一个发泄的地方。他还记得曾几何时，这样的怒火也在他心里燃烧，只是岁月将之一点点熄灭，使其变成了他可以控制的东西。

现在的情势一触即发，听到大家的声音，看到身体的推撞，他就能感受得到。他看着门口。

沃尔特不具备任何胜出的可能性。

就在艾瑞克以为大家即将爆发的时候，就在他准备好迎接激愤的群情之际，忽然听到人群后面有人喊了一声。

"警察来了。"那个声音道。

这就好像解开了一个结。众人散开了，人们穿过社区小路，沿着人行道走进小巷。

哈罗德转过身，就在这个当儿，沃尔特砰一声关上了前门。

"刚才真是挺险的。"艾瑞克说，"我担心死了。"

"担心？他偷走了一个孩子，艾瑞克。他妈的他偷走了一个孩子。"哈罗德回头看着大门。

"至少警察在事态演变得不可收拾之前赶来了。"

哈罗德一边离开一边回头看。"走着瞧吧。"他说。

第四十章
格蕾丝：我要去医院

社区小路四号

1976 年 8 月 13 日

———

"我要去医院。"

我对我的父母这么说，我对莫顿太太这么说，每天晚上，躺在床上睡不着的时候，我在黑暗中对自己这么说。

没有人给我答案。他们只是笑笑，或是拥抱我，仿佛我其实根本没说话。有时候，他们拿来糖果或杂志，试图分散我的注意力，而且，每次我父亲说话，总是以"我们一起去"这几个字打头。

"我们一起去看电视吧。"

"我们一起去公园吧。"

"我们一起去玩大富翁吧，格蕾丝。你可以教我。"

他说的这些事我一件都不想干，我只想去看蒂丽。

我母亲在房子里团团转，将焦虑的情绪限制在房子的范围之内。她将焦虑隐藏在她那双瞪得很大、亮晶晶的眼睛后面，隐藏在紧绷和牵强的笑容后面，我很想知道我是否可以再次相信她的笑容。

莫顿太太常到我家来。她和我的父母坐在厨房里，喝茶吃饼干。我也不晓得以前怎么没注意到，但当我不看莫顿太太的时候，她变老了。这肯定发生在我喝茶、看书或是扭头看电视的时候，但我能看出她变了。她的脸上出现了很多皱纹，吃东西的时候下巴分成了好几层。

有一天，他们都坐在厨房里围在桌边轻声说着什么，我决定当面和他们说清楚。

我刚站到门口，轻轻的交谈声戛然而止。我母亲露出笑容，莫顿太太则在极力掩饰眼中的悲伤。

"我要去医院。"我说。

我父亲站起来，"我们去弄点吃的吧？要不要来点快乐天使奶昔？还是你想吃薯片？"

"我想去医院。"我道。

我父亲坐下。

"医院不是孩子们该去的地方。"我母亲笑得更灿烂了。

"蒂丽在医院。"我说，"她也是孩子。"

我父亲向前探身，"蒂丽身体不舒服，格蕾丝。她必须住在医院里，直到康复为止。"

我看到母亲看了看父亲。

"她以前也住过院。"我说，"护士在她的头发上别上金属箔，她后来就好了。"我感觉声音哽咽了，"然后回家来了。"

"我看我们应该让医生和护士去照顾她。"我母亲小心翼翼地说着，"他们要查明情况如何。"

"她的血液有毛病。"我知道我的声音肯定变大了，不然雷明顿怎么会走过来坐在我脚边，"我们必须去把这事告诉他们。医生和护士八成都不知道呢。"

"他们知道，格蕾丝。"莫顿太太说，"他们只是在想办法阻止。"

我注视着他们三个人，他们也盯着我，三个成年人构成了一堵墙。

"我要去医院。她是我的朋友，我有个礼物送给她。如果你们的朋友住院了，你们也会想去看望他们。"

莫顿太太把杯子放到茶盘上，她的动作极为缓慢。她看着我的父母。"我想，"她说，"有时候，最好让孩子们亲身去体验一下，不然的话，他们就会胡思乱想。"

我父亲点点头，跟着看着我母亲。

这下所有人的目光都落在我母亲身上。

"那好吧。"过了一会儿，她说，"不用管我怎么想。你们认为什么最好，就去做吧。"

"好，那我们走吧。"我父亲道。

我母亲露出失望的表情。她早已习惯别人曲解她的话了。

chapter

第四十一章
布莱恩的阅读障碍症

排水管

1976 年 8 月 13 日

———

"邮件到！"凯西将一摞信件丢到谢拉·戴金的膝盖上，跟着，他的脚踏车就消失在了车库一角。

"你这孩子，凯西。"谢拉猛地睁开眼睛，在躺椅上向前探身，"早晚被你吓出心脏病。"

有个白色信封很有意思，上面的字是打字机打出来的。她抓住白色信封，任由其他的棕色信封滑落到草地上。布莱恩俯身把那些信拾起来。

"别费劲了，布莱恩。"她说，"就算我把它们弄丢了，供电局也有的是同样的信封，再给我寄一次。"

她看看那些空躺椅，"真安静啊！"

布莱恩向后靠去，"哈罗德走了。他说他不再确定这是耶稣。他说我们可能只是在自己愚弄自己。"

谢拉望向基督，眯起眼睛，"其他人呢？"

"多萝西刚才还在，可后来她说她很担心蒂丽，还说再也不能面对耶稣，只好回家躺一躺。"

"有什么消息吗？"

布莱恩摇摇头，只是盯着地面看。

"可怜的小家伙。"谢拉坐得更直了，将双腿搭在轮胎上，她现在把它当成了脚凳。"我太心疼她了。等你有了自己的孩子，就明白了。"

"这个机会并不大。"布莱恩哈哈笑了，只是眼睛里没有笑意。

她看着他，他是那么瘦，那么不安，虽然已是个成年男人，却从未能摆脱青春期的难看肤色，就连凯西都比他更有自信。

"在太迟之前，你会想要搬出二号的。把围裙带弄断吧，布莱恩。"

"她把结系得太紧了。"他说，"我解不开。"

谢拉摇摇头，又看那个信封。"我想这是镇议会寄来的。"她说，"是做义工的事。玛格丽特说我一定会喜欢。"她把信交给布莱恩，"给我念念，好吗？我没戴眼镜。"

信封还在她手里。

她看了看他，"布莱恩？"

"用不着现在看吧。"他说，"它又不会到处去，不是吗？你待会儿再看吧。"

"但我现在就想知道里面说了什么。"她又把那封信向前递了递，"我想知道他们要没要我。"

他看着她，说："我不能，谢拉。"

"不能？什么意思？"她看到布莱恩从脖子一直红到了脸。布莱恩看看躺椅，看看排水管，又看着他的脚——只是不看她的眼睛。

"布莱恩？"

"我不能。"他说,"真的不能。"

"你这个傻瓜,你以前怎么不说?"

布莱恩站在排水管边上,正在抽从谢拉那里拿来的烟卷,虽然他早就戒烟了,而且在刚抽烟的十分钟里,他连话都说不出来,只是不停地咳嗽。

"怎么解释?"他说,"我怎么能向别人说起呢?"

"他们会理解的,布莱恩。"

"他们只会知道我是个笨蛋。"他说,"他们只会明白我是个大蠢货。"

"你一点也不蠢。你肯定能读懂一些吧?总有些能看懂吧?"

"能看懂一些。"他又吸了一口烟,"但是那些字母在纸上飘动着,我不能按照正确的顺序把它们读出来。它们总是混在一起。"

他看着她,她这才意识到自己一直在盯着他看,"看到了吧,就连你也不理解。你也以为我是个白痴。"

"我没有,布莱恩。"她看得出他的挫败感转化成了愤怒,"我是在尝试理解,我真的在尝试。"

"玛格丽特·克里希就能理解。"他最后吸了一口烟,"她一直在帮助我。"

"她怎么帮你?"

"我们都约好了。"他说,"她教我阅读。她让我去图书馆借本书,借一本封面是我喜欢的。"

"噢,布莱恩。"谢拉把信放下,站起来,"为什么你迟迟不肯坦白?你为什么不早点告诉我们?"

"是我妈妈。她说这算不得大事。"他看着谢拉。那是孩子才有的目光,是没有任何怀疑的目光,"她说了,要是我想看什么,她随时都会帮我。"

他丢下烟头,用靴子在碎石路上将其捻灭。"我怎么能告诉别人呢?那太丢脸了。"他举步离开,"你们一定会以为我是个怪人。"

chapter
42

第四十二章
病重的蒂丽

社区小路四号

1976 年 8 月 15 日

———

"你不能到病房里去，你知道吧？"我父亲说。

我说："是的，我知道。"因为这话我已经听了四遍了。

"他们不希望蒂丽感染到你身上的细菌。"他说，"他们希望所有东西都保持干净。"

"我很干净。"我说。

"非常干净。"他拿起车钥匙。

我母亲站在门口，用手指敲着门框，说："但愿这件事赶快结束吧。"

我从没来过医院，出生时除外，不过我认为那不算数。医院在镇子边缘，医院大楼是一栋很长的建筑，呈波浪状，可以看到在这栋蛇形建筑的另一边还有很多其他建筑，毕竟有越来越多的人手头拮据，却又不得不找个地方安身立命。

我们把车停在距离入口很远的地方，然后穿过停车场，我母亲把双臂横抱胸前，我父亲双手插在衣袋中沉思着什么。我们终于来到主走廊，却根本不知道接下来该往哪里走。到医院这种地方，我觉得一眼就能看出哪些人在这里工作，因为他们穿着不会发出声音的鞋子，走路永远是目视前方。其他人要么是看悬挂在走廊里的标志牌，对着地图指指点点；要么就是跟着刷在地板上的小箭头走。

"这边。"我父亲说，我们沿一条很长的走廊走到尽头，那里挂着很多花卉画，有很多穿着无声鞋子的人。儿童病房在一个走廊的尽头，病房外面的墙上挂着跳跳虎的图片。

"蒂丽肯定不愿意看到这幅画。"我说，"她不喜欢跳跳虎，觉得它太闹腾。"

我父亲在和护士台后面的护士说话，那个护士的视线越过我父亲的肩膀，落在我身上，她笑了笑，冲我点点头。

趁他们说话的当儿，我四处转了转，却没看到蒂丽。

我原以为儿童病房会很吵，那里的孩子都在玩游戏，还有很多彩笔和漫画书。我以为住在那里的孩子会大喊大叫，就跟在学校里一样，只是没有老师，而是有一大群护士。但我以为的这些一样都没有。孩子们躺在窄小的床上，父母们坐在靠近病床边的椅子上，有睡着了的母亲还把手搭在小床上。只有一个小女孩坐在一张桌边画画。她扭头看到我，冲我笑笑，我看到她的鼻子里插着一根管子，这根管子还绕在她的耳朵上。

我回到母亲身边，抱住她的腿。

她则搂着我的肩，说了句"我明白"，然后注视着我父亲的背影。

那个护士带我们走到另一个走廊，我们经过了更多的画、巨大的水槽，以及放在金属笼中的一摞摞毛巾。

我看到父亲在看母亲。

"这边。"护士说，"蒂丽的母亲去食堂了。"

我快走几步想到她身边去。

"我知道我不能进去。"我说，"但我有个礼物送给蒂丽。"

我们在一扇门前停了下来。门上有个牌子，上面用醒目的大写字母写着"请清洗双手"，仿佛是在冲每个人大喊。

"我们不能带任何东西进去。"护士说，"有感染的风险。"

"可这很重要。"我的声音很尖，还有些颤抖。

"或许你可以等蒂丽好点之后再交给她？"我父亲看着护士说。

我看到护士看了我父亲一眼。"那好吧。"她依然看着他说，"到时候再送给她。"

我把礼物交给她，她顺手放进了衣袋中。

病房门一侧有一扇大窗户，没拉百叶窗。只是窗户太高了，我父亲只好把我抱起来，好让我能看到里面。

病房里没开灯，一开始，我什么都看不清。我看到了一张病床，角落里有个水槽，但其他的一切都掩藏在黑暗中。等我的眼睛适应了，那些形状才开始显现出来，我意识到自己一直看着的正是蒂丽所在的地方。

她没戴眼镜，也没戴圆头绳，看起来那么瘦小，脸色很苍白。那张病床似乎要把她一口吞下。她的头枕在枕头上，显得那么小，两只手紧紧抓着毯子，如同是在尽全力抓住这个世界。

她闭着眼睛，我却还是向她挥了挥手。我挥得越来越用力，感觉好像只要我的力道够大，她就一定能听到，并睁开眼睛。

我大叫着她的名字。

"别喊，格蕾丝。"我父亲说。

我又喊了一遍，跟着又喊了一遍。

"醒醒，"我喊道，"醒醒，醒过来，醒过来。"

"格蕾丝！"父亲把我放下来，"这里是医院，你不能大呼小叫！"他冲我喊道。

"那个人不是蒂丽。"我说，"如果她是蒂丽，知道我来了，她就一定会醒过来。"

护士在我身边蹲下，"她很虚弱，格蕾丝。她的身体太虚弱了，现在醒不过来。"

"你懂什么？"我喊道。

我站起来，开始狂奔。我从那些画、水槽和毛巾边跑过，父母追在后面，我们跑到了主走廊上。

"蒂丽不能消失。"我叫道，"你们不能让蒂丽消失。"

母亲停下脚步，我听到她的声音在走廊里回荡。

"我早告诉过你这主意不怎么样，德里克。"她喊道，"该死的，我早告诉过你了。"

所有穿着不出声鞋子的人都转过身，瞪大眼睛看过来。

43
chapter

×

第四十三章
格蕾丝的祈求

排水管

1976 年 8 月 15 日

———

我坐在耶稣面前的碎石路上。

我们刚一回到家，我就出来了。母亲希望我待在家里，但父亲说，我最好去宣泄一番。

我不晓得该宣泄什么，但我觉得去见见耶稣或许会有帮助，不过我现在都和他说了十分钟的话了，也没感觉有什么不同。

福布斯先生收走了所有躺椅和牌桌，唯一证明我们来过这里的东西就是谢拉·戴金的一只拖鞋，这会儿，它就立在车库远端的那面墙上。

我凝视着耶稣，说："你为什么要让蒂丽消失？"

他用那双木馏油的眼睛望着我。

"我本来还以为找到你之后，就能让所有人都平平安安的。我还以为只要你在这里，就表示我们都能留在我们属于的地方。"

午后的阳光从车库一侧照射过来，将耶稣和排水管笼罩在金色的光芒下，阳光渐渐移到屋顶，一只蜘蛛在阳光下来来去去地织网。

蒂丽喜欢蜘蛛。她说蜘蛛很聪明，有耐心，又很温柔。她不明白为什么别人都这么怕它们，我真想她来看看这只蜘蛛。可惜蒂丽不在。

此时此刻，我唯一的体会，便是蒂丽曾在我生命中占据的空间，已经变得空空荡荡。

耶稣只是看着。他身体的边边角角都模糊了，脸的边缘已经瓦解消失了。

"请你不要让她离开。"我说。

只是耶稣看起来和所有人一样，很可能也将消失不见。

44
chapter

第四十四章
克里希太太的信

社区小路四号

1976 年 8 月 17 日

———

　　我们坐在前厅——我、父母，还有母亲为我做的那碗快乐天使牌速溶奶昔。

　　"不想吃吗？"她说。

　　我呆呆地望着窗外，"我还不饿。"

　　我能看到戴金太太坐在躺椅上，艾瑞克·兰姆正在他家的前花园里修修剪剪，福布斯太太拿着一把扫帚在她家的碎石小路上走来走去。感觉一切都不曾发生改变，这个世界依然照常运转着，尽管其中的一小部分已然逐渐凋谢了。

　　"来看看邮购目录吧。"我母亲说，"你以前最喜欢看了。"

她尽力了。她翻开页面，指指这个，又指指那个，试着拿模特来说些笑话，为我们所有人挑选理想的礼物。

这会儿，我们看到了我用笔画的绿色圈圈，她看看我父亲，说："格蕾丝，你很喜欢这双凉鞋吧，那就买一双。"

我抬起头注视着她。"我们买不起。"我说，"我们很穷。"

"反正是分期付款，四十八个礼拜，每周只要二十五便士，轻松得很，我们负担得起。"她搂搂我的肩膀，又指指我画的那条绿色的线。

我瞧瞧那双拖鞋。"老实说吧，"我道，"我觉得这双鞋一点也不适合我。我还是穿我的凉鞋好了。"

母亲将头发从我的脸上拨开，露出了灿烂的笑容。

"警车来了。"我父亲说。

我们听到发动机的轰鸣声和关车门的声音，我父亲便走到窗边去看是怎么回事。

"是希斯洛普探长和另一个警察。"我父亲说，"他叫什么来着？"

"格林？"我母亲说。

"对对，就是格林。"

我母亲抬起头。"你觉得是不是他们找到玛格丽特了？"她说。

"不知道。"我父亲又把窗帘拉开一点，"不过大家都在外面。"

我母亲站了起来，《凯斯公司邮购目录》掉到了地毯上。

等到我们来到外面的时候，希斯洛普探长的身边已经围满了人。

每个人都在问问题，有福布斯太太、梅·罗珀，还有穿着塑料夹克的瘦子布莱恩，多萝西·福布斯挥动着手臂，显得非常歇斯底里。格林警官正在尽力让人们安静下来，希斯洛普探长则手掌向外，在所有人都闭嘴前，拒绝睁开眼睛。卡普尔夫妇站在他们的门阶上，不明就里。

"请各位把路让开，我要找克里希先生谈谈。"希斯洛普探长道。他试着向八号走去，只是众人见他走，也跟着走起来，活像是一片由好奇心组成的湖泊。

约翰·克里希站在人行道的边缘。只有他一言不发。

"你有什么要告诉我的，就在这里说吧。"他道，"当着大家的面说。"

他的话似乎比希斯洛普探长或格林警官的话管用多了，众人立马安静下来。

探长扫视过每一个人的脸，跟着，扭头面对格林警官，后者只是耸耸肩，从前胸衣兜里拿出一个笔记本。"那好吧。"他说。

他停顿片刻，我们也都不出声，屏息凝神等待着。"我今天来这里是为了通知你，你妻子与警局取得了联系，确认她目前平安无恙。"

所有人似乎同时恢复了呼吸，只是听来好像大家都是在倒抽气，而不是长出一口气。

"我就知道。"克里希先生说，"我早就告诉过你们了，是不是？我早就告诉过你们她还活着。"

没有人回答。大家都陷入了沉默当中，但我好像听到后面有个人说了句"我的天哪"。

"她现在在什么地方？"克里希说，"她有没有告诉你们她为什么离家出走？"

"我相信她说过，她有很多心事。"希斯洛普探长说，"她用到了时下女性很喜欢的一个时髦词。是什么来着，格林警官？"

格林警官翻查了一下笔记本，说："她说她需要'解决个人问题'，长官。"

"没错。"希斯洛普探长摇摇头，"解决个人问题。"

这次我真的听到有人说"我的天哪"。

"噢，她要求我们将这个转交给你。"希斯洛普探长说。

格林警官交给克里希先生一封信。

探长看看大家，"她说你们都明白。"

克里希盯着信封，我们则盯着他。希斯洛普探长和格林警官向警车走去。

"她有没有说，"克里希先生喊道，"她会不会回家来？"

"噢，我相信会的，先生。"探长打开巡逻警车的后门，钻了进去。

格林警官发动了车子，希斯洛普探长摇下车窗，看着我们所有人，说："但她表示，她希望先去警察局和我们谈一谈。"

我们望着警车在社区小路上驶走，拐过弯不见了。四下里静悄悄的，车子走远后过了很久很久，发动机的轰鸣声似乎依然在回荡。

克里希先生依旧站在那里，手臂伸出，手里拿着那个信封。

"约翰，你不拆开看看吗？"福布斯先生说。

克里希先生将信封翻过来，说："正面写着'社区小路'。"

"这么说是给我们所有人的了？"谢拉·戴金问。

克里希先生点点头。他拆开信封的边缘，拿出一张纸。他看了看，跟着眉头紧锁地抬起头来，然后又低头看了起来。

"怎么样？"谢拉说，"信上说了什么？"

"没弄明白。"他又看了一遍。

"看在老天的分上，伙计，你倒是快说呀。"哈罗德道。

克里希清清喉咙，读了起来："上面写的是《马太福音》，第 7 章，第 1~3 节。"

我们都等待着。

"没啦？"谢拉·戴金问。

"这是什么意思？"福布斯先生挥了挥手臂，"那个女人打的什么哑谜？"

福布斯太太和罗珀太太望着彼此，然后她们两个人异口同声地说了起来。

"不评判别人，才不会被他人所评判。"她们说道，如同二重唱一般。

45
chapter

第四十五章
末日到了

社区小路十二号

1976 年 8 月 17 日

———

谢拉·戴金猛地打开食品室的门，将架子上的马口铁罐全都翻了下来。

"妈妈，你在干什么？"

她知道酒瓶里没有酒了，却还是重新看一看为好。不管是什么时候，重新检查一下都是值得的。有时候她忘了把瓶子放在什么地方。但机会还是有的。

贝壳形意大利面散落在了地板上。

"妈妈！"丽莎站在门口，头发被一条毛巾包着。

"我在找东西，丽莎。"

没准水槽下面有一个。她依稀记得曾把什么东西放在那下面了。或许吧。她从丽莎和熨衣板边上挤了过去。

"82度。"谢拉指指窗台上的温度计,"他妈的82度。这鬼天气都把人热昏头了。"

她蹲伏在地板上,把手伸进橱柜里,那里一罐罐的擦亮剂和一瓶瓶的窗户清洁剂犹如撞柱游戏用的小柱。

"妈妈,到底发生了什么事?"

谢拉回过头,"玛格丽特·克里希,这就是发生的事。玛格丽特·克里希要回来了。"

"那不是好事吗?"丽莎道。

"不不,不是好事,一点也不好。"谢拉又面对橱柜,"因为她不是独自回来的。"

"不是独自回来?"

"不是,丽莎,不是的。"一罐西恩先生牌清洁剂滚过油毡地毯,"她带着我们所有的秘密回来了。她知道很多秘密。她知道所有事情。"

"就是这样。我们都完了。"多萝西·福布斯出现在门口,双手伸向天空。她穿着深褐色的衣服,有点歇斯底里。

"噢,上帝,多特。我是罪有应得。"

多萝西肯定是跟着她从社区小路走过来的。

"告诉你吧,谢拉。这话从一开始我就说过。那个女人肯定会知道的。我们这些人的末日到了。"

"多特,别这么夸张。"谢拉坐在一块布瑞罗百洁布上,"我们必须好好想想,我们得把故事说圆了。"

"我甚至都不晓得我的故事是什么。每次想,我的脑子里就一团糟。"

丽莎把毛巾从头发上拿下来,注视着她们两个。"你们都疯了。"她说完便转过身,咚咚走上楼梯,随后脚步声在天花板上方响起。

谢拉摇摇晃晃地站起来,伸手去拿烟。当她回过头的时候,多萝西正在从地板上捡起那些瓶瓶罐罐，将它们重新放在橱柜里。

"多特，你别再收拾别人的房子了。你这样子都要把我逼疯了。"

"我控制不了我自己。"多萝西伸手去够餐桌下面的一瓶漂白剂，"我太紧张了。"

"我们必须保持冷静。"谢拉拿着烟，在油毡地毯上走来走去，"我们得将碎片组合在一起。你都对玛格丽特说了什么？你到底对她说了什么？"

谢拉等着回答。她能感觉到她的心脏在扑通扑通地跳，连脖子上的血管都剧烈跳动着。

多特望着她，眨巴眨巴眼睛。

"多萝西？"

"你刚才问了我什么，谢拉？"

这会儿，脉动传遍了谢拉的整个身体，她感觉腹部七上八下，胸口似被拉扯，脑袋像是遭到了重击。她看着多特把茶巾折叠起来。

先向这边折叠，再向那边。那块茶巾在她手里被颠来倒去地折叠着。

"你别再叠那条该死的茶巾了。"

"我控制不了。这是我的习惯。"多萝西说，"我甚至都意识不到我在这么做。"

谢拉吸了一口烟，"反正你不该叠茶巾。反正根据沃尔特·毕晓普所说，你不该这么做。折叠茶巾会滋生细菌。"

她折叠的动作停止了，把茶巾放到滴水板上。

谢拉死死盯着茶巾。厨房里悄无声息，但在她思考的时候，钟表在嘀嘀嗒嗒地走着。她又看看那块茶巾——折叠着放在滴水板上。

"沃尔特·毕晓普从来都不折叠茶巾。"她说。

多萝西眨眨眼睛。

"但你会这么做，多特。是不是？"

没有回答。

　　"多萝西?"她说。

　　多萝西·福布斯看看那块茶巾，又看看谢拉。她的眼睛瞪得老大，眼神里写满了悲伤。

　　"整条社区小路上的人都希望他滚蛋，谢拉。你们都这么说。那么做是成全了所有人。"

　　她没有得到回答。谢拉·戴金这辈子仅此一次无话可说。

46
chapter

第四十六章
莫顿太太抱走了格蕾丝

山梨树园路三号

1976 年 8 月 17 日

——

莫顿太太放下听筒。

她还以为是蒂丽的事，其实是梅·罗珀拿着一堆两便士硬币，站在一个电话亭里，通知众人关于玛格丽特·克里希的消息。她估摸除了给她打电话，她还有很多人要通知。

社区里一向都是这样。一群人因为无聊和好奇凑到一起，散布其他人的痛苦遭遇，就好像那是一个包裹。欧内斯特死的时候就是这样。葬礼之后也是如此。

她回到客厅，坐在椅子上，拿起正在编织的毛衣，即便缠绕在编织针上的毛线一直在等着她，她却无法安下心来继续织毛衣。她只好站起来，重新摆了摆靠垫。她把窗户又向外推了一点，将脚凳挪开，但还是没什么用。静谧的感觉不见了，取而代之的是深深的不安。她并不肯定这是因为梅·罗珀声音中夹杂的上气不接下气的期待，还是因为她感觉到最近的每一天，往事都浮现在当下，又或者这二者都不是真正的原因。或许真正的原因是那种感觉——她感觉她失去了什么，丧失的东西与深深烙印在她记忆中的那一天息息相关，等着她去发现，去想起。

1967 年 11 月 7 日

壁炉架上有 22 张卡片。

莫顿太太数了数，虽然她知道这个数字与三个小时前相比并无变化。那些卡片排列在她去年从兰迪德诺带回来的盘子和他们的结婚照之间的对角线上，诚挚地将她的生活拼接在一起。

餐桌上还有很多张卡片，玄关处的电话座架上也有一些，但她没那个心情去打开它们。毕竟卡片里的内容千篇一律，如同一条无穷无尽、意味深长的瀑布，充满了深深的哀悼。通过人们选择的卡片，就可以知道他们是什么样的人。有的中规中矩，上面有百合花和蝴蝶，写的内容也很简单。还有的卡片暗示是一股更大的力量在发挥作用，图片是日落和彩虹，群山连绵起伏，岩层结构很有意思。当然还有宗教题材的卡片，那上面暗示你虽然承受了痛苦，却会得到好报，用螺旋形状的金色笔迹告诉你上帝看到了你的痛苦，因为当上帝开口说话的时候，似乎只用装饰过的字体。

"在患难之日求告我，我必搭救你。"一张卡片上这样写道。

比特阿丽斯·莫顿并不肯定她会不会得到搭救——不是从绝望和痛苦中搭救出来，而是从羞辱中将她搭救出来。

她坐在屋里，窗帘拉着，不过十一月的微弱阳光还是穿透窗帘将阴影一扫而空。窗帘已经有两个礼拜没拉开了，让整栋房子看上去既不失落，也不欢欣。警察一离开，她就拉上了窗帘，拉窗帘时，她看到警察沿着小径走远了。那是个很害羞的年轻人，对于如何通知妻子她的亡夫在奇西柯立交桥和高速公路服务区之间接了一位女性乘客这件事，显得有些手足无措。她希望能让他自在点，很想告诉他她早就知道有这么一位乘客，过去的十五年她一直生活在那个女人的阴影下，费尽心血在有她这个存在的前提下塑造自己的生活。她很想再给那个警察一杯茶，让他们之间的谈话来得轻松些，好叫他们两个一起熬过这尴尬的气氛。只可惜那个警察有很多内容要谈，只有将那份清单里的项目都完成了，他才能离开那杯没动过的茶和他所坐的座位边缘。

"欧内斯特甚至都不喜欢新探求者乐队。"她说道，试图找出一个漏洞，仿佛这样能使他死而复生。

警察轻轻自喉咙深处发出几声咳嗽，并且解释说那个女性乘客活了下来。不只是幸存，状态还不错，她此时就坐在皇家伯克郡医院的急诊室里，用塑料烧杯喝着茶，向他的一个同事描述当时的状况。

"我很抱歉，"他说，"不过她并不肯定他这声抱歉是为了她丈夫的死，还是为了她丈夫的情妇没死。"

她看着他离开，她知道。她知道那天晚上，在吃晚饭的时候，他会向后靠在椅子上和他妻子说起这件事，将她生活中的细节连同每一口饭一起咀嚼。转天，他妻子会坐在发廊的椅子上，说"我跟你说件事，但你不能告诉别人"，那个理发师将梳子叼在嘴里，用艳色塑料发卷把头发卷起来，琢磨着该把这件事第一个告诉谁。这样所有人便轻而易举地知道了她费尽心神保守的秘密。

阳光照射在窗台上，腐烂的鲜花被这么一晒，那股气味飘到了整个屋里。整栋房子都笼罩在欧内斯特死亡的阴影下。到处都是花，花瓶里、果酱罐里，还有陶土罐里。叶子还挂在脆弱的花茎上，花瓣早已坠落到地毯上，显得那么庄严。她是该把花瓣都收拾干净，将脏兮兮沉滞的水都倒掉，免得屋里一直弥漫着一股淡淡的腐朽味，但她没那个精力去收拾，去重新开始。这样的糟糕局面打从一开始也不是她主动要求的。

花就放在门阶上，或是由一个坐着红色面包车、和蔼可亲的女人送来。没有人到房子里面来。在事故发生的三天后，谢拉和梅走到她家门阶上，她们这么做不过是受了好奇心和半瓶雪莉酒的驱使，然而，当她们发现寡妇穿着一件米色开衫后，一句话也没说，就讪讪地消失了。她们当然不会说起死去的丈夫，也不会说起死去丈夫的情妇。她们想知道她在这么个情况下过得怎么样，但她甚至都不愿意和自己讨论当下的情况，更何况是在面对谢拉那充满期待的眼眉和梅那上上下下的喉头了。

然而，葬礼代表她满足了他们的好奇心。葬礼如同一场盛宴，将她的愚蠢呈现在所有人面前，每一丝痛苦都被展露无遗，每一句欺骗的谎言都暴露在光天化日之下，她晓得，不管她在未来选择做什么，她将永远被置于今日的愚蠢之下。当人们开始抽泣，她也没转过身来。十五年了，她一直面冲前方，此时此刻，她更不能别转目光。

她必须去采购，但每次离开房子对她来说都是一段艰辛的旅程。她只走人最少的路，选择最安静的时间，却依旧感觉自己暴露在别人的好奇之下。她知道，她生活在这条街上，就会开启人们的对话，如同打开了一长串圣诞树小彩灯。只要她走出听力范围，他们就开始剖析她的不幸和荒谬，用尖刻的语言拼命责骂。

她从一家商店走到另一家商店，尽可能保持安静，像一个饱经折磨的人。

卖菜铺子的那个女人握住她的手。"现在感觉怎么样了？"她说着，把脑袋歪向一边，秀眉紧皱，仿佛莫顿太太是一个需要解决的谜题。

"我想要一磅番茄，"莫顿太太说，"还要一颗你这里最好的卷心菜。"

她其实也不知道她的感觉如何，或是应该有什么感觉。她现在恢复正常了吗？她现在的感觉适当吗？毕竟她从未死过丈夫。她在一定程度上觉得她应该更伤心才对，每天早晨她都等待着，准备好接受难过如潮水般涌来。但那份痛苦从未到来。她只是感觉受到了搅扰，很不愉快。这就好像她正在进行一场她为自己策划的旅行，却被迫改变路线，她甚至都不肯定，她的震惊是因为失去了欧内斯特，还是惊讶于必须改变她的旅行安排。

她穿过商业街，来到商店比较少的那一边。人们的目光依然落在她身上，只是相隔了一条马路，她应付起来就容易多了。商业街的这一面有几家银行和一个理发店，还有一家婴儿服饰店。那家店正在促销，红白色的横幅在每一个橱窗里向她呐喊。

"比特阿丽斯！"

她只顾着看街对面鞋店的跳楼大促销，差一点就撞到多萝西·福布斯。

"你怎么样啊？"多萝西说这话的声音大得整个人行道上的人都能听到。

"我不会抱怨。"她说。

"为什么？"多萝西看起来很是失望。

"一点好处也没有，不是吗？"莫顿太太强挤出一个笑容，但她不确定寡妇能不能笑，是不是适当，所以这个笑演变成了覆盖半张脸的怪异苦相。

"这话倒是不错，只是现在这么个情况。"多萝西道。这句话的后半句回响了一段时间，才慢慢消失。大家都说"情况"，却没有人愿意具体说是哪种情况。

莫顿太太说了句"恕我失陪"，便试着绕过多萝西那辆购物车上很大的花格子呢活门。

"葬礼办得不错。"多萝西微微向左边移动了一点,"在很大程度上可以这么说。"

多萝西的门牙上粘着一块橘色口红渍。她说话时嘴唇的动作很快,橘色因此变成模模糊糊的一团。

"提醒你一下吧,《诗篇》第二十三篇和管风琴的开场歌都糟透了。"

她被困住了——一边是手推车的轮子,另一边是商店的门口,以及多萝西·福布斯那橘红色的同情。

"太令人震惊了""太叫人担心了""太尴尬了",这都是多萝西说的话。

"恕我失陪。"

"你知道有她这个人吗?"

"我必须走了。"

"哈罗德说她不是本地人。"

"我真该走了。"

"她和欧内斯特的关系肯定很亲近吧?所以才这么难过。"

"我要进去买点东西。"她说。她钻进商店大门,将那些问题关在门外,她透过玻璃望过去,只见多萝西的脸上浮现出失望的表情,显得很挫败。

这里是那家婴儿服饰店。

她以前从未来过。店里弥漫着羊毛和毛巾的气味,只有孩子才会有这种干净、未被损害和未经破坏的气味。柜台后面的女孩抬起头来笑了笑。她很年轻,似乎还没到该有孩子的年纪,但莫顿太太知道她已经失去了判断别人年龄的能力。她的晴雨表随着时间的推移已经坏掉了,唯一的调整标准就是她的固有印象。那个女孩又开始叠东西。她没有带着饶有兴味的目光看莫顿太太。没有评价,没有建议。或许是因为自己已经走远了;或许是因为那些窃窃私语没能穿透这里的尿布和襁褓。

她的目光扫过一排排货架。每个货架上都摆满了慰藉，每一样东西的作用都是安慰、包裹和搂抱。就连色调都能让人心情平静：淡灰蓝、粉嫩红、柔和的淡杏黄色。这里远离吵嚷的人群，可以让人长嘘一口气，感觉不管是什么事情，最终都会过去。宁静感折叠在披肩和被子里，隐藏在无声钩针编织物的线中。

"你的商店很漂亮。"她说。在过去的两个礼拜里，这是她头一次说起死亡以外的话题。

那个女孩抬起头，又笑了笑。

"这里很宁静。"莫顿太太说，"可以叫人平静下来。"

女孩一直在折叠。她在将毯子装进塑料袋里，她这么做的时候，塑料袋发出轻轻的哗啦声："当然了，如果不哭的话，婴儿可以说是这世上最平静的人了。"

她有些爱尔兰口音。

"你不是本地人？"

女孩一边折叠一边笑。这是个久经练习的微笑。"不是。"她说，"我是个外来者。"

"我不这么认为。"

女孩抬起头，眼中闪过一丝难以置信："但我这么认为。这个镇子一遇到超出正常之外的事，就会紧张不安，甚至都不能接受食物上的新花样。"

"你这话倒也不假。"莫顿太太走到下一个过道。那里有很多毛线球，堆成金字塔形状，还有一排排编织图案。适合婴儿衣服的编织图案应有尽有，没有你找不到，只有你想不到。

"所以我才喜欢和孩子们在一起。"女孩说，"他们看到的只是你这个人，不会注意你的各种背景条件。"

莫顿太太认识的孩子不多。有丽莎·戴金，不过她现在都上学了，渐渐被塑造成了缩小版的谢拉。格蕾丝·班尼特快一岁了。她常在社区里见到格蕾丝和她母亲，她们会停下来和她打招呼，只是西尔维娅每每都看起来非常疲倦，仿佛刚刚睡醒。莫顿太太望着编织图案上的图片。那上面的好几个婴儿都在看着她。脑袋圆圆的，很光滑，像一颗鸡蛋，眼睛里只有纯真。此时此刻，她正需要这个——眼神中没有判断，不会刨根问底。或许她该找个人陪陪，这个人看着她的时候，眼里不会只有一个愚蠢的老女人，那样的话，她或许就能记起曾经的自己是什么样了。

"你想要什么吗？"女孩问，"想买一份礼物？"

莫顿太太回头看看那些照片。"是的。"她说，"我要买一份礼物。"

"男孩还是女孩？多大了？"

"女孩。快一岁了。"她经过货架上能缓解她痛苦的东西，走到柜台，"她叫格蕾丝。"

她拿着一个柔软的玩具象走出商店。它的耳朵很大，是奶油色的，内衬天鹅绒，眼睛是缝上去的，眼神很庄严。她把玩具象塞进背包，放在卷心菜和一磅番茄下面，生怕人们看到后认定她终于还是不可避免地发疯了。

在她离开的时候，门上的铃铛响了。

"再见，莫顿太太。照顾好自己。"女孩在柜台后面说。

她皱起眉头，本想回答，那个女孩却又开始折叠毯子了。

这会儿是午饭时间，社区里悄无声息。她一个人都没碰上。这种孤独真是天赐的好运，这样她才可以向前看；而换作平时，她只能一直低着头，望着人行道上自己的双脚。她望着大树，这会儿，十一月的天气为树叶染了颜色，她抓住那些叶子，仿佛那是孩子的小手。再过几天，冬季就要来临，让夜晚变得漆黑一片，她只剩最后一点机会来眺望彩色粉笔画一般的云，苹果绿的草坪。过段日子，寒冷就会席卷大地，将这些色彩都带走。

社区小路很安静，各家各户的窗户后面都空空荡荡的，没有半点声音。

人们不是在工作就是在吃饭，或是到别处去打发时光了。莫顿太太悄无声息地走过一栋栋房子。她走过谢拉·戴金的家，丽莎的玩具散落在草地上，如同一个个受伤的步兵，有风吹过，一扇没关紧的花园门的门闩被吹得咔嗒咔嗒响。在路对面，多萝西和哈罗德家安静无声的车道整整齐齐的，肯定是天还没亮，多萝西就拿着扫帚把碎石路清扫干净了。

她在格蕾丝家外面停下系鞋带，一边系还一边向社区小路其余的地方张望。她想知道是否有人在看她，是否有人藏在影影绰绰的草地后面，打量着她，可当她转过身，只见到每所房子都摆出一张扑克脸，什么都看不出来。

格蕾丝家就在多萝西家的另一边，有整齐的草坪、精心打理的花坛，只是和福布斯夫妇家的花园一比，任何花园都显得有点差强人意。莫顿太太走过德里克一般用来放车的空地，经过食品室和走廊的气泡玻璃，以及放在厨房窗台上的一排植物，来到后门，在这个夏天的酷暑中，门上的油漆都起了气泡，开始剥落。

后门半开着。她敲敲门，门又打开了一点，她能看到婴儿车的轮子，格蕾丝坐在上面乱踢藕节一样的小腿。

她问："有人吗？"

她把门又推开一点。

她又问："有人吗？"

她走了进去。

厨房笼罩在下午一两点的阳光下，弥漫着温暖和剩余食物的气味。一个水龙头里缓慢而不断地滴着水，水落进水槽，窗台上放着的收音机里播放出断断续续的音乐。

只有格蕾丝一个人。

　　她看到莫顿太太，便哈哈笑了起来，挥舞着小拳头，又猛踢短短胖胖的小腿。你会情不自禁地也对她笑。这是必然的。格蕾丝似乎意识到她能使人高兴，又呵呵笑了起来，弄得一张小脸上都是皱褶，还挥动手臂，到最后，婴儿车都随之兴奋地摇晃起来。莫顿太太感觉到她的脊柱舒展开了，肩膀不再紧绷，她大大地松了一口气，整个肺部的空气都被掏空了。

　　她把手伸向水槽，拧紧水龙头。

　　等她回过头来的时候，格蕾丝在婴儿车上倾斜着身体，正笨拙地要往敞开的后门移动。

　　"怎么啦？"莫顿太太说，"你想去看看花园吗？"

　　她又把门打开一点，推着格蕾丝向前走，来到照耀在厨房地板上的十一月微弱的阳光下。格蕾丝在这里不会有事的，反正只待一会儿。

　　她来到铺着地毯、静悄悄的走廊里，心里出现了一丝恐惧，生怕自己是个不速之客，闯入了别人的生活。前厅和客厅都空无一人，她站在楼梯底部，伸着脖子向楼梯平台看。她又问："有人吗？"

　　依然没有回应。

　　等她回到厨房时，只见格蕾丝在婴儿车里蠕动，冲着敞开的门挥舞着布丁一样的小拳头。她咿咿呀呀地解释着她想要做的事，眼神很专注。

　　"我们在花园里等妈妈好不好？"莫顿太太说。

　　她把格蕾丝推到露台中，站在樱花树的树杈下，不过树上的花瓣早就被夏天的风吹走了。几只麻雀叽叽喳喳地在树杈之间飞来飞去，格蕾丝和莫顿太太就这么看着百鸟啁啾，此起彼伏地鸣叫着争个高下。

　　"你看得到吗，格蕾丝？"莫顿太太说，格蕾丝却向房子一侧的小路歪着身子，用手指指着福布斯太太的猫。

　　"威士吉？"她说，"你想去看威士吉？"

　　于是她们跟着那只猫走过小径，走过房子一侧，跟着经过厨房窗边的一排盆栽，以及食品室和走廊的气泡玻璃，又走过格蕾丝的父亲平常用来停车的那块空地。

"只能走到车道尽头哟。"莫顿太太说，"我们只能走到车道尽头，就得回去等你妈妈。"

那只猫沿着砖墙慢慢走着，麻雀在樱花树的枝杈上叫个不停。婴儿车的轮子在混凝土路面上嘎啦嘎啦地向前进。

她们在车道尽头等了一会儿，眺望了一会儿空荡荡的社区小路。透过婴儿车上的小塑料窗，莫顿太太能看到格蕾丝把小脑袋转来转去的，她身体倾斜着，咿咿呀呀地和她看到的每一样东西说话，在她心里，所有这一切都一样重要：画眉鸟黄色的喙、沙沙掉落的树叶、垃圾桶盖子那泛着银光的曲线。它们都有着同等程度的地心引力。

她回头看了一眼格蕾丝的家，它正安静而有耐心地等待着她们。

再过几分钟，它依然会在那里，一点都不会变。

"那我们就走到邮筒好了。"莫顿太太说。

但邮筒变成了路尽头，路尽头变成了消防队，消防队变成了公园大门。婴儿车的把手如同一个救生圈，让她漂流在痛苦和羞辱之上，她只允许自己在这些时刻想象着，如果生活让莫顿太太得到救赎，那她的生活应该是个什么样子。她根本没注意到自己一直在走，也没注意到她走过了一棵棵树、人行道和好几个邮筒。它们都位于她的思维边缘，而她就这么穿行于社区之间，绕过其他人生活的边界，绕过栅栏、围墙和修剪整齐的灌木篱墙。她的行程不是用走的，而是由一连串的想法组成。一团紧密如同大理石的情绪将她从一个地方移到下一个地方。

当她回想起来，她所走过的旅程根本就不是旅程。它们如同一系列小小的决定，一个盲目地累加在另一个之上。当她停下来，转过身，这才意识到她已经来到了目的地：重要的决定变得清晰起来。那些"或许""下一次"和"有朝一日"在她身后摞在一起，将她扣留在一个她并不想待的地方。她做出的选择如今都成了她的一部分。它们将自己缝合成了她变成的那个人，当她停下来去观察那个人时，却发现裁剪出她这个人的选择早已开始让她觉得窒息。

　　她们来到公园，莫顿太太决定到露天音乐台边上坐一会儿，远离秋天的尾巴、孤零零的冰激凌小贩以及落满树叶、早已遭到遗忘的蓄水池。附近有很多长凳，只是此时空无一人，只有小路远端的一个座位上有个老人拿着报纸在打盹儿，还有一只约克夏犬在挫败地听着主人的鼾声。她们向音乐台走去，莫顿太太琢磨着沃尔特·毕晓普这会儿是不是坐在他常坐的那个地方——是不是端端正正地坐在那里，吃着放在膝盖上一个塑料盒里的三明治，在别人从他面前走过的时候，偷偷拍下他们生活中的片段。但音乐台边一个人都没有，只有一只鸽子在昨晚被人扔掉的薯片包装纸和今早的报纸头条间消磨时光。

　　莫顿太太将格蕾丝的婴儿车转向座椅，那个孩子用一双水汪汪的蓝眼睛望着她。"我们很快就回家了。"她说，"我们待会儿就回去看看你母亲在干什么。"

　　格蕾丝笑了，整张脸都满溢着笑容。

　　"不过呢，我们先在这里坐一会儿。歇一歇，喘口气。"

　　她看着格蕾丝模仿她的表情，很像是一面镜子，嘴巴动着，似是要说话，眼睛瞪得大大的，像是漫画人物的眼睛。她在她的观众面前表演着，在莫顿太太哈哈笑起来的时候，格蕾丝咿咿呀呀地说着，身体蠕动着，显得颇有成就感。就在她这么做的时候，一种更大的力量产生了，标志着一个闪亮的开始。在彩虹、日落和群山之中，或是在落在客厅地毯上的花瓣中，她并没有看到这样的开始。肤浅的语言中听不到这样的开始，在来自街对面的注视目光中亦看不到这样的开始。她以前甚至都不知道是否有这样的开始，现在她发现了，则无法想象怎么一开始没注意到。

"也许你妈妈时不时需要我的帮助？我和你兴许能成为朋友呢？"

那只鸽子拍拍翅膀，咕咕叫着走过音乐台的栏杆，听到这动静，格蕾丝机警地转过头。

"别担心。"莫顿太太向前探身，用手指勾住格蕾丝的手指，"只要和我在一起，你就不会遇到不幸，因为我会像一个小锡制玩具兵那样守卫着你。"

她们坐在那里，看着下午的最后一点光线笼罩住公园，凸显出凄凉的花坛，镇议会曾在那里种着红色、蓝色和白色的花环。阳光照射在纵横交错的小路和空空如也的长凳上，洒落在鱼塘上，在水面上泛起点点金光。当阳光变得更绚烂，当午后的深橘色充满了整个公园，莫顿太太才想到她们该回去了。她想起了那只小象。

"回到家的时候，"她说，"我有个小礼物送给你，但我首先得确认这么做合不合适。先得问问你妈妈，这是礼貌。"

她想把格蕾丝推到池塘边，推到摇摇晃晃的木人行桥上，而桥边是幽暗的芦苇丛，不过太阳这会儿落到了屋顶后面，白天就要过去了。她停下，抬起头，掉转婴儿车面向人行道。

"或许我们应该抄近路回家去了。"她说。

她们没遇到任何人。就算是遇到了，莫顿太太也没注意。她只顾着和格蕾丝说她们可以做哪些事，可以到哪里去消磨时间。或许可以去动物园。不过她觉得动物园是个太残忍的地方，所以她们可以去河畔公园，或是到镇子边缘的树林里野餐。等格蕾丝大一点，她们就可以乘坐巴士到海边去过下午。格蕾丝去过海边吗？这对她们两个人来说都是一次探险。等到格蕾丝上学了，她们就去不了什么地方了，不过还有周末和漫长的暑假。总有事情可做，总有地方可去，总有个盼望能叫她起床。

转弯来到社区小路，莫顿太太依然在和格蕾丝说话。她告诉格蕾丝，她的表姐有个朋友在克罗默有一辆房车。那辆车就停在海边的一条小路边，可以看到海鸥的俯冲和高飞，能闻到海水的咸腥味，一辆辆小房车就像散落的纸片，分布在悬崖顶端的草地上。她没看到人们都聚在街上，也没看到格蕾丝的母亲脸色刷白，更没看到格蕾丝的父亲坐在人行道边缘，两只手抱着头。在听到艾瑞克·兰姆大叫的时候，她才抬起头来。

"你找到她了！你找到她了！"他说。

然后，她看到了人群，以及他们那写满愤怒的脸。她看到德里克的汽车压在路缘上，车门敞着；哈罗德·福布斯和谢拉·戴金站在十一号的小径上，盯着十一号的房子，房子所有的窗户都拉着窗帘，好像那栋房子闭上了眼睛，不理会外面的呼喊；约翰·克里希匆匆穿过马路向她走过来；多萝西·福布斯把一条茶巾折叠好又展开，脸上写满了担心。总之就是乱糟糟的。看来就好像有人把所有东西都倒在了社区小路上。

人们带着沉郁愤怒的表情向前涌来，格蕾丝哇一声哭了出来。听到她哭，西尔维娅跌跌撞撞地从人群中走出来，她明显放松下来，到最后几乎连路都走不动了。她蹲伏在婴儿车前，搂住她的孩子，在她耳边轻轻说着什么。唯一的眼泪是从格蕾丝眼里流出来的。西尔维娅的眼泪像是都流干了。

"你是在哪里找到她的？"德里克站在莫顿太太面前，两只手交叉着放在脑顶上。她在他的眼中寻找怀疑，但无论她怎么看，都发现他整个人沉浸在轻松的状态下。

她望着其他人的脸，握着婴儿车把手的手攥成了拳头，说："是我找到她的。"

西尔维娅把格蕾丝从婴儿车里抱起来，那个孩子被母亲紧紧搂在怀里，没有一丝缝隙。婴儿车此时感觉很轻，几乎没有了重量，仿佛它会带着莫顿太太一起，飘走消失。

"在哪里？"德里克说，"你是在哪里找到她的？"

她能感觉到它——一个重大的决定，试图掩其锋芒，躲藏在微小的决定后面，希望能避人耳目，显得无足轻重。这会儿，这个重大决定来到了队列前排，气势汹汹，锐不可当。

"比特阿丽斯，你是在哪里找到她的？"现在说话的是艾瑞克·兰姆，但所有人都听到了。他们都瞪着眼，等待着她的回答。

她看向十一号。窗帘依旧拉着，但在二楼的一扇窗边，她好像看到有人影一闪。

"音乐台。"她说。她的目光依然牢牢定格在那扇窗户上，"我是在音乐台那里找到她的。"

"我他妈的就知道。"瘦子布莱恩冲出人群，快步沿社区小路向十一号走去。他在多萝西和哈罗德家前面停了一下，从假山处抄起一块约克郡的石头。

"事情还没有定论哪。"艾瑞克·兰姆喊道，但他的话没有足够的力量可以将布莱恩拉回来。他心中的怒火熊熊燃烧，怒气冲冲地挥舞着手臂，向沃尔特·毕晓普的家中走去。

莫顿太太看着周围人的脸。她感觉到众人心中潜藏着一股报复的渴望，正亟待满足——他们需要一个借口，好采取行动。从人们急促的呼吸和瞪大的眼睛中，从谢拉·戴金湿润的嘴唇上，从德里克紧握的拳头上，从在他们之间流动且势头迅猛的火花中，她能看得到那种渴望。她知道，那个渴望潜伏了很久，现在终于找到了出路。现在，它找到了宣泄的出口。

石块砸在玻璃上的爆裂声在整个社区小路上回荡。玻璃上出现了无数裂纹，只支持了片刻，便碎成无数碎片，落在水泥地面上。这种声音会让你的耳朵嗡嗡作响，让你的脉搏快速跳动。但最令人震撼的不是这声音，而是随之而来的寂静。

"变态！"布莱恩冲着碎掉的玻璃尖声喊道，"死变态。"

风拂过窗帘的边缘，窗帘飘出窗框，拍打着砖墙，仿佛是在试图逃离。

他们都瞧着，一想到他们刚才见到的情形竟然没有引起任何反应，都惊讶得不知所措。

艾瑞克走向瘦子布莱恩，站在距离他几英尺的地方："行啦，伙计。就到这里吧，有其他办法来解决问题。"

莫顿太太拉紧羊毛开衫。日光渐渐隐去，此时已届黄昏，天边现出了轻柔的紫蓝色，他们全都站在青紫色的天空下。德里克从她手里接过婴儿车，还冲她点点头，虽然他的嘴角有一抹笑意，但主要还是在点头。

她的两只手空空荡荡了。

西尔维娅依旧抱着格蕾丝，将孩子的头靠在她身上。"我们该怎么报答你才好呢？"她说。

她尽可能久地维持着那股气味。"她真漂亮。"莫顿太太说，"或许我能多和她相处相处。"

西尔维娅靠过来吻了莫顿太太的脸颊一下。又是那股味道——未被损害、未遭践踏的味道。

她转身走开了，其他人依然聚在十一号周围，看着，等待着。她又体会到了那种感觉——麻烦从此开始了，只是这个开始充满了伤害和恐怖。她并不想参与其中。她拿着买来的东西，沿空荡的人行道走回家，路过的房子里上演着其他人由微小的决定连接在一起的生活。这些决定神不知鬼不觉地潜入你的生活，佯装无足轻重，实则重要无比。就是这些决定将人们埋葬了。

她想起了埋在番茄和卷心菜下面的玩具象。格蕾丝永远也不会记得。她将长大，上学，交朋友。她将进入由她自己微小的决定连接起来的生活，或许有一天，她会抱着一个孩子，闻到相同的气味，感觉到相同的吸引力，会感觉她需要一个开始。格蕾丝什么都不会记得。

但那头小象则永远不会忘记。

47

chapter

第四十七章
上帝无处不在

排水管

1976 年 8 月 21 日

———

　　耶稣再也不像耶稣了，即便我眯起眼、蹲下、歪着脑袋，也是如此。

　　我很想知道以前到底有没有像过。车库再次变成了空空如也的框架，油渍和腐烂的轮胎仍在原处，寂静无声，受人冷落，就连角落里的树叶都不再沙沙作响。

　　我抬头看向排水管。"真的是你吗？"我小声说。

　　我将膝盖抱在胸前，仔细听着。

　　我听到了——一开始我觉得那只是我的想象，但过了几分钟，那声音还在：是蒂丽的凉鞋吧嗒吧嗒走过小路的声音，比从前更缓慢，也更轻了。但我真的听到了。

几秒钟后她出现了，笑眯眯的，戴着防雨帽。她的头发上没系着圆发圈，但头上还有发圈留下的痕迹，仿佛圆头绳还在。

"我妈妈说我只能待一会儿。"她道。

我走过草地，她则坐在我身边。"我想你可以待十分钟吧？"我说。

"我出来后又回去了一趟。"她把手伸进衣兜，"我忘记带它出来了。"

我看着那个陶瓷玩偶，"真不敢相信你竟然带着这东西到处走。"

"当然了。这是你送给我的，很重要的。"她用两只手翻动着陶瓷玩偶，"只是你说过它们不能分开，还说它们是一对。"

"确实是。"我说。我觉得是真的。其实只需要两个人相信同一件事，感觉你与对方合得来。

"我在琢磨一件事。"我坐在草坪上，"真不知道它到底是不是耶稣。"

蒂丽眯着眼，把脑袋歪向一边。"可能不是吧。"她说，"不过这其实并不重要，你说是吗？"

"什么意思？"

"噢。"蒂丽把双腿伸到太阳下，"它是耶稣，还是布莱恩·克拉夫，抑或只是车库墙壁上的一块污渍，其实都不要紧。关键是它在一段时间里让我们聚在了一起，不是吗？"

"一段时间。"我说。

"但它还是做到了。"她说，"不是吗？"

"我想是的。"我说。

"而且，说到底，耶稣真的在排水管上。他一直都在。"

我坐直了一点，"你这话是什么意思？"

"上帝无处不在，格蕾丝。"她说，"这人人都知道。"

她挥挥手臂，我哈哈笑了起来，也挥起了手臂。

　　我们默默地坐着。不知怎的，一切都不一样了。一开始，我还搞不懂是怎么回事，但感觉好像这一天发生了变化，好像社区小路上缺失了什么。等到抬起头来，我才恍然大悟。

　　"噢，上帝。"我说。

　　我们都抬头望天。

　　"太阳不见了。"蒂丽说，"它去哪儿了？"

　　天空变成了铅灰色，黑压压的，显得十分愤怒。就在她们看着的当儿，天色更昏暗了，向屋顶压下来，逼迫日光回到了地面。

　　"只是还是很热呀。"蒂丽说，"都没太阳了，怎么还这么热呢？"

　　"因为太阳仍在呀。"我指指没有太阳的天空，"它并没有消失，它不可能消失，只是我们看不到它了。"

　　我们都琢磨着太阳的事，这时候，我想起了时间。

　　"快点，蒂丽，我们得走了。时间快到了。"

　　"什么时间快到了？"她说。

　　"巴士呀。就是今天。"

　　"今天怎么了？"她向下拉拉防雨帽，将袜子上的碎屑掸掉。

　　"我们一直都在等今天。"我说，"克里希太太今天回家。"

48
chapter

第四十八章
克里希太太回来了

社区小路

1976 年 8 月 21 日

———

我们转过弯，就见所有人都站在社区小路中央。

福布斯先生穿着短裤，站在克莱夫边上。多萝西·福布斯抓着一把掸子的边缘，谢拉·戴金看着她，眉头紧锁。瘦子布莱恩穿着他那件塑料夹克，在他母亲身边等待着，而他母亲拿着一袋柠檬果子露。艾瑞克·兰姆在他们旁边，靠在围墙上。他的惠灵顿雨靴从他家的前门开始，留下一道满是泥的痕迹。我的父母也在。我注意看他们是不是担心着对方，并且认为是这样的。我父亲一只手搭在我母亲肩膀上，另一只手捂着脸。依我看，我们穷了也无所谓，因为只要我们互相担心，那就永远都不会有问题。就连莫顿太太也在。她看来有些怪怪的，感觉很陌生，都不像从前的莫顿太太了，她手里拿着一个毛绒玩具。我也不确定，只是看起来像一头小象。克里希先生站在中间。他那件西装的翻领在衬衫外面都卷了起来，他捧着一束花，只是天这么热，花都有些打蔫了。

"时间快到了。"我看着手表说。

一开始，我们谁都没注意到，是瘦子布莱恩先看到的。

"快看那只猫。"他说。

我们都望向社区小路的尽头。

多萝西·福布斯的掸子落在了地上："威士吉？"

"都这么久了。"福布斯先生说，"真不敢相信呀。"

那只猫在混凝土路面上小心翼翼地迈着步子，走过栅栏和围墙，沿人行道走过来。看来它很清楚自己的目的地。

它走到福布斯太太身边，一下子跳进她怀里。

"威士吉。"她又叫了一遍，亲吻着它的脑顶，"你并没有消失不见呀。"

"我早说过了。"我父亲说，"我早说过它会回来的。"

布莱恩透过他母亲的肩头看过去："它走丢多久了，多特？"

"自从着火那天晚上。"福布斯太太说，"是吧，小可爱？"

猫咪喵喵叫着，用爪子抚弄着福布斯太太的开衫。

"讨厌的出租车，都把你吓坏了。"

这下换成福布斯太太揉捏小猫咪了。

谢拉·戴金皱起眉头瞧着她，"什么出租车，多特？"

"送沃尔特和他母亲回家的那辆出租车呀。"福布斯太太继续揉捏，又吻了好几下威士吉的脑顶，"我告诉玛格丽特，难怪它会跑走。那么大的一辆车，真吓人，大半夜的停在社区小路上。"

"你知道她在家？"戴金太太说。

福布斯太太笑了，说："我想他们两个都在吧。"

戴金太太张大嘴巴，却一个字都没说出来。

"这么久了。"布莱恩说，"你竟然还认得它，真是奇迹。"

福布斯太太在回答的时候并没有看布莱恩，她的目光落在谢拉·戴金身上。"但这就是关键，不是吗？对于所见到的一切，是无法忘记的。"她说，"就算照片丢了，在有需要的时候，记忆便会在脑海中浮现出来。只有在人死之际，记忆才会彻底被遗忘。这太危险了。值得记住，就是这样。"

说完之后，她还是一直盯着戴金太太。

我看着蒂丽耸了耸肩，蒂丽也看着我耸了耸肩。

此时，我们能听到很远的地方有巴士的声音传来。我们听到巴士穿过社区，驶到街角的时候停下、启动，刹车声嘶嘶直响，在酷暑中发出隆隆声。天空更加阴沉了，空气也更稀薄了，我看到福布斯先生从衣袋里拿出一块手帕，擦了擦额头。

"她就快到了。"克里希先生说。

谢拉·戴金点了根烟，却没有抽。烟夹在她的手指之间，兀自燃烧成灰烬，而她一直在盯着多萝西·福布斯。

我们就这样站着望向街尾，这时候，他从拐角处走了过来。

是沃尔特·毕晓普。

他拿着一把伞，外套搭在手臂上，这次他走路没有拖着脚、盯着人行道，而是一边直视我们，一边走过每个人的房屋。

"哦。"他走到我们跟前，说，"你们组建了欢迎委员会吗？"

"克里希太太要回家来了。"我说。

"我也听说了。"他放下雨伞和外套，伸出手，抚摸威士吉的头顶。

"我们都特别兴奋。"蒂丽说。

"看得出来。"他说，"不过就特别兴奋的人而言，你们却显得不那么高兴啊。"他哈哈笑了。

我从未见过沃尔特·毕晓普大笑。他看起来像是完全变了一个人。

沃尔特站了一会儿，望着天空。不久他收回目光，捡起他的雨伞和外套，依次与每个人对视。

四周很安静——是只有沃尔特·毕晓普才能适应的沉默。

过了几分钟，他扭头看着福布斯太太。"如果我是你，就把猫咪带进屋。"他说，"要下雨了。"

就在他说这话的当儿，远处传来了隆隆的雷声。一开始，我觉得那是巴士的声音，可随即我才意识到不是——是打雷了。雷声自地平线向瓦灰色的天空中延伸。一开始那声音很轻，听不出什么区别，但声音越来越响，与发动机的轰鸣声掺杂在一起，最后，怒吼声响彻整条社区小路，每一座小房子似乎都在花园里颤抖起来。

刹车声响起，发动机隆隆响着，巴士在街尾停了下来。

恰在此时，雨水滴落在人行道上。一开始，只有零星的一些雨点落在混凝土路面上，仿佛是被丢在我们身上一样，可雨越下越密。大雨渐渐成了瓢泼之势，到最后，雨滴声之间没有了任何空隙，天地间只剩下毫无间断的喧嚣雨声，将热气和尘土一扫而空，将耶稣冲没了，仿佛他打从一开始就未出现过。

巴士依旧停着不动。我们都注视着。

我们看到克里希太太的脚出现在上下车的平台上。

"她下来了。"克里希先生说。

"噢，天哪。"

我扭过头，想看看是谁在说话。我看着他们的脸——福布斯夫妇、英国退伍军人协会的克莱夫、瘦子布莱恩和他母亲，以及依旧在盯着多萝西·福布斯的谢拉·戴金，还有艾瑞克·兰姆和我的父母跟仍抱着玩具象的莫顿太太。

沃尔特·毕晓普撑着伞，和我一起看着所有人。

我知道确实有人说了那句话，只是不晓得是谁说的。

我扭过头，继续等克里希太太。

不要紧。可能是他们当中的任何一个说的。

我们都站在社区小路中央看着。雨水从我们的头发上、鼻子上滴落下来，浸透了我们的衣服，打湿了我们的皮肤。

我看了看蒂丽，戴着防雨帽的她冲我笑了笑。

感觉好像夏天终于要结束了。

致 谢

THANKS

要罗列出所有为《山羊在左，绵羊在右》一书提供过帮助的人根本不可能，但我在此衷心感谢写作团体所有人给予我的莫大支持和鼓励，特别感谢凯里·哈德森和汤姆·布罗姆利。我非常感激我的出色代理人休·阿姆斯特朗，感谢康维尔和沃尔什出版社的团队，感谢亲切友好、极富才华的卡蒂·伊思宾纳，以及博勒出版社和哈珀柯林斯出版集团的所有同仁。在此还要感谢塔姆沃思的乔治·布莱恩中心的全体员工，以及德比的莱德伯恩住院部加护病房的医护人员，是你们教会我理解叙事的重要性，感谢你们既照顾山羊，也照顾绵羊。最后，我要感谢我有幸见到的病人们。虽然我们只有短暂的交集，但你们的勇气、智慧和幽默将永记我心。

图书在版编目（CIP）数据

山羊在左，绵羊在右 /（英）乔安娜·坎农 著；刘勇军 译 . — 北京：北京联合出版公司，2018.1
ISBN 978-7-5596-0964-9

Ⅰ . ①山… Ⅱ . ①乔… ②刘… Ⅲ . ①长篇小说—英国—现代 Ⅳ . ① I561.45

中国版本图书馆 CIP 数据核字（2017）第 235170 号

山羊在左，绵羊在右

作　　者：（英）乔安娜·坎农
译　　者：刘勇军
责任编辑：夏应鹏　李　红
特约编辑：黄川川　杨　凡
产品经理：梅　子
版权支持：张　婧

北京联合出版公司出版
（北京市西城区德外大街 83 号楼 9 层　100088）
北京联合天畅发行公司发行
艺堂印刷（天津）有限公司印刷　新华书店经销
字数 288 千字　880 毫米 ×1230 毫米　1/32　印张 11.25
2018 年 1 月第 1 版　2018 年 1 月第 1 次印刷
ISBN 978-7-5596-0964-9
定价：52.00 元
